Slave Master

Slave Master

FANTASY FRONTIER SPIRIT

슬레이브
마스터
Slave Master

Slave Master 5

어두미 판타지 장편 소설

초판 1쇄 찍은 날 § 2006년 6월 10일
초판 1쇄 펴낸 날 § 2006년 6월 20일

지은이 § 어두미
펴낸이 § 서경석

편집장 § 문혜영
편집책임 § 한지윤
편집 § 장상수

펴낸곳 § 도서출판 청어람
등록번호 § 제1081-1-89호
등록일자 § 1999. 5. 31
어람번호 § 제1-0710호

주소 § 경기도 부천시 원미구 심곡1동 350-1 남성B/D 3F (우) 420-011
전화 § 032-656-4452 팩스 § 032-656-4453
http://www.chungeoram.com
E-mail § eoram99@chollian.net

ⓒ 어두미, 2005

ISBN 89-251-0156-4 04810
ISBN 89-5831-545-8 (세트)

Slave Master
SLAVE MASTER
FANTASY FRONTIER SPIRIT
어두미 판타지 장편 소설
슬레이브
마스터 5
슬레이브 마스터
〈완결〉
도서출판 청어람

Contents

제25장

39인의 영웅

화살은 자신.

한 번 쏘아 보낸 화살은 두 번 다시 되돌아오지 않는다.

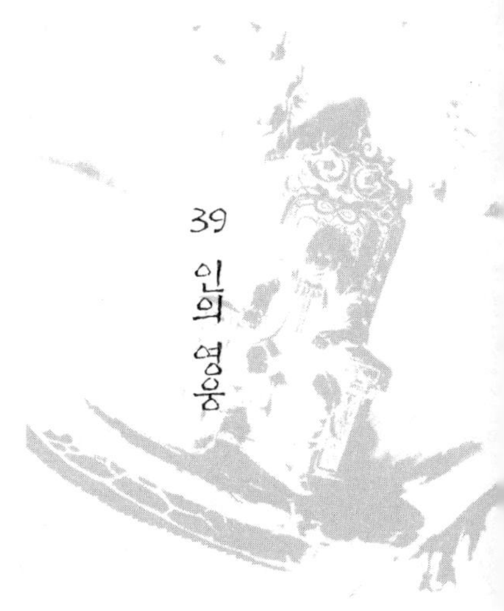

어째서일까?

내 힘이 얼마나 위험한 것인지 잘 알면서, 절대 목숨만은 걸지 않겠다고 약속했으면서 왜 인간은 힘의 유혹을 이기지 못하고 자멸해 버리는 걸까?

나는 지금껏 여러 마스터를 잃어야만 했다. 그리고 남은 것은 저주받은 슬레이브라는 오명과 깊은 동굴 속에 봉인된 나를 반겨주는 어둠뿐.

셀 수 없는 원망과 셀 수 없는 눈물로 육체도 정신도 모두 부서져갈 즈음, 지금의 모습을 있게 해준 두 마스터를 만났다.

첫 번째 마스터는 인간이 아닌 존재였다. 객관적인 입장에서 동정했던 그는 몸과 마음의 상처를 회복하는 데 많은 도움을 주었다.

두 번째 마스터는 내게 '먹혀버린' 자들과 똑같은 인간이었지만 어두운 절망 속에서 나를 구원해 주었다.

그의 이름은 로빈. 파괴하고 죽이는 것밖에 모르던 나 '라피스 라줄리'가 처음으로 구해준 인간이다.

로빈은 감당하지 못할 정도로 많은 기억의 단편이 떠오르자 극심한 두통을 느끼며 땅에 주저앉았다.

"난… 난 대체 누구인 거지?"

머리를 감싸 쥐며 알 수 없는 소리를 내뱉던 로빈의 움직임이 점점 잦아들기 시작했다.

이 기억들은 도대체 무엇인가? 그전에 나라는 존재는 도대체 무엇인가?

자신은 로빈이었다. 또한 로빈이 아니기도 했다. 끝없이 밀려오는 39인의 이름과 39인의 기억, 39인의 생각에 로빈은 점점 정체성을 잃어갔다.

"하아, 하아, 하아, 하아."

터져버릴 듯 뛰는 심장의 움직임을 따라 거친 숨소리가 끊이지 않고 새어 나왔다.

찌이이익!

달구어진 쇠처럼 뜨거워진 몸에서 거칠게 상의를 잡아 뜯어냈다. 새하얀 입김이 숨을 쉴 때마다 뭉게구름처럼 무럭무럭 새어 나왔다.

우득, 우드득!

찢긴 상의 사이로 피부와 근육이 찢어지는 모습이 드러났다. 온몸의 관절이 빠져버린 듯, 실 끊어진 인형처럼 사지를 덜렁거렸다. 온몸을 붉은 피로 물들인 모습은 시선을 돌려버리고 싶을 정도로 잔혹했다.

몸을 부여잡고 고통스러워하던 로빈의 눈동자가 번쩍 떠졌다.

"흡!"

그것은 인간의 눈이 아니었다.

잔혹하고 교만한 포식자의 눈. 두 개의 눈동자가 태산과 같은 기세로 발키리들을 눌렀다. 뱀 앞의 개구리라는 표현이 떠오르는 순간이었다.

"큭!"

우드득! 우드득!

뼈가 뒤틀리며 이번에는 부서지고 빠졌던 관절이 다시 제자리와 제모양을 되찾았다.

그리고 사람의 형상으로 돌아왔을 때, 그는 처음의 작고 왜소하며 여성스러운 외모를 지닌 이가 아니었다.

발키리보다 작던 키는 머리 하나가 더해져 올려다봐야 할 정도로 커졌다. 왜소하기 짝이 없던 몸은 육중한 갑옷을 걸친 듯 강철처럼 탄탄한 근육으로 뒤덮여 있었다.

휘이이이잉!

바람이 불어오자 허리까지 내려오는 하얀 머리가 바람에 휘날렸다. 고요함이 깃든 가운데 잠깐의 시간이 지났다.

이런 로빈의 변화에 놀란 것은 발키리뿐만이 아니었다.

"놀라운 일이로군. 아니, 너 같은 괴물이 평범한 인간을 사랑할 리 없지. 괴물은 괴물과 어울리는 법이니까. 그렇지, 레이티아?"

네메시스는 조롱하듯 기절한 레이티아에게 물었다. 그가 정말 인간인지, 아니면 미지의 존재인지는 알 바 아니다. 현 대륙에서 발키리와 왈큐레를 이길 존재는 없었다.

"으으윽!"

그때 로빈의 발밑에서 희미한 신음이 흘러나왔다. 조금 전 공격당했던 발키리가 아직 살아 있었다.

동료의 생존을 접한 발키리들은 검을 쥐고 있는 손에 힘이 들어가며 투기가 요동치기 시작했다.

발키리가 동시에 뿜어내는 기운은 상당한 수련을 거친 이라 할지라도 절로 몸이 경직되고 살이 떨릴 정도로 강렬했다.

"핫!"

반발하듯 튀어 나오는 로빈의 기운이 한순간에 눌러버렸다.

발키리들이 정신을 차렸을 때는 가장 멀리 위치해 있던 네메시스를 제외한 모든 발키리가 뒤로 물러나 있었다.

이런 일이 가능한 것인가?

로빈이 마법 무구를 통해 한계를 넘어선 힘을 사용할 수 있다하나 그녀들은 다름 아닌 발키리였다. 왈큐레를 가장 가까이에서 모시는 이들로 무신의 힘을 가장 자주 접하며 그 존재감을 견디며 생활해 왔다. 그런만큼 제국의 기사단조차 그들의 기세에 휘말리면 힘을 발휘하지 못한 채 속수무책으로 당하고 마는 존재들이었다.

그런 그들이 고작 약관의 청년의 기세에 물러서다니, 있을 수도 없고 있어서도 안 될 일이었다.

그러나 로빈에게서는 인간에게서는 볼 수 없는 강맹한 투기가 일어나고 있었다.

우우우우웅!

척!

"너희들은 나의 적인가?"

동 대륙의 권법을 쓰는 무인과 비슷한 공격 자세에 발키리들이 저도 모르게 검을 든 순간 그녀들의 운명은 이미 정해지고야 말았다.

"그렇군. 이제부터 너희들을 적으로 인식하겠다."

스스스!

천천히 들어 올린 주먹이 허리에 닿는 순간, 로빈의 오른손이 사라졌다.

쾅!

"카아앗!"

한 발키리의 몸이 떠올라 공중에서 서너 바퀴 돌고는 바닥에 쓰러져 더 이상 움직이지 않았다.

빠르다! 눈에 보이지도 않았다.

무엇일까? 주먹이 닿았을 리는 없다. 그렇다면 겨우 주먹을 내지르는 것만으로 20미터 넘게 떨어져 있는 발키리를 공격한 것은?

"피스트 마스터! 이럴 수가!"

피스트 마스터(Fist Master).

백 년 전, 제국에는 방어구나 무기 없이 강철 같은 육체와 두 주먹만으로 이름을 떨친 영웅이 존재했다. 그 당시 대륙에서는 날카로운 검과 육중한 갑옷을 두르는 것이 일반적이었다. 그러나 그는 남들이 상상도 하지 못할 어마어마한 노력으로 육체를 단련하여 검과 창은 물론 화살로도 뚫지 못했다. 또 그의 강력한 일격은 필살이었기에 살아생전 단 한 번의 패배도 겪어보지 않았다고 한다.

그리고 그는 아군에게는 자상하나 반대로 한 번 적이라고 인식한 자에게는 용서가 없는 인물이었다.

그 위대한 제국의 영웅 중 전쟁터를 찾아 떠돌아 다녔다는 투귀(鬪鬼)가 가장 먼저 눈을 뜬 것이다.

발키리들은 조금 전까지 벌벌 떨던 이가 이 정도의 힘을 지니고 있을 거라고는 생각하지 못했다. 그랬기에 처음에는 그와 싸울 생각이 없었다. 하나 발키리에게 상처를 입혔다는 것은 용납될 수 없는 일이었다.

"감히 우리를 공격하다니! 후회하게 만들어주지."

한 발키리가 소리치며 앞으로 달려나가자 항상 그러했듯이 모두가 뒤따라 움직였다.

왈큐레는 왈큐레만이 죽일 수 있다. 때문에 발키리들은 단 한 사람, 자신이 모시는 왈큐레를 보호하는 방패이자 다른 왈큐레를 위협하는 검으로써 활용되기 위해 다수가 아닌 단 일 인을 상대하기 위한 수련을 받는다. 발키리들은 다수를 상대할 때보다 단 한 사람을 상대할 때 진정한 힘을 보일 수 있는 것이다.

틱! 탁탁!

로빈은 땅에 떨어져 있는 돌 두 개를 발로 차올려 걷어찼다. 두 개의 돌이 놀라운 속도로 날아갔다.

퍼석!

하나 단단한 돌멩이는 발키리의 칼질에 모래처럼 부서져버렸다.

"제법 재간이 있군. 그렇기에 나 다이모스의 앞에 선 것이겠지."

로빈은 자신을 다이모스라 칭하며 천천히 한 걸음씩 걸어갔다.

스스슥.

그리고 어느 순간 환영처럼 몸이 서너 개로 나누어지더니 네메시스를 제외한 모두의 시야에서 사라졌다.

"합!"

공중에서 나타난 그의 화려한 돌려차기가 발키리의 목을 꺾었다.

그러나 그 발키리의 눈빛은 살아 있었다. 그대로 꺾인 것이 아니라 목을 돌려서 충격을 완화시킨 것이다.

나름대로 사각에서 펼친 회심의 일격이 그다지 효과가 없었음을 깨달은 로빈은 착지하는 도중 손을 뻗어 바닥을 짚어 뛰어오르며 마치 풍차를 연상시키는 움직임으로 앞과 뒤에서 동시에 다가오던 두 발키리를 발로 쳐냈다.

"큭!"

설마 그런 자세에서 반격해올 줄 몰랐던 발키리들은 침음성을 흘리며 쓰러졌던 몸을 일으켰다.

일격일살(一擊一殺). 로빈의 의식 속에 자리한 다이모스는 자신이 이루어낸 기록을 깨트린 것이 처음 보는 여기사라는 사실에 호승심이 일었으나 이내 그런 잡념을 버렸다.

과거 그의 강함은 적을 용서치 않는 강인한 마음과 그 누구보다 살고자 하는 강한 욕구, 죽이고자 하는 마음이 강렬했던 데 있었다.

인간을 죽인다는 것은 그다지 어렵지 않다. 중요한 것은 흔들리지 않는 마음과 보다 냉정하고 빠르게 남을 죽이는 자가 결국 살아남게 되는 것이다.

"흐아아아압!"

쿠구구구!

마력의 돌풍으로 쏟아진 기운에 돌멩이가 이리저리 굴러다녔다.

로빈은 스스로에게 이 정도의 힘이 있다는 것이 뭔가 이상하다고 생각했으나 적을 앞두자 그런 생각은 곧 망각의 세계로 이동했다.

보이는 것은 눈앞의 적뿐. 그들을 말살하기까지 멈추지 않는다.

파핫!

쏜살같이 앞으로 튀어나오는 로빈의 모습을 본 발키리들이 본능적으로 몸을 뒤로 날렸다. 그럼에도 로빈의 주먹이 한 발키리의 투구를 살짝 스치며 지나갔다.

키리링!

마치 검이 치고 지나간 듯한 소리가 들리자 발키리의 등골이 오싹해졌다.

어느새 그 또한 뒤로 몸을 날린 발키리를 쫓아가고 있었던 것이다.

투구를 살짝 스치고 지나간 로빈의 주먹은 손바닥을 펼쳐 발키리의 목을 꽉 쥐었다.

"컥!"

로빈의 손에 잡힌 탓에 뒤로 날아가던 발키리의 몸이 앞으로 끌어당겨졌다.

발키리가 어떻게 해볼 사이도 없이 로빈의 마나를 머금은 왼손과 목을 잡은 오른손이 교차했다.

콰직!

강한 충격이 발키리를 휩쓸며 몸이 땅바닥을 강타했다. 그 반동으로 튀어 오르는 발키리를 로빈은 힘껏 차서 날려보냈다.

콰광! 쿠구구구궁!

빠르게 날아간 발키리의 몸은 바위기둥에 박혀들었다. 그리고 조금 전 네메시스의 해일 공격으로 위태롭던 바위기둥이 그 충격으로 무너져 내리기 시작했다.

그 사이 한 발키리가 날짐승처럼 재빠르게 움직이며 그를 향해 검면을 휘둘렀다.

로빈은 머리가 땅에 닿을 정도의 낮은 자세로 피한 뒤 용수철처럼 튀어오르듯 일어서며 모은 두 손을 단단한 갑옷의 흉부에 갖다 대었다.

"하압!"

로빈이 일성을 내지르자 발키리의 등 부분에서 커다란 충격파가 눈에 보일 정도의 강한 기세로 뿜어져 나왔다.

발경(發勁).

이것이 최초이자 마지막으로 피스트 마스터라 불린 사내의 비기였다. 그랜드 소드 마스터에게 마나 블레이드라는 필살 기술이 있다면 피스트 마스터에게는 발경이 있었다.

"커어어억!"

얼마나 강력했는지 발경에 맞은 발키리가 의식을 잃으며 입으로는 침을 흘리더니 천천히 앞으로 쓰러졌다.

그러자 남은 여섯 발키리들의 눈빛이 변했다.

이자는 진짜다. 가볍게 상대했다가는 당하는 것은 오히려 자신들이다.

그렇게 판단한 발키리들은 검을 집어넣고는 은빛 갑옷의 어깨 부분에서 무언가를 꺼내들었다.

어깨 보호구와 연결되어 있었을 때는 전혀 보이지 않았던 투척 부메랑이었다.

"하아압!"

세 명의 발키리가 동시에 날린 반짝이는 은색의 부메랑이 아름답게 하늘을 장식하며 쇄도했다.

서걱!

마침 부메랑이 날던 궤도에 있던 바위기둥이 섬뜩한 소리와 함께 깨끗하게 잘려나갔다.

그 모습을 보고 놀란 로빈이 암벽을 밟고 이리저리 재빠르게 움직이며 사정거리 밖으로 도망쳤다. 그러나 그 앞에는 또 다른 발키리들이 나타나 서로 다른 방향에서 부메랑을 던졌다.

휘리리리릭!

그런데 그 공격은 허무하게도 로빈을 지나쳐 갔다.

어째서일까?

뒤를 돌아본 로빈은 6개의 부메랑이 공중에서 부딪치더니 3개가 방향을 전환해서 날아오고 있음을 발견했다. 발키리가 나머지 부메랑을 움직여 여섯 방향에서 시간차 공격을 해오고 있었다.

암석을 풀잎처럼 베어버리고 제대로 된 공격 범위도 알 수 없는 저 무기를 완전히 피해 낼 수 있는 방법은 그의 기억 속에 없었다.

하지만 다른 이의 기억 속에서는 존재하고 있었다.

그의 눈동자가 아주 잠깐 동안 흔들렸다. 그리고 눈을 깜빡였다가 다시 떴을 때 놀랍게도 혐오스러운 뱀의 눈동자처럼 변해 있었다.

그는 방금 전까지 목숨을 노릴 정도로 위협적이었던 무기를 살짝 머리를 흔드는 것만으로 피했고 뒤이어 날아오는 2개의 부메랑을 거짓말처럼 간단히 잡아냈다.

"아니!"

"크윽, 머리가 아파. 왜 내가 이런 상황에 처해 있는지 모르겠지만, 이 사안(蛇眼)은 그대로 인 것 같은데."

챙캉! 카캉! 챙!

두 손에 든 부메랑으로 날아오는 나머지 공격을 대수롭지 않은 듯이
쳐냈다.

튕겨나간 부메랑들은 애꿎은 바위기둥을 잘라내고는 주인의 손으로
돌아갔다.

원래 이 기술은 9명이 함께 발휘해야 했다. 그 진정한 위력은 막거
나 피할 방법이 없는 완전무결한 공격이었다. 원래대로였다면 잡아채
기는커녕 피하는 것조차 무리지만 3명이 먼저 쓰러진 것이 문제였다.

오랜 세월 동안 발키리들의 무릎 꿇은 모습을 볼 수 있었던 이들은
교황과 글로리아 퀸뿐이었다. 그 사실은 전설처럼 발키리의 자부심이
되어왔다. 하나 지금 이곳에서 한 사람이 무너뜨리고 있었다. 현실을
깨달은 발키리들은 부끄러워 고개를 들 수 없을 정도였다.

"이봐 아가씨들, 그렇게 무서운 눈초리로 보지 말라고. 난 겁쟁이에
가진 것은 튼튼한 다리밖에 없는 사람이란 말이야. 이상해. 하인 강으
로 달려가고 있어야 할 내가 왜 네르갈 사막 인근에 있는 협곡 지대에
와 있는 거지?"

로빈이 또다시 엉뚱한 소리를 시작했다. 그는 이제 세상에서 가장
유명한 레인저가 되어 있었다.

프하이엄 제국의 식수원이라고까지 알려진 하인 강.

이 하인 강과 가장 인연이 깊은 인물을 꼽는다면 300년 전의 인물
레인저 피터-잭을 떠올릴 수 있다.

레인저는 자연을 벗 삼아 온 세계를 누비며 발이 닿기만 한다면 해
가 있는 하늘 너머에도 도달할 수 있다고까지 하는 자들이다. 주로 사
람의 기척이 닿지 않는 곳으로의 탐색이나 길 안내, 하급 몬스터 사냥

등의 일을 주로 맡았다. 그들은 주로 활동하는 곳에 따라 분류되는데, 산악 레인저, 사막 레인저, 해안 레인저 등등으로 구분했다. 그러나 피터-잭만은 그런 구분이 필요치 않은 최강의 레인저였다.

아직도 내려오는 음유시인의 노래 중에는 그와 관련된 이러한 노래가 있다.

레인저의 자존심 피터-잭

두 눈은 뱀의 저주를 받았지만

두 다리는 바람의 축복을 받았네.

마음만 먹으면 어디든지 못 갈 곳이 없으니.

바다도 막지 못해,

태산도 막지 못해.

악한 짓을 하는 인간이 눈에 보인다면

화살을 두 엉덩이에 박아주고

돌팔매로 머리에 영원히 혹을 달아줄 거야.

별 뜻 없는 노래처럼 들릴지 모르나 그의 모든 능력이 이 노래에 함축되어 있었다.

그의 눈은 뱀을 숭배하는 자들의 고대 신전에서 보물을 빼돌린 죄로 저주를 받아 뱀의 눈동자처럼 변했지만 오히려 인간의 눈으로는 볼 수 없는 세상을 볼 수 있게 되었다. 불빛 하나 없는 밤에 생명체를 찾아낸다던지 몸의 온도 변화로 거짓과 진실을 구분할 수 있었다.

또한 자신만의 놀라운 훈련으로 엄청난 지각(知覺)의 한계를 넘어선 능력을 지녔다. 화살과 돌팔매의 귀재로 못 맞추는 것이 없다고까지 알려져 있었다.

그의 능력을 수많은 이가 목격한 사건이 있었는데 그것이 바로 하인 강 사건이다.

100년 전 당시 사막 지대에 존재하던 여러 왕국 중 하나가 겁 없이 하인 강 인근의 영지를 공격해 왔다. 제국의 황제는 두 번 다시 이러한 일이 없도록 그들이 조용히 물러갈 기회를 주겠다는 친서를 전달하기 위해 피터-잭을 불렀다.

그는 수많은 사람들이 보는 앞에서 장대비같이 쏟아져 내리는 화살의 비를 피하면서 강을 뛰어 건너가 적군의 대장에게 황제의 친서를 전달하고는 다시 유유히 화살 비를 뒤로 한 채 본진으로 돌아왔다.

이 일에 엄청난 충격을 받은 왕국의 국왕은 꼬리 만 강아지처럼 힘 없이 물러섰고 죽을 때까지 프하이엄 제국이 있는 위치는 쳐다보지 않았다.

단 한 사람이 영지를 구해 냈다는 사실은 순식간에 그를 전 대륙에서 가장 유명한 레인저로 만들었다.

로빈이 조금 전 부메랑의 거의 보이지 않는 검 날을 잡아낼 수 있었던 것도 피터-잭의 능력이었다.

"얼레? 여긴 어디지? 큭! 제기랄! 무슨 두통이 이렇게 심해? 그리고 또 너희들은 누구야? 아무리 봐도 초면인 것 같은데."

로빈은 자신의 손에 쥐어진 두 개의 부메랑을 발키리에게 던져주며 말했다. 현재 기억 착란 현상에 빠져 있는 듯 방금 전의 싸움조차 제대로 기억하지 못했다.

되돌아온 부메랑을 받아든 발키리들은 부메랑을 원래 위치에 꽂은 뒤 다시 검을 뽑아들고 달려들기 시작했다.

"잠깐! 정지!"

로빈의 외침이 전혀 들리지 않는다는 듯 발키리들의 검이 용서 없이 휘둘러졌다.

콰릉!

부서 흩어지는 암석들 사이에서 그의 모습은 온데간데없었다.

"아니, 내가 무슨 잘못을 했는지는 알아야 될 것 아니야! 누가 나 같은 잡놈의 목에 돈이라도 걸었수? 반질반질한 멋진 갑옷을 입고 있는 거 보니 그런 일 하는 작자들도 아닌 것 같고 말이야. 뭐, 이왕 죽을 거라면 당신네들처럼 예쁘장한 아가씨들 손에 죽는 것도 좋지만… 웃차! 아, 이거 정말 너무하네. 너희들은 오빠나 남동생도 없냐? 아님 만년 생리불순에라도 걸린 거야?"

"이 더러운 놈! 이렇게 된 이상 결코 살려두지 않겠다!"

발키리들은 이 자만은 무슨 일이 있더라도 그 목을 잘라버릴 것이라 결심했다.

"아, 이거 참. 조크가 안 통하는 분들이시네요. 에헤헤."

"주둥아리 닥쳐!"

끝내 분노가 터져버렸는지 갖다 대기만 해도 베일듯 시퍼런 검기를 일으키는 여섯 개의 검이 그의 사지를 노렸다.

그러나 그는 쥐새끼처럼 움직이며 아슬아슬하게 공격을 피해 갔다. 발키리의 살기는 더욱더 강해져 갔고 급기야 눈빛만으로도 죽여버릴 것 같은 기세를 일으키기 시작했다.

단언하건데 발키리들을 이렇게까지 분노하게 만든 것은 그가 처음일 것이다.

"당신들 미쳤어? 왜 멀쩡한 남자 하나 못 죽여서 안달이야, 안달이!

차라리 죽여줄 거면 침대에서 죽여 달란 말이야! 으아악!"

발키리들은 기가 막혔다. 아무리 제법 생긴 게 남다르다지만 글로리아 퀸이나 되는 이가 저리도 천한 남자와 도망을 갔다니 실로 믿어지지가 않았다. 거기다가 분위기 파악 못하고 제 무덤을 계속 파고 있었다. 결국 인내가 끊어진 발키리들은 일제히 검을 바닥에 꽂고는 기도하듯 두 손을 모아 검 안에 마나를 불어넣기 시작했다.

"출(出)!"

두 눈을 번쩍 뜨며 외치자 3분의 1 정도 땅에 박혀 있던 검들이 일제히 바닥을 가르며 날아가 그를 쫓기 시작했다.

"히이이익! 뭐, 뭐야 이거?"

거기서 끝이 아니었다. 발키리들이 은빛 갑옷의 허리에 있는 기관을 건드리자 '챙' 하는 소리와 함께 숨겨져 있던 모든 무장이 튀어나오며 배틀 모드로 변했다.

은색의 알 수 없는 재질로 만들어진 갑옷이 전체적으로 날카롭게 변했다.

양쪽 어깨 부분에서 2개의 부메랑.

양쪽 옆구리 부분에서는 2개의 스파이크가 달린 너클.

왼쪽 건틀릿의 아래에서 위로 차례대로 3개씩 총 9개의 투척용 단도.

오른쪽 건틀릿에는 2단 접이 단창.

복부에서는 끝이 검으로 되어 있는 작은 손 방패.

그리고 마지막으로 무구의 등에서 새하얀 빛의 날개가 튀어나왔다.

로빈은 자신의 눈이 좋다는 사실이 이렇게 원망스러웠던 적이 없을 것이라고 생각했다.

먼저 보이지 않는 날이 달린 부메랑이 하늘을 수놓기 시작했다.

'이럴 줄 알았으면 돌려주지 말 것을.'

로빈이 후회해 봤자 이미 지난 일. 게다가 발키리가 어떻게 하늘을 날 수 있는지는 몰라도 하늘을 날아다니기 시작한 탓에 이제는 기동성도 얼핏 비슷비슷해지고야 말았다. 아직 순간적인 속력만큼은 이쪽이 빠른데다가 복잡하기 짝이 없는 지형이 도움이 되지만……

"무슨 검 날이 바위를 잘라!!"

거미처럼 바위기둥에 딱 붙어서 숨어보지만 부메랑이 바위를 자르며 머리카락을 스치고 지나갔다.

그야말로 절체절명. 부메랑이 암석을 아무렇지 않게 베어버리니 차라리 평원에서 싸우는 것보다 못한 실정이었다.

현재 그의 지각 능력이 한계를 넘어섰다 해도 체력과 집중력에는 한계가 있기 마련이다. 현재 놀라울 정도로 오래 버티고 있지만 발키리들은 그다지 지친 기색이 보이지 않았다.

12개의 검 날이 지형지물을 무시하고 서로 부딪치면서 온갖 방향에서 이리저리 날아왔다. 바위기둥이 잘라지면서 무너지는 소리와 충돌음이 귓가에서 떨어지지 않았다.

간신히 부메랑을 피하면 단도가 하늘에서 비처럼 퍼붓고 또 그것에 정신을 쓰고 있으면 어느새 검이 땅을 가르며 시시때때로 목숨을 위협했다.

"제기랄, 하느님 아버지. 아무나 좋으니깐 누구라도 날 도와 달라구요!"

주위에는 그녀들 말고는 아무도 없는 현실. 하지만 기적처럼 그 외침을 듣는 이가 있었다.

'내가 도와주지. 저년들에게는 갚아야 할 빚도 있으니까.'

머릿속에서 들려오는 말에 로빈의 눈동자에서 빛이 사라지더니 막 바위기둥에 오른 몸이 시체처럼 힘없이 중심을 잃고 아래로 추락했다.

그 빈틈을 발견한 발키리가 날개를 세로로 접고 공중을 박차며 추락하는 로빈을 빠르게 따라잡았다.

막는 것도 피하는 것도 불가능해 보이는 상황에서도 로빈은 몇 번씩이나 공격을 피한 일이 있기에 발키리는 한순간도 방심하지 않았다. 그녀는 이번에야말로 이 지긋지긋한\ 녀석을 죽여버릴 수 있을 거라 의심치 않으며 힘껏 검을 찔러넣었다.

키링!

"아니?"

바위도 두부처럼 자르는 검이 그의 피부를 뚫지 못했다는 사실에 놀라워하는 순간, 무언가가 그녀의 얼굴을 덥썩 강하게 잡았다.

"안녕, 아가씨. 오빠가 천국으로 보내줄까?"

형용할 수 없을 정도로 불길한 눈동자, 소름 돋는 위선자의 목소리, 거짓말쟁이의 사람 좋아 보이는 미소, 이질적이고 절망감이 밀려오는 기운.

그 모든 것이 한데 어우러져 그를 이루었을 때, 로빈의 손에 잡힌 그녀뿐 아니라 모든 발키리의 등에서 식은땀이 흘러내렸다.

"사양할 것… 없어!"

겉으로 보기에는 인자해 보이나 이상하게 기분 나쁜 미소가, 순식간에 그 누구보다 잔악한 얼굴로 변했다.

"도망쳐!"

위에서 그 광경을 지켜보던 발키리들이 소리쳤지만 이미 공중에서 한 손으로 발키리의 얼굴은 잡은 로빈은 그 상태로 반 바퀴 회전하면서 바위기둥에 발키리의 얼굴을 강하게 찍었다.

콰직!

치지지지직!

중력의 힘은 두 사람을 여전히 아래로 끌어당겼다. 그 탓에 그녀의 얼굴은 바위기둥에 갈리며 붉고 선명한 핏자국을 커다란 바위기둥의 중간까지 그렸다.

바닥까지 내려온 로빈은 손에 묻은 핏물을 보며 광소를 터트리기 시작했다.

"크, 크훗, 하핫, 하하하하. 크하하하하핫!! 이것 봐! 난 살아 있어. 네 년들에게 목이 잘린 이 위대한 대 살인마 차드님께서 죽음의 강을 건너 끝내 살아 돌아왔다고. 크하하하하."

다른 기억을 가진 새로운 인격이 또다시 로빈의 몸을 지배했다.

최악의 인간 백정, 차드.

입에 담기도 두려운 그는, 인간이라는 말 자체가 모욕이나 다름없을 정도로 썩어 빠진 자였다.

과거 그가 전 대륙에서 벌인 범죄만 666건. 모두가 귀족 자제를 대상으로 벌인 살인 사건이었다.

만약 그가 의적을 자칭하는 자들처럼 탐관오리의 목을 베거나 재물을 빼앗는 범죄자였다면 대륙 공적으로까지 몰리지는 않았을 것이다.

그는 대상인 귀족의 청년 혹은 아가씨를 납치한 후 1주일간 자신이 미리 만들어놓은 비밀 아지트에서 살해 대상을 고문하고 겁탈했다. 남자와 여자의 구분도 없었으며 일주일을 괴롭힌 후 차마 설명하기 힘들 정도로 참혹하게, 인간으로 태어난 것을 후회하게 만들며 죽였다.

그뿐만이 아니라 그렇게 죽인 시체는 자신만의 방법을 사용하여 처리한 뒤 피해자의 집에 행방을 알려주었다. 그곳에는 훌륭한 전채 요리만이 있을 뿐, 피해자의 모습은 보이지 않았다. 그 전채 요리가 바로 인간 백정의 손을 거친 피해자의 마지막 모습이었다.

666명을 살해하여 전 대륙, 특히 프하이엄 제국에 막대한 피해를 입힌 그는 신성 왕국을 넘어 네르갈의 사막으로 넘어가던 도중 그만 발키리에게 잡혀 목이 잘렸다. 그 시체는 자국 귀족들의 화를 억누르기 위해 프하이엄 제국의 황제가 비싼 값을 치르고 가져갔다.

세상 사람들은 단지 그를 잔혹한 살인마라고 평하지만 그에 대해서 말할 때 절대 잊어서는 안 될 것이 있었다. 바로 그가 천재이자 뛰어난 기사였다는 것이다. 그는 뛰어난 두뇌로 도저히 도망칠 수 없을 것 같은 포위망을 유유히 벗어나고, 기사를 농락할 수 있었다. 그는 판사, 변호사, 요리사, 의사 등등의 직업을 가장했다. 인간의 심리에 능통해 다양한 인사와 교류하였고 넓은 인맥을 자랑했다. 그의 정체가 드러났을 때 심장이 뒤집어질 정도로 놀라지 않은 귀족이 거의 없었다고 한다. 또한 검술과 무술에 대해서도 뛰어난 재능을 지녔다.

"아아, 굉장해. 이런 황홀한 느낌이라니. 힘이, 마나가 흘러넘치는 이 육체, 그리고 마치 꿈처럼 몸속에 스며들고 있는 기억의 홍수. 최고야! 지금의 나라면 예전처럼 비겁한 수를 쓰지 않고도 땅의 왈큐레를 상대할 수 있을 것 같군. 자, 그럼, 과거에 나의 길을 방해하고 급기야 내 목을 베어버린 자들과 연관이 있을 법한 네년들은 어떻게 처리해 줄까?"

잔혹한 살기가 그녀들을 향해 쏟아졌다. 엄청난 살기에 그녀들은 거우 정신을 차리며 검과 부메랑을 다시금 그에게 날렸다.

하나 로빈은 여유로운 모습으로 전혀 움직일 생각조차 하지 않고 서 있었다. 이윽고 모든 무기가 사방팔방에서 일제히 그의 몸과 부딪치는 순간,

차르르르릉!

수많은 무기가 단 하나의 거대한 소리만을 이루었다. 실로 완벽한 호흡이라 할 수 있었으나 발키리들이 원하는 소리가 아니었다.

"발경이라. 이 편한 기술을 어째서 그는 그렇게 어렵게 쓰고 있었지?"

검과 창, 부메랑, 틈틈이 던진 단도 모두 그의 부드럽고 얇은 피부에 티끌만한 상처도 주지 못하고 튕겨 나갔다.

"외부의 충격을 내부로 타점을 이동해 치명상을 남기는 기술이니 자신의 내부에 있는 힘을 외부로 옮기는 것도 가능할 터. 이를 테면 전신(全身) 발경인가."

그는 알지 못했다. 방금 그가 피스트 마스터 다이모스의 기억을 뒤져서 얻은 이론을 자신의 방식으로 바꾸어 단 한 번만에 성공시킨 이 기술이 동 대륙의 무인(武人) 중에서도 몇 되지 않은 자만이 익혔다고 알려진 호신강기(護身剛氣)라는 기술이었음을.

"이런 일이 있다니."

한낱 인간이 벌써 발키리 4명을 쓰러트린 것도 모자라 발키리들이 가장 자신하는 기술마저 무너트렸다.

"큭, 크캬캬캬캬. 서른아홉 번을 씹어 먹어도 시원찮은 년들. 큭, 이 두통은 괴롭지만 재미있군. 점점 전혀 몰랐던 기억들이 떠오르고 있어. 나의 꼭두각시로 만들어줄까? 아니면 쾌락에 미친 성노예로 만

들어줄까? 언데드로 만들어버리는 것도 괜찮겠어. 꼬챙이로 꿰어 걸어 두는 것도 운치가 있는데. 크크! 9명이나 되니 떠오르는 것들을 전부 하나씩 해주면 되겠군."

앞으로 그녀들의 고통에 찬 비명 소리를 들을 것을 생각하니 벌써부터 온몸에서 화학 물질이 분비되며 욕정이 끓어오르기 시작했다.

"물러서라! 너희들의 상대가 아니다."

마치 얼음 같은 한 마디가 그의 욕정을 한순간에 식혀버렸다. 그리고 목소리의 주인공이 서서히 그를 향해 다가오기 시작했다.

"헤에, 당신은 또 누구?"

오만한 모습의 네메시스를 처음 본 그가 물었다.

네메시스, 그녀의 고향은 동 대륙의 오랑이라는 거대한 나라에 속한 곳이었다.

그곳은 빈말로도 좋다고 말할 수 있는 곳이 아니었다. 인간이 다른 인간을 죽이는 것이 당연하게 인식되고 툭하면 전쟁이 일어났다. 도적 떼가 설쳐댔으며 그녀의 부모처럼 힘없는 양민들은 이유도 없이 검에 베여 죽고 기껏 키운 양식을 약탈당해도 큰소리 한 번 제대로 지를 수 없는 그런 곳이었다.

그녀가 8살이 되던 해, 그제야 자신이 살고 있는 이곳을 바깥 사람들은 무림이라고 부르는 것을 알게 되었다. 그리고 밖의 세계도 전쟁과 도적이 있지만 이곳만큼 많은 살인과 범죄가 일어나지 않는다고 했다.

그렇다면 자신의 부모들은 왜 이곳을 떠나지 않는 것일까? 어린 그녀는 알 수 없었지만 오래전부터 이렇게 살아온 부모들은 어느새 사육당하는 가축처럼 울타리 밖을 벗어난다는 생각을 전혀 하지 못하고 있었다.

어느 날, 그녀는 그다지 멀지 않은 곳에 위치한 쥬신이라는 나라를 알게 되었다. 사람들이 말하길 쥬신은 죽지 않는 불사의 여왕이 다스리는 나라로 만 백성이 태평성대를 누리며 굶지 않고 모두가 평등하게 인간답게 살 수 있는 꿈의 낙원이라고 했다.

언제부터인가 그녀는 그 나라에서 살 수 있기를 매일 밤 빌었다. 배고픔도 전쟁도 없는 평화롭고 아름다운 나라에서 살 수 있기를 말이다.

열 살 때의 네메시스는, 아니 당시 '난(蘭)'이라는 이름을 지녔던 소녀는 또래에 비해 유난히 영특하고 귀여워서 많은 사람들의 사랑을 받았다. 당시 먼 이웃마을에서 고작 10살인 어린아이에게 하루가 멀다 하고 중매가 들어올 정도로 그녀의 미모는 유명해졌다. 아마 그때부터였을 것이다. 유난히 아버지가 자신을 예뻐하고 어머니가 신경질적으로 자신을 흘겨보게 된 것이.

얼마 후 또다시 도적떼가 찾아와 마을을 약탈하기 시작했다. 관군이 오는 것은 그들의 행패가 다 끝나고 이틀 후, 게다가 그들은 이번에도 당연하다는 듯이 뒤늦게 나타나 피해 상황만 살펴보고 떠나가겠지.

"아빠, 우리 쥬신으로 가요. 거기는 도적도 없고 배도 굶지 않는다고 했어요. 거기는 천국이래요."

인근 동굴로 피신해 있던 그녀가 말하자 아버지의 커다란 두 눈이 먹이를 눈앞에 둔 맹수처럼 번쩍였다.

"하아, 하아, 처, 천국에 가보고 싶니? 이 아빠가 천국에 데려다줄까?"

그녀는 아버지가 제정신이 아니라고 확신했다. 그리고 이유 모를 공포에 슬금슬금 뒷걸음을 쳤으나 작은 동굴이라 더 이상 도망갈 곳은 없었다.

"하아, 왜 도망가는 거니? 이리 오렴. 내 사랑스러운 딸아."

그곳에 아버지는 없었다. 친딸을 탐하려는 더러운 욕망에 사로잡힌 짐승만이 있었을 뿐.

"꺄아악!"

하이에나처럼 그녀를 덮친 아버지는 그녀의 위에서 숨을 헐떡이며 거치게 옷을 잡아 뜯었다.

너무나 놀랍고 당황스러워 실신하기 직전, 갑자기 아버지의 몸이 힘 없이 쓰러지면서 등 뒤에서 무시무시한 눈동자로 서 있는 어머니의 모습을 볼 수 있었다.

그 눈빛의 정체를 빨리 알아차렸어야 했는데…….

어머니는 그녀의 손을 잡고 어디론가 데려갔다. 처음에는 어머니에게서 구원을 받았다고 생각했지만 차츰 시간이 지날수록 의문이 생겨나기 시작했다.

그렇게 어딘가에 도착한 그곳에서 그녀는 어떤 사내에게 넘겨졌다.

설마 어머니가 자신을 나쁘게 할까 싶은 마음에 그녀는 어머니의 말대로 사내를 따랐지만 곧 어머니의 눈동자에 떠오른 희미한 미소를 볼 수 있었다. 어머니의 눈에는 딸을 욕보이려는 짐승 같은 남편에게서 딸을 구한 안도감이 아닌, 한 여자로서의 승리감이 깃들어 있었다.

이상한 마차에 갇히게 된 그녀는 거기서 다른 세 명의 여자들을 만났다. 나이는 어리지만 영민한 편이었던 그녀는 그 남자가 노예 상인이라는 것과 자신의 미래가 어떻게 될지에 대해서 알게 되었다.

부모에게서 버림받은 사실과 어둡고 끔찍한 미래에도 불구하고 어린 그녀는 눈물은커녕 슬프지도 않았다. 그녀는 싸늘한 어머니의 시선을 접하기 시작하면서부터 이미 깨닫고 있었는지도 몰랐다. 언젠가 이런 날이 올지도 모른다는 것을.

울다가 지쳐버린 소녀들 사이에서 그녀는 오물 냄새를 맡으며 조용히 기도했다. 이 세상에 신이라는 존재가 있다면 지금 당장이라고 욕심을 부리지는 않을 테니 죽기 전에는 꼭 낙원이라 불리는 나라에 가서 살 수 있게 해달라고.

자상한 신은 그녀의 소원을 들어주었다.

그날 밤, 지하 노예 시장을 한 남자가 공격했다. 새하얀 서 대륙의 옷을 입고 있는 색목인은 마치 뇌신(雷神)처럼 온몸에서 벼락을 일으키며 장정들을 제압하며 노예 상인의 목을 베었다.

그는 노예 상인에게 잡혀 있던 자들을 모두 풀어주면서 재물을 나누어 잡혀 있던 이들이 고향으로 돌아갈 수 있게끔 하고 다친 자들을 신성력으로 치료해 주었다.

떠날 사람은 떠나고 치료받는 사람은 치료받는 가운데, 갈 곳도 없고 다치지도 않은 란은 결국 모든 사람이 그곳을 떠나는 날까지 가만히 그를 지켜보았다.

마지막 사람을 배웅하던 그가 천천히 걸어와 그녀의 앞에 섰다.

"너는 갈 곳이 없는 모양이구나. 이 아저씨가 사는 곳에 같이 가지 않을래? 그곳에는 너 말고도 너와 비슷한 아이들이 많단다."

생각지도 못한 말에 그녀는 기뻤으나 얼른 기색을 감추고 조심스레 물었다.

"거기는 어디?"

"신을 모시는 신성한 땅. 굳이 말하자면 서 대륙의 쥬신이라고 할까? 틀림없이 많은 이들이 진심으로 너를 반겨줄 거란다. 나 또한 그랬

거든."

서 대륙의 쥬신. 그 한마디는 그녀의 마음을 움직이기에 충분했다.

"내 이름은 로이드. 이곳으로 치자면 전투승 같은 존재란다. 네 이름은?"

"내 이름은 난(難). 하지만 더 이상 의미는 없어. 괜찮으면 로이드가 서 대륙의 이름으로 지어 줬으면 하는데."

그는 당돌한 동 대륙의 소녀에게 네메시스(Nemesis)라는 이름을 지어주었다.

그렇게 그녀는 네메시스가 되었다.

로이드는 30대 초반의 남자로 그리 잘난 구석이 있는 것도 아니고 돈이 많은 것도 아니며 끼어들지 않는 일이 없는, 피곤하기까지 한 남자였다. 그래도 그녀에게 있어 신성 왕국으로 향하는 여정은 하루하루가 행복하고 꿈같은 나날이었다. 우연찮게 자신에게 상당량의 신성력이 흐르고 있다는 것도 알게 되었다.

"로이드도 고아였어? 신성 왕국이라는 곳은 정말 낙원이야? 서 대륙 사람들은 모두 로이드처럼 눈이 파랗고 키가 커?"

네메시스는 활기가 넘치고 호기심이 남들보다 배는 많은 아주 활발한 아이가 되어 있었다.

"신성 왕국의 신도들은 대부분 고아지. 그리고 낙원이라는 것은 아무것도 아니야. 옛날이야기를 하나 해줄까? 나는 어렸을 적에 상당히 삐뚤어진 아이였지. 그 누구와도 친해지려고 하지 않았고 매일같이 싸우기만 했어. 그때 내 모습을 본 지금의 스승님이 이런 말을 해주셨어. '애야 너는 지금 외롭지 않느냐?' 나는 울컥해서 외쳤지. '외로운 건 익숙해요!' 라고."

네메시스는 커다란 눈망울을 반짝이며 그를 올려다보았다. 그 모습이 강아지처럼 귀여운지 그의 손이 네메시스의 머리를 쓰다듬어주었다.

"그러자 그분께서는 그 커다란 손으로 이렇게 내 머리를 쓰다듬어주시며 이렇게 말씀하셨단다. '애야 외로움에 익숙해지는 인간이란 없는 법이란다. 너는 스스로 감정을 하나씩 닫겠느냐? 아니면 이 삭막한 세계를 아름답게 꾸며보겠느냐?' 라고."

한 호흡 동안 그의 입이 굳게 다물어졌다.

"우리가 가는 곳은 확실히 사람들이 말하는 대로 배고픔도 전쟁도 없는 땅이야. 하지만 그곳에 간다고 해서 배고픔도 아픔도 슬픔도 없어지는 것이 아니야. 단지 다른 곳에 비해서 약간 행복하게 느껴질 뿐. 상처가 나면 아프고, 굶으면 배가 고프고, 친인이 죽으면 눈물이 흐르지. 하지만 그렇다고 실망할 필요는 없단다. 네가 그곳을 낙원이라고 생각하지 못한다면 내가 그렇게 되도록 만들어주마. 나의 스승님께서 해주신 것처럼 말이야."

그가 짓는 미소는 진정으로 아름답고 행복한 인간의 미소였다.

여행 도중 두 사람은 서로에 대해서 많은 것을 이야기하고 많은 것을 알게 되었다. 네메시스는 로이드의 여러 모습을 보면서 자연스레 그를 의지하게 되었다.

그녀는 어느 순간부터 로이드에게 존댓말을 쓰기 시작했다. 그때 로이드가 느낀 감동은 이루 말로 표현 할 수 없을 정도로 기뻤다고 한다.

오랜 여행 끝에 마침내 신성 왕국에 도달했다. 그리고 다시 세월은 유수처럼 흘렀다.

그동안 란에게는 여러 일이 있었다. 그 중 가장 즐거웠던 일은 바로 신학을 배우게 된 것이었다. 신학은 사제들에게 있어 필수로 배워야 하는 과목이지만 그 난해함 때문에 대부분 19세 이후부터 배우게 되는 것이 원칙이었다.

"로이드! 나 다 들었어요. 네메시스는 당신이 모시고 있는 분의 이름이라면서요? 게다가 하필이면 복수의 여신이라니! 오, 신이시여!"

신성 왕국의 라디언스 신전의 조용한 뒤뜰에서 심통에 가득 찬 소녀의 목소리가 쩌렁쩌렁 울려 퍼졌고 그 뒤로 난처해하는 중년 남자의 목소리가 들려왔다.

"하하, 이것 참, 결국 알아차린 거야?"

"'하하' 가 아니잖아요. '하하' 가!"

"네메시스는 신학 공부도 열심히 인 것 같은데. 신학을 배운 지 얼마 되지도 않았는데 벌써 빛의 상급신인 네메시스님을 알게 되다니… 난 매일 신학 시간에 졸아서 빛의 신의 이름을 절반도 모르는데 말이지. 은근히 좀 더 모르기를 기대했는데."

"뭐에요? 정말 너무해! 어쩐지 그 동안 사람들이 내 이름을 듣고 반응이 이상하다 했는데, 날 속였어! 로이드 같은 사람은 최저야!"

이유야 어떻든 아버지 뻘인 남자가 어린 딸 정도로 보이는 소녀에게 쩔쩔 매는 광경은 어지간해서는 쉽게 볼 수 있는 것이 아니었다.

"그러고 보니 오늘이 공석이 된 불의 왈큐레를 이어갈 전승자를 뽑는 첫째 날이었지? 이거 참, 나도 체면이 아니군. 내가 데리고 온 꼬맹이가 벌써 나보다 직책이 높아졌을 줄이야. 어때? 자신은 있어?"

"오늘의 상대는 운이 좋게도 레이티아라고 하는 귀엽고 예쁘지만 약간 맹한 구석이 있는 아이에요. 문제없이 낙승. 하지만……."

네메시스는 주위에 아무런 인기척이 없음을 확인하고는 휙 달려들어 로이드의 입술을 훔쳤다. 당돌한 그녀의 행동에 적잖게 당황한 그는 그만 땅바닥에 엉덩방아를 찧고 말았다.

"상대가 그 누구라도 당신을 위해서 꼭 이길 테야."

그리고 부끄러운 듯 상기된 얼굴로 혀를 쑥 내밀며 미소를 짓는 모습에 100년 수양도 한순간에 날아가버릴 것 같았다.

잠시 그 미소에 멍해져 있던 로이드는 이 철부지 아가씨가 제발 제정신을 차리기를 간절히 바라며 성호를 그으면서 모시는 신의 이름을 외쳤다.

"오, 네메시스여. 저를 시험에 들게 하지 마시고 부디 이 불여우의 손아귀에서 구해 주시옵소서."

하지만 그의 기도에도 아랑곳하지 않고 그의 신은 그에게 더욱 큰 시련을 내렸다.

"그건 무리. 왜냐면 내가 당신의 네메시스인걸. 조금만 기다려줘. 내가 글로리아 퀸이 되면 신관도 결혼할 수 있게끔 꼭 만들 테니깐, 달링."

로이드는 그만 자신의 머리를 철석 하고 때리고 말았다.

"내가 요물을 이 나라에 끌어들였구나."

그 말에 네메시스는 꺄르르 웃기 시작했다.

황당한 표정을 짓던 그도 어느새 그녀에게 전염이 된 것처럼 세상에 둘도 없을 미소를 지으며 서로를 바라보았다.

하지만 모든 것은 말처럼 쉽게 이루어지지 않는 법.

"하아, 이 이럴 수가."

'쓰러져! 쓰러지란 말이야!'

모든 공격이 소용 없었다. 남들에 비해 항상 한 템포 움직임이 늦고 멍청하게 굴던 아이가 혼신의 힘을 다한 공격에도 약간의 미동도 없었다.

"어, 어떻게 저 바보가 이런 힘을?"

네메시스의 한마디에 레이티아의 눈동자에서 검은 눈동자가 사라졌다.

"나, 나, 난 바보 아냐!"

레이티아가 소리치며 손에 든 검을 휘두르는 순간, 네메시스의 눈앞에는 온통 빛밖에 보이지 않았다.

쿠구구구궁!

그리고 그 빛과 뒤늦은 굉음이 모두 사라졌을 때, 네메시스는 자신의 앞에 서 있는 누군가의 실루엣을 볼 수 있었다.

비틀비틀.

천천히, 천천히 몸을 돌린 남자의 얼굴은 그녀가 익히 알고 있는 자의 것이었다. 하지만 갈기갈기 찢겨진 상처와 그 몸을 온통 적시고도 바닥에 넘쳐흐르고 있는 검붉은 피가 그녀의 판단력을 둔하게 만들었다.

"……미안하구나. 네메시스. 널, 널 꼭 행복하게 해주겠다고 했는데 그 약속을 못 지킬 것 같아. 이런, 아… 앞이 안 보여. 마지막은 꼭 네 얼굴을 보면서 죽고 싶다고 기도했는데. 그 벌일까?"

어둠 속에서 물건을 찾는 이처럼 손을 공중에 휘저으며 소녀를 찾던 사내는 이내 힘없이 쓰러졌다.

한눈에 보아도 절명했다는 것을 알 수 있었다. 하지만 머릿속으로는 깨달아도 마음으로는 인정할 수 없었다.

"거짓말. 거짓말이야! 아니야, 이건 아니야아아아아아아아아아!!"

커다란 충격에 그만 심마에 걸려버리고 만 네메시스는 정신을 잃고 쓰러졌다.

근 한 달 만에 정신을 차린 그녀는 모든 사실을 알게 되었다. 로이드 가 죽어 안식의 관에 묻혔다는 것과 레이티아에 관해서.

사실 레이티아는 모두가 놀랄 만한 잠재력을 지니고 있었다. 하지만 겁쟁이인 탓에 아무리 각성시키려 해도 각성시켜지지 않던 그 힘이 어처구니없게도 시합 전 평소 레이티아를 그다지 좋아하지 않던 한 아이가 외친 한마디, '네가 시합에만 나가면 무조건 지는 바보라서 버림받았다.' 라는 말에 그만 힘의 각성과 함께 마나 폭주를 일으켜버리고 말았다.

과거 부모에게서 버림받았을 때와는 달리 그녀의 두 눈에서는 눈물이 멈추지 않았다.

고작, 고작 그런 유치한 이유 때문에 마나 폭주를 일으켜 힘을 조절하지 못하고 로이드를 죽였다는 것인가? 우스웠다. 이게 농담이라면 배를 잡고 미친 듯이 웃었을 정도로 재미난 일이었다. 하지만 현재 로이드가 그녀의 옆에 없기에 피 눈물이 쏟아질 만큼의 고통만이 느껴질 뿐이었다.

"레이티아. 너만 없었으면. 너 같은 것이 진작 이 세상에 존재하지 않았다면 모든 것이 완벽했는데… 두고 봐. 너만은 용서치 않아. 네가 이 세상에서 가장 행복해지는 순간, 지금의 나처럼 나락의 끝으로 밀어주겠어. 그 누구도 아닌 바로 내가."

자신의 발키리들과 이상하게 변한 로빈이라는 남자가 교전을 벌이고 있었지만 눈앞의 존재 때문에 조금도 움직일 수가 없었다.

의식을 잃은 레이티아의 몸이 빠르게 회복되고 있었다. 왈큐레가 지닌 신성력은 실로 기적에 가까운 힘이었다. 그 힘 때문에 그녀들은 거의 불사에 가까운 존재로 거듭나게 되었다. 마음만 먹으면 보름 간 식사도 수면도 취하지 않은 채 싸움에만 임할 수 있었다.

그런 무신들을 빠르게 제압할 수 있는 유일한 방법은 바로 그녀들의 무기, 즉 신기만이 가능했다.

신성 왕국에 존재하는 4개의 신기. 그중 하나인 메두사는 왈큐레의 목숨까지 위협한다. 그 정도까지는 아니더라도 람세스는 일단 4개의 신기 중에서 으뜸이라고 알려진 신기답게 완벽에 가까울 정도로 레이티아를 제압하는 데 성공했다.

그러나 이미 반수 이상의 발키리가 저 눈앞의 남자에게 제압당한 후의 일이었다.

"차드… 라."

빈손으로 앞으로 나선 네메시스는 그 이름을 중얼거렸다.

단순한 우연이지 몰라도 차드라는 이름은 왈큐레인 그녀에게 있어서 잊을 수 없는 이름 중 하나였다.

약 40년 전, 급작스럽게 땅의 왈큐레의 전승식이 벌어지게 되었다. 당시 땅의 왈큐레는 아직 젊디젊었기에 그 누구도 후사를 생각해두지 않았었다. 그리고 당시 13살이었던 씨드라는 이름의 소녀가 전승자로 선택되었다.

이러한 일이 벌어지게 된 이유는 단 하나. 바로 살인마를 잡으러 나섰던 땅의 왈큐레가 그의 간교함에 속아 치명적인 일격을 맞았던 것이다.

왈큐레의 신성력은 설령 심장이 터지더라도 회복이 가능했다. 하나 그녀를 찌른 무기는 평범한 단검이 아닌, 살해당한 666인의 고통과 원한을 고스란히 담아 만든 무시무시한 마기(魔器)였던 것이다.

신성력과 마기의 힘은 물과 기름과 같아 땅의 왈큐레는 급하게 다음 전승자인 씨드에게 그 힘을 넘겨줄 수밖에 없었다.

인간의 몸으로는 최초로 왈큐레를 쓰러트린 인간. 그의 이름과 그가 저지른 짓은 왈큐레들 사이에서 비밀로 전해지며 왈큐레가 결코 무적이 아니라는 사실을 일깨워주는 계기가 되었다.

"어째서지? 그냥 보내준다고 했을 텐데? 발키리들을 저 모양으로 만들어놓은 것으로 보아 제법 숨겨놓은 힘이 있는 모양이지만 나를 이길 수 있다고 생각하나."

네메시스의 목소리는 그리 크지 않았지만 위협하듯이 일으킨 기세에 근처에 있던 발키리들이 모두 몸을 움츠리고 말았다. 하나 로빈만은 아무런 움직임도 없이 여유롭게 서 있었다.

"분명 내가 안에 있을 때 그런 말을 들었던 것 같은데 말이지. 내 목적은 도망가는 게 아니라 너희들을 모조리 죽여버리는 거라서 그렇게는 못하겠는데?"

"그런가."

네메시스가 손바닥을 앞으로 내밀자 바닥에 홍건히 고여 있던 물 웅덩이에서 물로 만들어진 4개의 자벨린이 네메시스의 머리 위로 떠오르기 시작했다.

그녀의 힘이 가장 크게 발휘되는 곳은 당연히 주위에 물이 많은 곳이다. 사실 이 협곡 지형에서 제대로 된 힘을 발휘할 수 있는 자는 씨드와 실피시뿐. 하지만 방금 전 필살의 해일 공격으로 인해 네메시스는 엘레멘탈의 힘을 원활히 사용할 수 있는 조건을 갖추게 되었다.

"제발 살려달라고 외치게 만들어주지."

물로 이루어진 수십 개의 자벨린이 그를 향해 쏘아졌다.

"하! 날 우습게 보았나? 물장난은 애들이랑 함께하시는 게 어때?"

그를 향해 부딪쳐 갔던 워터 자벨린들은 그의 몸에 부딪히는 순간 육체 내부로부터 폭발적으로 밀려나오는 힘에 의해 물 풍선처럼 공중에서 터졌다.

"제법이다만, 아직 애송이군."

그녀의 목소리가 바로 머리 뒤에서 들려오더니 강력한 충격이 머리를 때렸다.

"어라?"

눈에 보이지도 않는 빠르기와 공격. 이상함을 느낀 그는 곧 사안을 꺼내놓았다. 그러나 인간의 한계를 벗어난 감각과 시력이 사각을 없애줄 것이라 확신했지만 그것은 오만이었다.

"나를 찾나?"

사안도, 초감각도 소용이 없었다. 훨씬 더 빠르며, 훨씬 더 강력한 공격 앞에 그가 지금껏 해온 짓은 어린아이 재롱에 불과하게 되었다.

이리 터지고 저리 차이는 동안 그는 단 한 번도 네메시스의 모습을 보지 못했다. 그러나 이대로 두 눈 뜨고 멍하니 당할 수만은 없었다.

"하아아압!"

발경은 무언가에 닿는 순간 그 충격을 내부로 옮기는 기술이다.

하지만 실제적으로 주먹을 내지를 때 가장 먼저 닿는 것은 무엇일까? 그것은 바로 공기다. 평소에는 잘 느끼지 못하지만 우리의 몸은 항상 대기의 저항을 받고 있다. 그런데 이 저항에 몸을 맡기지 않고 도리어 마나를 이용하여 일대의 공기를 최대한 압축시킨 뒤 그 힘이 대기와 맞부딪히는 순간 발생하는 충격을 원하는 지점으로 옮기는 방법이 있다. 그것이 바로 투신의 필살이라 칭해지는 최종 비기의 정체였다.

콰과광! 콰과광! 콰과광!

하지만 그 필살도 상대에게 맞아야만이 가능한 것. 대수롭지 않게 세 번의 공격을 모두 피하는 모습을 보니 저 괴물은 맞아도 버틸지 모른다는 생각이 들어 소름이 돋을 정도였다.

"네 녀석이 어디에서 뭘 하고 온 녀석인지는 모르겠지만 고리타분하기 짝이 없는 기술을 사용하는구나."

네메시스가 손을 살짝 들었다가 놓자 눈물 한 방울 크기의 작은 물방울이 둥실둥실 떠오르기 시작했다.

"힘의 차이를 느끼게 해주지."

물방울을 거들떠보지도 않고 손가락을 까닥이자 작은 물방울이 빠른 속도로 그를 향해 날아갔다.

워터 자벨린도 아닌 그저 작은 물방울이라고 만만하게 본 그는 손에 마력을 집중시킨 뒤 날아오는 물방울을 막았다.

"흡!"

막지 못했다. 엄청난 힘으로 밀고 들어오는 물방울의 힘을 느낀 그는 곧 마력을 퍼붓기 시작했지만 아무리 용을 써도 그 물방울을 어찌할 수가 없었다.

로빈은 과거 제국에서, 그리고 또 한 번 바다에 빠져 숨이 끊어지기 직전, 두 번에 걸쳐 드래곤 하트가 그의 몸으로 녹아 들어간 일이 있었다. 그때 녹아 들어간 양만해도 드래곤 하트 전체의 절반에 이를 정도였기에 지금 로빈의 몸 안에는 작은 바다라 칭해질 정도의 마나가 존재하고 있었다.

하지만 현재 로빈의 몸을 제압하고 있는 그는 커다란 마나가 존재하고 있음을 파악하고 있으면서도 한번에 그것을 원하는 만큼 꺼내놓을 능력이 없었다. 그는 전체 마력의 100분의 1 정도밖에 쓰지 못하고 있는 것이다.

핑!

"크아악!"

결국 그 작은 물방울을 떨쳐내지 못하자 물방울은 손을 뚫고 지나가며 관자놀이를 살짝 스쳤다.

마치 개미를 눌러 죽이는 것처럼 힘을 들이지 않는 공격.

이것이 왈큐레의 힘인가? 과거 운 좋게 땅의 왈큐레에게 치명상을 주었던 것은 그야말로 기적이었단 말인가?

겨우 살아난 몸이다. 이것이 진짜 자신이 부활한 것인지, 아니면 누군가의 기억 속에 존재하는 더미(Dummy)로 다시 태어난 것인지는 상관없었다. 자신의 삶과 죽음 따위에는 애초부터 관심이 없다. 단지 제잘난 척하는 자들이 자신의 발을 핥으며 살려달라고 애걸복걸하는 소리와 눈물, 그리고 처절한 비명을 다시금 듣고 싶은 소망뿐. 거기에 눈앞의 저 오만하고 아름다운 이가 지르는 비명은 더 더욱 감미롭겠지.

"크하."

고통의 숨결이 아닌 흥분과 욕정의 숨결이 새어 나왔다. 그리고 그녀가 자신을 가지고 놀고 있는 동안 빠르게 머릿속을 검색하기 시작했다.

수많은 기억 속에서 저만한 존재에 맞서 싸울 수 있을 존재와 기억을 검색하고 카피하여 자신의 것으로 만든다.

"ㅇㅇㅇㅇ윽!"

머리가 깨져버릴 듯한 두통이 다시금 엄습해 왔다. 하나 이제는 이 또한 쾌락.

그는 39인의 영웅 중 유일하게 혼돈과도 같은 존재였다.

애별이고(愛別離苦:사랑하는 이와 이별의 고통), 원증회고(怨憎會苦:증오하는 이와 다시 만나는 고통), 구불득고(求不得苦:원하는 것을 얻지 못하는 고통)의 삼고(三苦).

재물욕, 색욕, 식욕, 명예욕, 수면욕의 오욕(五慾).

희(喜), 노(怒), 애(哀), 락(樂), 애(愛), 오(惡), 욕(欲)의 칠정(七情).

그에게 있어 삼고(三苦), 오욕(五慾), 칠정(七情)이 하나이기에 다른 자의 생각과 기억, 감정 또한 자신과 하나가 되지 못할 리 없었다.

그야말로 피라면 어떤 동물이든 가리지 않고 빨아 먹는 찰거머리와도 같은 녀석.

그는 그 몸을 만들어낸 프하이엄 제국의 황제조차 생각하지 못했던 변수임이 틀림없지만 아이러니하게도 그로인해 제멋대로 폭주하면서 밖으로 빠져나오고 싶어 하던 인격들이 점차 안정되며 그를 숙주(宿主)와 같은 존재로 받아들이기 시작했다.

즉 프하이엄 제국의 황제가 가장 바라던 이상적인 모습이 그를 중심으로 갖추어졌다는 것이다.

드래곤의 육체, 현자의 지혜, 최고의 기량을 자랑하던 전사의 무력. 그 몸은 일찍이 한 시대를 풍미했던 자들의 능력이 모두 결집되었다.

"자비를 베풀어 마지막 기회를 주겠다. 내 계획이 완벽하게 끝나려면 너라는 존재는 꼭 필요하니."

네메시스는 방금 전의 공격과 달리 확실하게 기절시키려고 수도로 내리쳤다. 하나 그 손에 닿는 것은 마치 솜털을 때린 것 같은 느낌뿐이었다.

그 주먹의 끝에 닿은 것은 신발의 끝 부분. 그리고 살짝 힘이 느껴지면서 두 사람의 거리가 크게 벌어졌다. 조금 전과는 확연이 다른 여유와 무감(無感)이 네메시스의 신경을 쓰이게 만들었다.

"정말 혼란스럽게 만드는군. 넌 누구냐?"

인격도 분위기도 모든 것이 그녀가 관찰한 로빈과 전혀 다른 인간이었다. 갑자기 그 모습이 바뀐 것 하며 이중인격이라고 보기에도 이해되지 않는 부분이 많았다. 정말로 인간이긴 한 것인가?

조용히 입을 다물며 이상한 움직임을 보여주던 그의 눈에서 붉은빛이 뿜어져 나오며 입이 열렸다.

"널 천국에 보내줄 저승사자."

마나를 체내에서 폭발시키자 강한 기세가 뿜어져 나오며 긴 머리카락이 기의 돌풍에 휘날렸다.

네메시스의 안으로 파고들며 날린 발차기. 하나 이번에 그녀는 피하지 않고 간단히 손을 들어 막았다.

완벽한 방어임에도 그는 아랑곳하지 않고 좌우에 손이 10개씩 달려있는 것처럼 수많은 주먹의 그림자를 몰아쳤다.

파파팍!

그 주먹이 향하는 곳은 하나하나가 치명적인 급소. 하지만 그 어떤 공격도 그녀에게 위협을 줄 수 없었다.

"제길! 그럼 이건 어떠냐!"

이마에서 모여드는 마나가 이내 충격파로 바뀌며 그녀를 덮쳤으나 손 부채질 한 번에 충격파는 무(無)로 돌아가고 오히려 그의 몸이 뒤로 튕겨 나갔다.

뒤로 날아가던 그는 근처 바닥에 떨어져 있던 발키리들의 부메랑을 잡고는 몸을 틀어 바위기둥에 두 발을 붙인 뒤 힘껏 앞으로 뛰었다.

맑고 투명한 검신이 뚜렷하게 눈에 보이기 시작하며 검 면이 단단한 은색의 빛을 발하기 시작했다. 완벽한 마나 블레이드.

상급의 소드 마스터만이 쓸 수 있는 마나 블레이드라면 그녀에게 어느 정도 효과를 발휘할 것이라 생각했다.

"장난은 여기서 끝이다."

그 한마디에는 비웃음이 깃들어 있었다.

"그래도 지금껏 열심히 한 노고를 생각해 왈큐레의 힘을 맛 볼 수 있는 영광을 주겠다."

네메시스의 두 손이 오케스트라를 지휘하는 지휘자처럼 움직이기 시작하자 그에 반응하여 주위에 존재하고 있는 물이 그녀를 중심으로 모여들더니 맹렬하게 회전하기 시작했다.

"과연 얼마나 견딜 수 있을까? 취우(翠雨)!"

한데 뭉쳐 있던 물이 그녀의 외침과 함께 하늘 높이 솟아오르더니 이내 수를 헤아릴 수 없을 정도로 많은 물방울로 나누어져 그를 덮쳤다.

마치 소나기를 연상케 하는 공격. 하지만 그 힘은 우박과는 비교가 되지 않을 정도로 강력한 살상력을 지니고 있었다.

그는 그 공격을 피하며 마나 블레이드로 막아보기도 하였으나 이내 끝없이 쏟아지는 공격에 속수무책으로 당할 수밖에 없었다.

피가 터지는 소리, 뼈가 부러지는 소리, 고통과 희열에 찬 비명 소리가 합쳐진 연주가 끝났다. 실로 눈 깜빡할 시간이 지난 후, 네메시스의 손에는 피투성이의 모습으로 축 늘어진 남자의 목이 쥐어져 있었다.

"몸 풀이 상대 정도는 되겠군. 그 어리석은 머리로 발키리 몇 명을 쓰러트렸다고 감히 왈큐레를 어찌할 수 있다고 생각했느냐. 세상은 그 형편없는 잣대로 젤 수 있을 정도로 작지 않음을 명심해라."

차원이 다르다고 하는 말은 이때 쓰는 것이리라.

실력 면에서 그는 지극히 뛰어나며 예전에 인간을 초월했다. 거기에 홍수처럼 쏟아져 나오는 보물과도 같은 지식은 그를 더욱 강하고 잔인하게 만들어주기에 충분했다. 그러나 그중 어느 것도 저만한 괴물을 쓰러트릴 수 있을 만한 것이 없었다.

아니, 하나. 딱 하나 그녀를 쓰러트릴 만한 힘이 존재했다.

이독제독(以毒制毒)이라 했다. 독은 독으로, 생물을 초월한 자를 쓰러트리려면 그 역시 생물을 초월한 힘을 사용해야 한다.

하지만 그 힘을 쓰려면 몇 가지 발동 요소가 필요했다. 먼저 자신들의 마음 어딘가로 도망친 한 나약한 인간을 불러오는 것이었다. 겨우 얻어낸 이 몸을 다시 넘겨준다는 것이 마음에 들지 않았지만 우선 눈앞의 상대를 쓰러트리는 것이 우선이었다.

차드는 의식의 심층세계로 빠져 들어갔다. 심층세계에는 밝은 빛을 발하는 동그란 모양의 구가 여기저기 존재하고 있었다. 이 구 하나가 바로 한 사람의 의식 세계. 평범한 인간이라면 한 사람에 하나가 존재하는 것이 마땅하나 이곳에는 그를 포함해 39개의 구가 떠돌아다니고 있었다.

차드는 크고 작은 여러 개의 구 중에서 가장 희미하고 탁한 빛을 뿜고 있는 조그마한 구를 찾아 손을 가져다 댔다.

'나와라, 나와서 네가 가진 그 힘을 사용해서 우리를 깔보는 저년을 짓밟고 범해 버리자. 너와 너의 슬레이브, 라피스 라줄리의 힘으로!'

그리고 그의 세계가 격변했다.

정신을 완전히 잃어버린 듯 늘어져 있는 그의 몸은 가끔씩 꿈틀거리기만 할 뿐 더 이상의 반항이 없었다.

"흥, 그렇게 자신만만하더니 고작 여기까지였나?"

실망스러워진 네메시스는 힘껏 청년의 몸을 집어 던졌다. 가볍게 던진 모습과는 달리 그의 몸은 20미터도 넘게 날아가 큰 소리를 내며 바위기둥에 부딪쳤다.

쿠구궁!

이내 힘없이 땅바닥에 쓰러짐과 동시에 그 위로 크고 작은 돌무더기가 떨어져 돌무덤처럼 쌓여 갔다.

"목숨을 살려주도록 해라. 그는 아직 써 먹을 곳이 있으니까."

명령은 절대적인 것. 발키리들은 당장이라도 쳐죽여버리고 싶은 살의를 애써 가슴에 묻고 자신들의 동료와 무기를 회수하기 시작했다.

부스럭 부스럭.

돌무더기가 떨어지는 소리에 고개를 돌리자 거기에는 멍한 눈동자로 힘겹게 자리에 서 있는 청년의 모습이 있었다.

형편없는 몰골과 공허한 눈동자는 서 있는 것 자체가 신기하게 느껴질 정도였다. 하지만 그보다 이곳에 있는 모든 이들을 놀라게 하는 것은 한순간에 변해 버린 그의 분위기였다.

"싫어, 더 이상 아픈 건 싫어. 제발 날 상처 입히지 마. 날 가만히 내버려둬."

무슨 말을 내뱉는지 그녀들은 알 수 없었다. 하지만 나약한 어린아이처럼 자신의 몸을 부둥켜안으며 눈물을 흘리는 모습은 조금 전까지의 사악한 인물이라고는 믿기 어려울 지경이었다.

한편 로빈의 머릿속에서는 끊임없이 알 수 없는 자들의 목소리가 울려 퍼지고 있었다.

‘죽여라!’

‘죽여라!’

‘죽여라!’

‘죽여라!’

"그만해. 머리가 터져버릴 것 같아. 크아아악! 넌, 너희들은 내가 아니야! 이 몸에서 꺼져버려. 더 이상 나를 멋대로 조정하려 하지 말란 말이야아아아아!"

빛이 터져 나왔다. 그의 이마에서부터 흘러나오는 마나의 빛은 이내 하얀 머리카락 전체를 뒤덮으며 찬란하게 빛나기 시작했다.

"무, 무슨?"

작은 한마디. 하지만 그 한마디가 들렸는지 로빈의 눈과 네메시스의 눈이 마주쳤다.

네메시스는 가급적 그를 살려두고 싶었다. 그래서 언젠가 그가 레이티아를 찾아왔을 때, 레이티아의 눈앞에서 그의 목을 베어 자신이 맛보았던 절망감을 그대로 느끼게 해주겠다는 것이 그녀의 생각이었다. 하지만 어째서인지 그녀의 직감이 눈앞에 있는 이 남자를 빨리 쓰러트리라고 말하고 있었다.

현재 그녀는 레이티아와의 교전으로 인해 체력도 기력도 평소의 절반도 못 되는 상황이었다. 그렇다고는 해도 일만의 군대도 그녀의 목숨을 위협할 수 없거늘…….

"너, 너 때문이야. 너만 나타나지 않았어도 레티도 나도 이렇게 되지는 않았을 거란 말이다! 죽여버리겠어. 당장 쳐죽여버리겠어! 인게이지(Engage)!"

번쩍!

눈물을 흘리며 짐승처럼 오열하던 로빈의 손에 어느새 거대하고 화려한 문양이 새겨진 자이언트 보우가 소환되어 있었다. 이 자이언트 보우야말로 슬레이브 라피스 라줄리의 진정한 형태. 일명 사릉가(Sarnga)라 불리는 마왕도 일격에 죽일 수 있는 무시무시한 파괴력을 지닌 신기였다.

콰직!

2미터가 넘는 사릉가를 힘껏 땅에 박고는 존재하지 않는 시위를 당긴다. 그러자 놀랍게도 투명한 시위가 있는 것처럼 거대한 사릉가가 그 몸을 굽히기 시작했다.

—강한 힘에 상응하는 대가를, 한 번 쏘아 보낸 것은 다시는 돌아오지 않으리.

예전 아주 먼 과거의 기억 속에서 한 번 들었던 그녀의 목소리가 다시 들려온다.

활은 그녀.

시위는 두 사람을 이어주는 끈.

화살은 자신.

한 번 쏘아 보낸 화살은 두 번 다시 돌아오지 않는다.

슬레이브 라피스 라줄리는 희생의 집념을 강한 힘으로 바꿔주는 무기.

과거 그는 자신도 모른 채 지닌 모든 마력을 화살로 바꾸었지만 지금은 의식도 없던 그때와는 다르다. 자신의 일부 중 하나를 잃어야만 했다. 팔이나 다리 같은 사지(四肢)일 수도 있고 마음이나 기억, 감정과 같은 보이지 않는 것일 수도 있다. 자신을 이루고 있는 일부면 상관이 없었다.

"그만해! 머리가 터져버릴 것 같단 말이야! 제발 이 두통을 어떻게 해줘!"

―계약 완료!

'뭐?'

그리고 놀랍게도 두통이 사라져 간다. 흘러넘치던 정보가 빠른 속도로 소거되며 동시에 하나의 화살을 이루기 시작했다.

씻을 듯이 사라져버린 두통을 실감하기도 전에 거대한 빛의 화살이 네메시스를 향해 날아가기 시작했다.

―계약 완료!

라피스의 목소리가 들림과 동시에 로빈의 내면세계는 격변을 맞이하고 있었다.

차드를 시작으로 로빈의 내면세계에 잠들어 있던 39인 영웅들의 인격과 기억 정보, 경험, 그 모든 것이 하나씩 사라지며 빛의 화살로 변하기 시작한 것이다.

로빈이 뛰어난 것은 사실이나 그에게는 39인 영웅들의 인격을 잠재우고 다룰 만한 능력이 없었다. 그들 중에는 현재의 로빈보다 훨씬 더 뛰어난 이들이 수두룩했다. 그중에서 가장 나서기 좋아하는 살인마 차드가 먼저 튀어나왔을 뿐이다. 만약 계속해서 로빈의 의식이 깨어 있었다면 로빈의 뇌는 터져버렸을 것이다.

하지만 운 좋게도 로빈은 자신의 일부를 바쳐야 하는 선택에서 두통을 택했고 그 결과 슬레이브 라피스 라줄리는 두통의 원인이라 할 수 있는 39인의 기억을 모두 가져가기 시작했다. 그리고 그것은 결과적으로 로빈의 목숨을 구해 주는 것이 되었다.

"아, 안 돼! 이럴 수는 없다! 설마 가지고 있던 슬레이브가 이런 능력을 지녔을 줄이야! 안 돼! 나는 사라질 수 없어! 다시 무로 돌아가고 싶지 않단 말이야!! 으아아아아악!"

미련을 버리지 못한 차드의 의식이 소리를 질러보지만 절대적인 법칙의 힘 앞에서 무력할 뿐이었다.

그리고 그는 38인과 함께 빛이 되어 사라졌다.

완벽하지는 않으나 한때 영웅이라 칭해질 정도의 조각들이 모여들어 이루어진 화살의 힘이 약할 리 만무했다.

휘이이이이잉! 휘이이이이잉!

무시무시한 풍압이 로빈의 몸 전체를 휘감고 있었다. 그야말로 바람의 벽이라도 되는 것처럼 손을 가져다 대기만 해도 찢어질 것 같은 바람이 시위를 당기고 있는 로빈의 손에 머물기 시작하더니 이내 빛의 화살을 만들어 내었다.

찬란하고 영롱한 황금빛의 화살은 아름다움 만큼이나 담겨진 힘이 얼마나 굉장한 지를 말해 주고 있었다.

모여드는 힘을 감당하지 못하고 그만 시위를 놓는 순간, 엄청난 충격파와 함께 화살은 네메시스를 향해 쏜살같이 날아가기 시작했다.

단지 화살을 쏘아 보낸 것일 뿐임에도 불구하고 로빈은 그 충격파에 뒤로 쓰러졌을 정도였다. 그러는 동안에도 화살은 마치 살아 있는 뱀처럼 섬뜩하게 목표물을 향해 날아갔다.

치이이이이이이이잉!!

단번에 그녀의 몸을 꿰뚫고 지나갈 것만 같던 화살은 어느새 그녀 앞에 존재하는 물의 막에 막혀 더 이상 앞으로 나아가지 못하고 있었다.

"비장의 수를 숨겨놓고 있었다는 건가?"

예상치도 못한 강력한 공격에 네메시스는 급하게 힘을 끌어모았지만 너무 방심하고 있었던 탓에 앞으로 밀고 나오는 화살의 힘을 도저히 따라잡을 수가 없었다.

챙!

유리창이 깨지는 듯한 메마른 소리가 들려왔다. 힘의 균형이 깨져버린 것이다. 네메시스는 자신의 방어가 깨지자 급히 몸을 돌렸으나 방어를 뚫은 화살은 살아 있는 것처럼 크게 휘며 그녀를 놓치지 않았다.

"아악!"

화살은 단순히 그녀를 꿰뚫는 선에서 멈추지 않았다. 그제야 화살이 평범한 것이 아닌 슬레이브의 힘이라는 것을 깨닫는다. 만약 이 힘을 그대로 놔둔다면 자신은 물론이고 이 일대조차 사라져버릴 것임을 깨달은 그녀는 몸 안에 박힌 화살의 고통을 참아내며 온 힘을 집중했다.

쿠구구구구궁!

네메시스가 흙먼지를 일으키며 100미터가 넘게 뒤로 밀려나갔다. 그것도 그녀가 지닌 힘을 최대한 끌어모았기에 그 정도였지 만약 제대로 대처하지 못했다면 한순간에 먼지가 되었을 것이 분명했다. 그녀의 주위에 있는 발키리들과 함께.

"네, 네놈!"

분노하는 그녀의 모습에서 더 이상 고귀한 왈큐레의 모습은 찾아볼 수 없었다. 구사일생으로 살아난 그녀는 또 한 사람의 로빈처럼 온몸에 선혈이 낭자했고 엉망진창인 몰골이었다.

털썩!

하지만 그 육체가 분노를 감당하지 못하고 있었다. 이미 레이티아와 한 차례 싸우느라 많은 힘을 소모했던 터라 이번 공격으로 완전히 힘을 소모한 것이다.

"네메시스님!"

발키리들이 그녀를 보호하려고 달려갔지만 로빈에게는 더 이상 움직일 여력이 남아 있지 않았다.

하나 발키리가 네메시스에 닿기 전 하늘에서 한 줄기의 섬광이 로빈에게 날아왔다.

쿠쾅쾅쾅!

"으아아아아악!"

그리고 시간이 멈추었다.

세계 전체가 회색빛을 띠고 있었다.

아슬아슬하게 중심을 유지하고 있던 바위기둥도, 황무지에 간간이 자라난 잡초도, 푸르른 하늘과 새하얀 구름조차도. 모든 것이 회색빛이 된 채 정지해 있었다.

그리고 그 속에서 홀로 부자연스럽게 움직이고 있는 것. 그것은 세 쌍의 새하얀 날개를 지니고 있는 천족 아즈라엘뿐이었다.

―타임스톱(Time Stop)!

인간에게서 사라진 고대의 마법.

세계의 법칙과 흐름마저 끊어버리는 기적이라 칭해질 만한 고위급 마법. 그러한 마법을 아즈라엘은 아무렇지도 않게 사용하고 있었다.

"디텍트 매직(Detect Magic)."

마법의 기운을 감지해 낼 수 있는 초급 마법인 디텍트 매직.

마법이 구현되자 그의 생각과는 달리 로빈이 아닌 레이티아의 몸에서 작은 빛이 빛나기 시작했고 아즈라엘은 그녀에게로 다가갔다. 빛이 나고 있는 것은 다름 아닌 세라스의 반지였다.

드디어 오랫동안 원하고 원하던 물건이 자신의 손에 들어오자 아즈라엘은 미친 듯이 웃기 시작했다.

"크하하하하, 드디어… 드디어 손에 넣었다. 세라스의 반지. 아니 세상의 모든 슬레이브를 움직이게 하는 마스터 키(Master Key)를! 크하하하하!"

이것으로 드디어 자신이 슬레이브 엘리스의 주인이 될 수 있다고 생각하자 웃음이 멈추지 않았다.

자그마치 100년이다. 천계도 아닌 중간계에 홀로 나와 100년이 넘도록 간직하던 짝사랑이 이제야 이루어지게 되었으니 어찌 기쁘지 않겠는가?

그러나 아즈라엘은 고개를 돌려 로빈을 쳐다보았다. 그 눈동자는 하얀 날개를 지니고 있는 순수한 존재란 생각이 들지 않을 정도의 살의를 띠고 있었다.

"천한 잡종 주제에 감히 그녀를 잠에서 깨우다니."

탁!

손가락으로 소리를 내는 순간 장막이 걷히는 것처럼 회색빛의 세계가 원래의 색깔을 되찾으면서 시간이 원래대로 돌아오기 시작했다.

"처, 천족?"

아즈라엘은 천천히 자신의 날개를 이용하여 여기까지 날아왔으나 타임스톱의 마법이 풀린 직후인 터라 이곳에 있는 모든 이에게는 갑자기 눈앞에 나타난 것과 별반 다르지 않게 느껴졌다.

그는 자신을 보며 놀라워하고 있는 발키리들은 신경도 쓰지 않은 채 로빈을 향해 손가락을 내밀었다.

"잡종 놈. 숯으로 만들어주마!"

무수한 수의 레이저 같은 뇌광(雷光)이 폭격처럼 로빈에게 뻗어나갔다.

"크아아아아아악!"

전격의 속성과 파괴력을 지닌 공격이 힘없이 쓰러진 로빈을 유린할 때마다 그 몸은 충격과 감전의 고통으로 튀어 오르듯 바닥을 굴렀다. 이대로 놔두면 그 몸은 틀림없이 벼락에 맞은 고목처럼 검고 바짝 마른 숯으로 변해 버릴 것이다.

그것은 네메시스가 원하는 것이 아니었지만 아직도 로빈의 공격이 준 충격에서 헤어 나오지 못하고 있던 그녀에게는 저 천족을 막을 만한 능력이나 힘이 없었다.

"그 끈질긴 목숨, 바퀴벌레와도 같구나. 마음 같아서야 영원한 고통을 맛보게 해주고 싶으나 이 마스터 키를 손에 얻게 된 날이니 특별히 자비를 베풀어주도록 하마."

천천히 쓰러져 있는 로빈에게로 다가가며 말한 아즈라엘은 염동력으로 그의 몸을 일으켜 세웠다. 그리고 왼손으로 멱살을 쥔 뒤 나머지 오른손을 들어 로빈의 배에 힘껏 박아넣었다. 곧 로빈의 배에서는 5개의 구멍과 함께 많은 양의 피가 흘러나오기 시작했다.

"기억에 의하면 이 근처에 사막이 있을 터. 죽음의 땅에서 쓸쓸히 죽어 가도록. 무브(Move)!"

무브 마법은 생물이나 물건을 자신이 원하는 곳으로 이동시키는 마법이다. 단 그 효과에 비해 이동되는 위치의 오차가 매우 큰 편이라 쓸모없는 마법이나 마찬가지였지만 그가 쓰는 무브 마법은 역시 일반 인간 마법사와는 비교가 되지 않을 정도로 정확했고 멀리 보내버릴 수 있었다. 그의 마법 능력은 인간과의 비교가 모욕일 정도로 뛰어났다.

로빈이 사라지자 아즈라엘은 자신의 두 날개를 활짝 펼치며 빠르게 하늘로 날아올랐다. 그의 얼굴에는 세상의 모든 것을 가진 자 같은 미소가 새겨져 있었다. 하지만 그는 과연 알고 있을까? 세라스의 반지 안에 숨겨진 마지막 기능을. 확실한 것은 그의 웃음이 유지되는 것이 얼마 남지 않았다는 것이다.

네르갈의 사막은 그야말로 죽음의 땅이다.

물론 사막은 그 자체만으로도 사람이 살아가기에 척박하고 위험한 곳이다. 하지만 이곳이 이렇게까지 공포의 대명사로 불리게 된 데에는 큰 이유가 두 가지 있었다.

하나는 별거 아닌 것 같지만 지나치게 넓다는 것이다. 네르갈의 사막은 심할 때는 한 달을 넘게 걷는 동안 한 사람과도 마주치지 않을 정도로 넓어 길을 잃거나 재해에 휘말리기 쉬웠고 이동하는 동안 도적떼와 만나 재산과 목숨을 잃는 일이 허다했다. 그래서 여기서 태어난 사람조차도 다른 마을이나 성으로 이동할 때는 신중하게 계획을 세우고 최대한 많은 사람을 모은 뒤에야 움직였다.

그런 네르갈 사막의 공중에서 이상한 기류가 형성되더니 한 청년이 나타났다. 그는 5미터는 될 법한 바닥으로 머리부터 힘없이 떨어졌다. 그나마 밑이 사막 특유의 부드러운 모래 땅이라 다행이지 만약 평범한 평야 지대였다면 그대로 저승행이 되었을지도 모를 정도로 아찔한 상황이었다.

아찔한 것은 그뿐만이 아니었다. 피투성이가 되어 있는 청년의 온몸

에는 상처가 없는 곳이 없었다. 특히 배에 난 다섯 개의 작은 구멍에서
는 아직도 선혈이 흘러나오고 있었다.

정상적인 상태라도 오래 버티지 못하고 죽음을 맞이하는 곳이 바로
이곳 네르갈의 사막이었다. 한데 이 정도로 중한 상처라면 하루는커녕
한 시간도 견디지 못하고 죽을 것이 분명했다.

분명히 그렇게 되어야 하는데 신기하게도 청년은 한 시간도 지나지
않아 배에 뚫린 상처가 회복되고 온몸의 상처가 눈에 보일 정도의 빠
른 속도로 낫고 있었다. 다만 상처가 회복되는 것과 달리 기력은 회복
하지 못한 듯 의식이 깨어날 줄을 몰랐다. 피를 그렇게 많이 흘리고 뜨
거운 햇살을 여과 없이 받고 있는 상황에서 기력이 회복되면 그것이
기적이리라.

그렇게 시간이 지나갈 무렵, 서쪽 하늘에서부터 이상한 광경이 벌어
지기 시작했다. 끝없이 하늘 높이 치솟아 오르고 있는 검은 기둥. 그
기둥이 점점 커지며 로빈이 쓰러진 곳으로 빠르게 다가오고 있었다.

그것은 기둥이 아니라 마을조차도 단번에 집어 삼킬 정도로 거대하
고 강력한 회오리였다. 이 회오리야말로 대륙인들은 물론 불모의 대지
에 사는 자들조차 네르갈의 사막이 공포의 대명사가 된 마지막 이유였
다. 바로 '풍마(風魔) 네르갈'이라는 이름의 재앙이었다.

재앙이라 일컬어지는 회오리와 맞닥뜨린 이상, 이 세상에 존재하는
그 어떤 생명체도 죽음이라는 길을 피할 수 없었다.

제26장
네르갈

이트루 제국에서 네르갈이라는 단어는 두 가지의 뜻을 가지고 있다.
첫째는 사막을 제멋대로 누비고 돌아다니며 도시조차 박살내 버리는
거대한 회오리 풍마 네르갈.
두 번째는 이트루 제국의 건국 신화에 등장하는 신이자
초대 이트루 제국의 황제였다고 전해 내려오는 군신 네르갈.
군신 네르갈에 대한 위대한 존경심이 끔찍하고 무시무시한
회오리에게 그 이름을 빌려주었는지
아니면 그 반대인지는 누구도 알 수 없다.
분명한 것은 전혀 다른 이 두 존재를 이트루 제국의 사람들은
모두 하나로 보고 있다는 것이다.
그렇기에 나 로빈은 어느새 풍마에서 군신이라 일컬어지고 있었다.

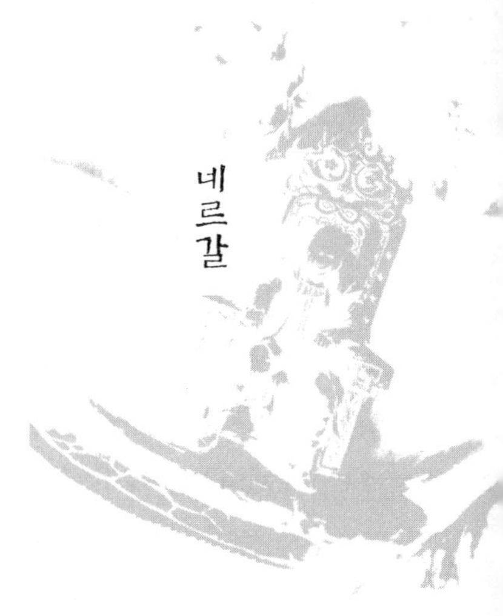

모르겠다.

왜 자신이 이런 사막을 걷고 있는 것인지.

기억이 나는 것이라고는 혼동되는 기억의 단편들. 그리고 마지막에 나타난 아주 검고 불길한 무언가에 오랫동안 시달린 듯한 느낌뿐이었다.

뜨겁다.

타는 듯한 태양이 너무나도 뜨겁다.

보이는 것은 가도 가도 끝이 없는 모래의 지평선.

왜 이곳에 있는 것일까? 아무리 생각을 떠올리려 해도 달구어진 모래에서 피어나는 아지랑이처럼 머릿속이 일렁일 뿐이었다.

눈을 뻔히 뜨고 있어도 앞이 보이지 않는 느낌.

앞으로 나아가면 갈수록 선명히 떠오르는 죽음이라는 이름의 두 글자.

왜 이곳에 있는지, 어디로 향하고 있는지도 알지 못한다.

"아아아아아아악!"

뒤죽박죽 섞여버린 기억의 미궁 속에서 오열을 토했다.

미쳐버리거나 스스로의 손목을 그어버리지 않는 이상 도저히 견뎌낼 수 없는 끝없는 고통. 하지만 죽음조차 스스로 선택할 수가 없었다.

정확한 이유는 모른다. 내면 깊숙한 곳에 가라앉아 있는 한 가닥의 잠재의식이 강하게 생존을 열망하고 있다는 것 정도. 분명한 것은 당장 죽고 싶다는 광기와 살아남고 말겠다는 의지가 서로 줄다리기를 하듯 팽팽하게 맞서며 간신히 '인간'의 모습을 유지시키고 있다는 것이었다.

"나는 죽지 않아. 살아야 해. 그녀를 위해서라도."

과거의 기억이 살짝 떠올라도 다음 순간 연기처럼 사라져버리는 몸이지만 그 눈동자에서는 이젠 더 이상 일말의 두려움도 주저도 찾아볼 수가 없었다.

살아남을 것이다.

기억도 나지 않는 그녀를 위해서라도.

"정정당당한 싸움은 얼간이 기사들이나 하는 거라고 말하고 다녔잖아. 넌 최고의 산적이 될 수 있을 거야."

"걱정 마. 네가 없는 사이에 지옥 구경만 시켜줄 생각이니깐. 몸 조심해, 로빈."

"한마디로 말해 너는 겁쟁이라는 거다."

"하하하, 그래 너는, 내 아들이지. 내 아들이고말고."

"작별이구나."

"언제가 될지는 모른다. 단, 언젠가는 찾아올 것이다. 그 비녀에 담긴 인연의 힘은 저주에 가까우니깐."

"좋다, 너를 나의 적으로 인정하지. 지금 전력을 다해 너를 상대해 주겠다."

"응. 정말 사랑해 로빈."

눈을 뜨자 가장 먼저 보이는 것은 생소한 옷차림의 중년남자였다.

"오, 이제 정신을 차렸는가?'

누런 이를 훤히 드러내며 내게 묻는 사내는 대충 봐도 결코 평범한 인생과는 거리가 먼 사람으로 보였다.

머리 위에 칭칭 감고 있는 터번과 현재 입고 있는 옷은 세탁은커녕 물 한 번 닿지 않은 것처럼 더러웠다. 허리에 차고 있는 초승달같이 유연한 곡선을 가진 독특한 검에는 검게 말라버린 피가 덕지덕지 붙어 있었다.

"걱정 말게. 위해를 가하려고 했으면 진작에 죽여버렸을 테니깐. 당연히 모르겠지만 자네는 삼 일 넘게 꼬박 잠만 자고 있었네. 고마운 마음까지는 바라지 않을 테니 최소한 경계심만이라도 풀어주지 않겠나?'

옷과 얼굴이 더러운 것을 제외하면 듬직한 남자의 매력이 물씬 느껴질 정도로 건장한 중년 남성의 말에 적의를 조금씩 가라앉혔다.

일단 상대방의 의도를 알 수 없지만 지금은 해가 되지 않는 사람이란 생각이 들었다.

"내 이름은 하킴. 별 볼일 없는 작은 도적단의 두목이지. 뭐 이런 자잘할 이야기는 그만두고 축하하네. 내 평생 이 두 눈으로 네르갈을 보게 될 줄은 꿈에도 생각 못했는데, 내가 네르갈을 구해 주게 되다니…… 하하, 대를 이을 영광이군."

기분 좋은 미소를 짓고 있는 중년 남자의 얼굴은 보람, 혹은 알 수 없는 자부심으로 가득 차 있었다.

"네르… 갈?"

어째서 이들은 자신을 네르갈이라고 하는 걸까? 약간의 궁금증이 생겨났지만 몸이 피곤해서 그런지 그다지 물어보고 싶은 마음이 들지 않았다.

"그렇다네. 피부색으로 보건데 자네는 이쪽 지방의 사람이 아닌 것 같군."

이윽고 그는 네르갈이 무엇인지에 관해서 설명해 주기 시작했다.

"네르갈은 이트루 제국의 신화 속에서 등장하는 신이지. 그것도 인간의 몸으로 신이 되신 분이야. 그분은 일찍이 존재하지 않는 엄청난 강함과 지략으로 수십 개의 부족으로 이루어져 있던 이곳 이트루를 통일하고 최초의 황제가 되셨지."

그가 말하는 네르갈은 곧 그들의 신앙이자 정신적 지주이자 모든 것이나 마찬가지였다. 일단 실존했던 인물인지는 모르겠지만 여타의 신화가 그러하듯이 네르갈 역시 물과 바람과 태양을 다스리는 힘을 지닌 세 명의 부인을 데리고 이 땅의 인간들을 구원했다고 한다.

실제로 이트루 제국의 황실은 자신들이 네르갈의 후손임을 자처하고 있고 이곳 이트루 시민의 99퍼센트 이상이 전쟁의 신이자 폭풍의 신이자 다산의 신인 네르갈을 유일신으로 모시고 있었다.

"……그런데?

자신의 이야기에 흥분한 듯 네르갈에 대한 하킴의 이야기는 끝이 날 생각을 보이지 않았다. 결국 지친 로빈이 먼저 입을 열었다.

"후후, 과묵한 친구로군. 마치 정말 네르갈님을 보고 있는 것 같아.

과거 네르갈님께서 인간의 육신을 버리고 열반에 드실 때 한 가지 유언을 남기셨네. 너무나 강해 도저히 인간의 힘으로는 어찌할 수가 없기에 네르갈님의 이름이 붙은 재앙이자, 한 번 집어 삼키면 도시조차 형체를 알아볼 수 없게 파괴시켜 버리는 회오리 '풍마 네르갈'과 싸워 살아남는 자에게 자신의 이름을 사용할 수 있는 영광을 준 것이야. 자네는 이해 못할 수도 있겠지만 이름이란 곧 힘의 계약일세. 피가 영혼의 계약을 맺는 매개체라면, 이름은 우리의 육신을 움직이는 힘이지. 그래서 우리는 누군가에게 이름을 함부로 붙이지 않네. 또한 평소에 불리는 것 외에도 진짜 이름을 하나씩 가지고 있지."

그러고 보니 로빈은 자신의 기억 속에서 진짜 이름을 숨기고 사는 어떠한 민족에 관한 기억이 떠오르기 시작했다. 배운 적이 없었음에도 이상하게 머리 속에서는 여러 지식이 떠오르며 그의 이야기를 이해하기 쉽게 만들어주고 있었다.

슬레이브 라피스 라줄리는 로빈의 선택에 따라 로빈의 뇌를 괴롭게 만들던 39인의 인격들을 모조리 사라지게 만들었다. 하지만 로빈은 2번의 변태를 거치면서 뇌의 용량이 일반인에 비해 크게 발달되어 있던 덕분에 그들이 가지고 있던 지식이나 기억이 꽤 많이 남아 있었던 것이다.

"이곳 이트루 사막에는 많은 용사들이 존재하고 있다네. 그들은 모두 과거에 존재한 군신 네르갈을 따라잡으려고 자기 자신을 단련시키는 존재들이지. 하지만 그들 중에서 풍마 네르갈과 맞서 싸워 살아남은 자는 단 한 명도 없었네. 그 크기만으로 어지간한 마을 하나의 규모는 될 법한 거대한 회오리 속에서 인간이라는 나약한 존재가 살아남는다는 것이 가당찮은 일이라고 생각했네. 나 또한 말일세. 자네를 보기 전까지 말이야."

"……어째서 거기에 내가 나오는 거지?"

로빈의 질문에 벙 찐 표정을 짓던 하킴은 이내 이해한다는 듯이 고개를 끄덕였다.

"풍마 네르갈과 싸워 이겼는데 벌써부터 정상일 리가 없지. 잘 듣게, 우리는 길을 가는 도중 우연찮게 풍마 네르갈과 조우하게 되었지. 그때 똑똑히 보았네. 온몸에 성한 구석이 없긴 했지만 네르갈의 중심 속에서 걸어나오는 자네를 말이야. 자네는 풍마 네르갈과 싸워 이긴 최초의 인간, 즉 네르갈의 이름을 이어받을 수 있는 유일한 인간일세."

하킴은 마치 신앙을 부르짖는 인간처럼 환하게 웃으며 말했다.

"실은 우리는 이때부터 이미 하나였던 거예요."

헤어지는 게 아니다. 이 몸은 아주 예전부터 자신과 하나였다고 그녀는 말한다.

눈앞에 보이는 풍경이 변한다. 그리고 그곳에는 화려한 붉은 드레스를 입은 한 여인이 청색의 창에 꽂혀 있었다.

"로… 로빈. 미안. 나… 함께… 못 갈 것… 같아……."

눈물을 흘리며 그녀가 말한다.

닮은 듯하면서도 다른 두 사람. 나에게 매우 소중한 이 두 사람.

한데 순간 밀려오는 불안감, 공포, 이질감. 그것들이 로빈의 머릿속을 어지럽힌다.

누구지 그녀들은?

"으아아아아악! 하아, 하아"

악몽에 시달렸는지 벌떡 자리에서 일어난 로빈의 온몸은 땀으로 흠

삑 젖어 있었다.

그가 누워 있던 곳은 임시로 세워놓은 천막이었다.

현재 로빈은 낯선 외국인 치고는 호화로운 대접을 받고 있었다. 혼자 사용하는 허름한 천막, 딱히 일을 하지 않아도 매 끼니마다 더러운 그릇에 담아나오는 양젖과 손가락 2개 정도 크기의 고기 한 점.

객관적인 입장에서 볼 때 어디가 호화로운 대접인지 모르겠지만 현재 신세를 지고 있는 상황에서는 매우 특별한 취급을 받고 있는 것이 분명했다.

"무슨 일인가?"

소리가 컸던 탓인지 천막의 한 부분이 걷히며 하킴이 들어왔다.

"아무것도 아니다. 그저 기분 나쁜 꿈을 꾸었을 뿐."

하킴의 나이는 얼추 40대. 다른 사람들이 보기에 매우 건방져 보일 것 같지만 하킴은 물론 이곳의 도적들은 그 누구도 로빈의 말투에 신경을 쓰지 않았다.

"그렇군. 하긴 벌써 일주일간 쭉 천막 안에서만 보냈으니 잠자리가 편할 리가 없지. 잠깐 나와 산책이라도 해보겠나?"

로빈은 잠깐 생각에 잠긴 뒤 고개를 끄덕이고는 함께 밖으로 나갔다.

마침 시간이 저녁때였는지 밖은 약간 쌀쌀한 기운과 함께 어둠이 밀려오고 있었다. 사막의 낮과 밤이 다르다는 것은 알고 있었지만 실제로 경험해 보니 묘한 기분이 밀려왔다.

툭.

무언가 발에 채이는 소리가 들려왔다.

"힉!"

"바보 너 때문이야."

"숨어."

이제 10살 남짓한 아이들이 옹기종기 모여 조심스레 자신을 훔쳐보고 있는 모습이 보였다.

"너무 신경 쓰지 말게. 어려서부터 듣고 자신이 그렇게 되기를 꿈꾸던 영웅 네르갈을 두 눈으로 직접 보게 되니 좋아서 저러는 거니깐."

이트루 제국에 살고 있는 자라면 모르는 이가 없는 네르갈은 모든 이들이 동경하고 있는 군신인 만큼 아이들은 너나 할 것 없이 언제고 자신이 성장하면 풍마와 싸워 당당히 그 위대한 이름을 가지겠다는 꿈과 포부를 가지고 있었다.

그러나 어른으로 성장하거나 한 번이라도 풍마 네르갈을 멀리서 본 순간, 그것이 얼마나 어리석은 만용이었는지를 깨닫게 된다.

그리고 여기 있는 이 아이들은 그것을 본 것이다. 풍마(風魔) 네르갈이 왜 마(魔)라고까지 칭해지는지를. 그런 만큼 로빈을 보는 시선이 남다른 것은 당연한 일이었다.

"내 이름은 네르갈이 아니다."

하지만 그것뿐. 자신의 이름이 뭔지 알 수가 없었다. 기억에 문제가 생긴 것이 아니다. 오히려 기억의 범람으로 혼돈스러워진 것이다.

현재 로빈의 머릿속에는 39인의 이름과 기억, 지식이 담겨 있었다. 하지만 그 모든 것이 바로 어제 일어난 일들처럼 선명한지라 진짜 자신이 누구인지를 확신할 수 없었다.

슬레이브 라피스는 로빈의 바람대로 두통을 사라지게 해줄 정도의 정보만을 가져갔기 때문이었다.

"내 이름은… 아마도 로빈이다."

말은 그렇게 했지만 자신이 없다. 여러 이름 중 그 이름이 좀 더 친근감이 느껴졌던 것뿐.

"이름이 중요한 것은 아니지. 이 땅은 자네 같은 사람들을 거부하지 않네. 우선 한잔 하게. 얼마 남지 않은 술이지만 네르갈에게 받치는 것이니 아까울 것이 없지."

이트루에서는 자신의 풀 네임을 숨기고 허락된 자에게만 진짜 이름을 알려주는 관습이 오랜 세월 동안 내려오고 있었다.

로빈은 하킴이 건네는 술 주머니를 망설임 없이 받아들어 한 모금 마셨다가 살짝 이마를 찡그렸다. 그리고 이내 쉬지 않고 꽤 많은 양의 술을 한 번에 모두 마셨다.

"크하하하, 역시 네르갈이군. 술 마시는 것도 나 같은 범인과는 비교가 안 될 정도로 호탕하구만."

술을 마신 것은 로빈이지만 오히려 취한 것은 그인 듯 하킴은 아주 기뻐하며 웃어댔다.

"맛이 특이해. 무슨 술이지?"

억양은 변함이 없지만 눈썹이 미세하게 떨리고 있었다. 어지간히 입맛에 안 맞았던 모양이다. 그동안 호스트바의 고급술에 익숙해 있었던 혀이니 만큼 견디기 힘들었던 것일지도 모르겠다.

"이 술의 이름을 모른단 말인가? 이런 어쩔 수 없군. 이 술은 '수툴루 이츠키' 라고 하지. 간단하게 말하면 양젖술이라 할 수 있네."

양젖술이라. 맛은 어떨지 몰라도 일단 양의 젖으로 술을 빚을 수 있다는 사실이 재밌다.

술기운이 약간 퍼지는지 조금 전에 비해 우울한 기분이 약간은 사라졌다.

로빈은 이들이 사는 모습을 유심히 쳐다보기 시작했다.

이곳에 모여 있는 사람의 수는 54명. 그중 쓸 만한 노동력을 지닌 남자가 20명, 여자가 24명, 어린아이와 노약자 10명. 그중에서 혈연관계라 할 수 있는 자들은 극히 소수에 불과하고 나머지는 전부 타인들로 구성되어 있었다.

가족도 아니면서 이렇게 모여 생활하고 있는 이유가 무엇일까? 거기에 왠지 끌리는 듯한 이 친근감의 정체는?

"정말 도적단인가? 믿기 힘들군."

확실히 믿기 어려웠다. 여자와 어린아이까지는 이해를 했다. 하지만 세상 어느 사막의 도적단이 노약자를 데리고 다닌단 말인가?

하킴은 잠깐 동안 로빈이 바라보고 있는 풍경을 자신도 바라보았다.

"부끄럽게도 그렇지."

하킴이 대답했다. 강자만이 살아남을 수 있는 이 땅에서 노인과 여자 어린애들은 쓸모없는 식충에 지나지 않았다. 특히 안정된 생활을 할 수 없는 도적단에게는 더욱.

"여자와 어린아이야 팔아버리면 그만이라 해도 노인까지는 확실히 이해하기 힘들어. 거기다가 마치 한 가족인 것처럼 화목한 분위기라니. 그냥 유랑민으로 전업하는 것을 추천하지."

평범한 상식으로는 지극히 이해할 수 없는 도적단이었다. 물론 여기만 그런 것은 아니었다. 로빈의 머릿속 깊은 곳에는 분명히 추억이 존재하고 있었다. 아주 특이한 도적들 사이에서 성장한 자신의 어릴 적 모습이.

그렇기에 오히려 이 모습이 친근하게 느껴졌다.

"과거에는 유랑민이었지. 하지만 지금은 이름도 없는 도적단일세.

무력과 사람이 얼마 없는 탓에 아주 가끔씩 나가 허술한 상인들을 털지. 그러면서 사람을 죽이고 물건을 약탈하며 여자와 물을 탐하는 아주 전형적인 사막의 도적들이지."

일반 도시의 강도보다 사막이나 바다의 도적들이 더욱 무서운 점은 그들은 잡은 이들을 결코 살려두지 않는다는 점에 있었다.

아니 오히려 죽여주는 것이 더욱 인간적인 일일 수도 있었다. 피해자들의 음식과 재산 그리고 물을 빼앗은 뒤 살려줘봤자 모든 것을 뺏긴 이들은 이 넓은 사막에서 마주할 리 없는 기적을 갈구하다가 결국은 고통스럽고 절망스럽게 죽어갈 것이 뻔한 일이었다.

그럴 바에야 차라리 살인멸구를 해주는 것이 훨씬 나은 일이었다.

"과거에 유랑민이었다가 지금은 도적이라? 당신 같은 사람이 별 우스운 일을 다 하고 있군."

로빈의 눈에 보인 하킴은 평범한 사람이 아니었다. 은은히 풍겨 나오는 카리스마는 적어도 한 단체의 수장으로서 전혀 손색이 없었다. 아니 군대를 맡겨도 될 만한 힘을 지니고 있는 남자라고 판단했다.

그것을 눈치 챈 듯 하킴은 씁쓸히 웃었다.

"이 나이가 되어서도 말 못할 사정이 있다네. 자네는 지금 기억 장애가 있다고 했던가? 나도 그런 거라고 생각해 주게."

로빈은 몸의 상처가 대부분 회복되었으나 정작 기억이 듬성듬성 떠오르지 않는 작은 문제가 있었다. 그것은 드래곤 하트 때처럼 기억과 지식의 포화로 인해 뇌가 둔하게 움직이고 있기 때문이었다. 39인 분의 잡동사니 지식들이 머릿속에 가득 차 있다 보니 제 아무리 로빈이라 해도 그것을 소화해 내기란 무리였다. 그 덕분에 현재 로빈은 기억 장애 현상을 겪고 있었다.

그것을 알 리 없는 로빈과 하킴은 그저 큰 충격을 받아 잠시 기억에 혼동이 온 것이니 시간이 지나면 곧 회복될 것이라 생각하고 있었다.

"그나저나 네르갈, 자네는 이제 앞으로 어떻게 할 셈인가?"

로빈은 어느새 자신을 네르갈이라고 칭하는 데 익숙해지고 있었다.

기억 장애로 인해 로빈이라는 이름에 대한 친밀감이 떨어진 것이 이유였다. 또한 하킴의 목소리가 네르갈이라고 부를 때 친밀감이 더 컸다.

하킴은 로빈이 네르갈로 자신들 앞에 있어주기를 원하는 마음이 간절했다. 수백 년이 넘도록 기다려온 기적. 그 기적을 이루어낸 사나이가 눈앞에 있다는 것만으로도 이 황폐한 땅에서 살아가는 이들에게 안도감을 주고 있었다.

로빈은 다 죽어가던 자신의 생명을 구해준 은혜에 비하면 네르갈이라고 불리는 것은 아무것도 아니라고 생각했다.

"기억이 나지 않아. 갈 곳도 없고, 아니 정말 나에게 안식처라 할 수 있는 곳이 있었는지도 모르겠다. 지금 나는 갈 곳이 없다. 하킴, 당신은 나를 구해 주었다. 부탁하건데 내게 방향을 제시해 줄 수는 없겠나?"

말은 그러했지만 로빈은 직감적으로 깨닫고 있었다. 지금 자신에게는 힘이 필요하다는 것을.

무엇 때문인지는 모른다. 다만 간간이 기억나는 붉은 옷의 여자와 그녀를 공격한 검은색 생머리의 무시무시한 힘을 지녔던 여자. 그들과는 피할 수 없는 운명이 자신을 기다리고 있을 거라는 예감이 들었다.

하지만 지금 그에게는 그녀들을 상대할 만한 힘이 없다. 게다가 피곤했다. 이대로 누워서 굶어 죽거나 전갈에 찔려 죽거나 수분 부족으로 죽어도 전혀 아쉬울 게 없을 정도로 공허했다.

물에서 건저 주었더니 보따리를 내놓으라고 하는 것 같아서 로빈은 부끄럽기 짝이 없었지만 그는 자신의 등을 떠밀어줄 누군가를 원하고 있었다.

"흠, 비록 기적을 내 눈으로 직접 보았지만 지금의 자네에게는 네르갈의 이름이 어울리지 않는 것 같군. 전사에게는 휴식이 필요한 법이지. 나는 남에게 길을 가르쳐 줄 정도로 잘나지 못했네. 하지만 이곳에서 자네의 과거를 돌아보고 스스로 걸어 갈 수 있을 정도로 기력을 회복할 때까지 쉬게 해줄 수는 있지. 어떤가?"

로빈이 고개를 끄덕이며 그의 제안을 수락했다. 하킴이 반긴 것은 두말할 필요도 없었다.

어차피 이름도 없는 도적단이 목격한 기적을 남들이 알아줄 리 만무했지만 로빈은 그렇게 네르갈이 되어 이 도적단의 일원이 되었다.

그리고 1년 후, 처음에는 이름조차 없던 도적단은 어느새 도적들 사이에서는 같은 도적조차도 피해야 할 무시무시한 집단으로 유명해지면서 네르갈 도적단이라는 이름으로 불리고 있었다. 또한 광오하기까지한 도적단의 이름만큼이나 유명한 것이 있었으니, 그것은 바로 백발의 사신이라는 한 명의 광인(狂人)이었다.

이트루 제국의 남쪽에 위치한 영주도 존재하지 않는 작은 마을 페차에는 인근에서 아주 유명한 오아시스라는 이름의 주점이 하나 있었다.

가게라는 것은 단지 장소와 뛰어난 무언가가 있다고 해서 다 잘되는 것이 아니다. 제 3의 요소라 할 수 있는 분위기. 이것은 인테리어보다는 가게의 매력을 말하는 것으로 오아시스는 그 무엇보다 이 분위기 때문에 장사가 잘 되는 곳이었다.

거기다 이 주점을 유명하게 만든 것은 바로 아이스크림과 얼음 주스였다. 얼음이 무엇인지 모르는 사람은 없겠지만 사계절 내내 여름이나 마찬가지인 이곳 이트루에서 얼음을 이용한 먹을거리는 최고의 사치품이었다.

물조차 귀한 사막에서 얼음을 음식 메뉴로 만들 수 있었던 것은 전적으로 과거 마법사 출신인 주점 주인의 역할이 컸다. 마법사 출신으로 한낱 주점의 주인이 된 그는 주점을 운영하고 있다는 것에 매우 큰 자부심을 가지고 있었다. 그래서 하루하루가 힘든 것이 아니라 너무 즐겁다는 듯이 일하였다. 그런 주인의 모습은 지켜보는 사람들에게 활력소를 가져다주었다.

"네르갈 도적단?"

오아시스의 편안한 분위기 속에서 가만히 앉아 있어도 눈에 띌 정도로 아름답게 생긴 두 사람의 미청년이 이야기를 나누고 있었다.

탁자 위에는 얼음을 부드럽게 갈아 그 위에 시럽과 생과일을 얹어놓은 아이스크림과 여러 과일의 과즙을 섞은 뒤 커다랗고 둥근 얼음을 띄운 얼음주스. 그 외에도 이름만 대도 알 법한 비싸고 고급스런 음식이 상다리가 휠 정도로 쌓여 있었다.

그렇지 않아도 뛰어난 외모 덕분에 사람들의 눈에 잘 띄는데, 대식가라 할지라도 다 먹지 못할 많은 음식을 시킨 탓에 많은 사람들의 이목이 집중되고 있었다. 물론 좋지 않은 방향으로 말이다.

거기다 그들은 태연하고 안하무인격이었다. 꽃미남이라 할 정도의 뛰어난 외모. 거기에 돈 자랑을 하듯이 물 쓰듯 돈을 쓰는 태도. 저 비싸고 맛있는 음식들을 한 입씩 먹고 아주 건방진 태도로 '평민들이 먹는 음식 치고는 괜찮군.'이라고 들으라는 듯이 말하고 있었다.

마치 지금 이 상황을 즐기고 있는 여인처럼 화사한 외모의 미청년과 또 주위의 따가운 시선을 거북해하는 날카로운 눈빛을 지닌 미청년이 이야기를 나누었다.

"그렇습니다. 어디를 돌아다녀도 전부 네르갈 도적단에 대한 이야기를 나누고 있습니다. 아무래도 슈카님께서 궁에 갇혀 있던 이 1년 사이에 도적들의 세력 구도가 많이 바뀌었다고밖에 볼 수 없습니다."

겉으로만 보면 치기 어린 부잣집 도련님처럼 보일지 몰라도 이 두 사람의 취미는 놀랍게도 도적 사냥이었다. 정확히는 상관으로 보이는 화사한 외모의 미청년만 그런 취미를 지닌 것 같았다.

"뭐야 그 간이 배 밖으로 튀어나온 놈들은? 아무리 국법은 신경도 안 쓰는 하찮은 도적이라지만 네르갈이라는 이름을 버젓이 사용하다니 미친 녀석들 아냐? 어떻게 그러고도 1년이 넘도록 살아 있었대?"

네르갈이란 이름은 이트루 제국의 사람들에게 있어 신성 그 자체나 마찬가지였다. 그 누구도 네르갈이라는 이름을 쓰지 않았다. 만약 네르갈이라는 이름을 썼다가는 네르갈의 추종자들에게 시험을 당해야 했다. 특히 주의해야 할 존재들이 바로 네르갈 교에 속한 '사막의 용사'였다.

네르갈 교는 언제부터인가 갑작스럽게 나타난 신흥종교 세력으로 군신 네르갈을 믿거나 존경하는 자들을 모두 자신들의 신도라고 생각하는 일종의 사이비 종교였다.

그러면서도 박해를 받지 않았다. 그들에게 이트루 제국의 황실은 모시는 신의 핏줄을 이어가는 고귀한 존재이기에 황실의 권위에 도전할 이유가 없었다. 오히려 사후(死後) 군신 네르갈의 군대로 들어가려면

살아생전 자기 자신을 연마해야 한다는 교리를 펼침으로써 약자를 도
와주는 등 오히려 제국에 이익만을 가져다주었다. 이로인해 제국의 황
실도 그들의 존재 여부를 눈감아주고 있으며 눈에 띄지 않게 편의를
봐주고 있는 실정이었다.

그런 네르갈 교에도 문제점이 없는 것은 아니었다. 바로 '사막의 용
사' 라는 단체다. 이들은 신성 왕국의 팔라딘과 같은 존재라 할 수 있었
다. 이 단체는 네르갈이라는 이름을 쓴 자가 있다면 찾아가 결투를 신
청했다. 그들의 주장으로는 자신들을 모두 이기면 네르갈의 이름을 사
용하는 것을 따르며 그 존재의 팔과 다리가 되겠다고 한다. 그러나 그
이름을 쓰기에 합당치 않다고 생각하면 무조건 베어버렸다. 요행이나
실력으로 한 번 이겼다고 해서 그것으로 끝나지도 않았다.

'사막의 용사' 들이 지니고 있는 네르갈의 이미지란 바로 절대자, 초
월자, 불사의 군신(軍神)이었다. 한 명이 지면 또 다른 이가 찾아 가는
등 끝없이 추격했다. 그래서 이제껏 풍마 네르갈의 권위에 도전했던
사람처럼 살아남은 이는 단 한 명도 없었다.

"네, 이 정도로 이름이 알려졌다면 분명히 자칭 사막의 용사라는 네
르갈 교의 광신도들이 가만히 놔두지 않았을 텐데 어찌 된 영문인지
아직도 멀쩡히 활동 중인 것으로 파악됩니다."

"웃기네. 이트루 제국의 초대 황제이자 군신인 네르갈의 이름이 고
작 도적단을 칭하는데 쓰인다니. 이건 황실을 우습게 보는 거나 마찬
가지잖아. 좋아, 이번 목표는 그 천하의 사기꾼 녀석들로 정했어. 감히
네르갈의 이름을 함부로 사용하다니. 설령 천 명, 만 명이라 해도 황실
을 대신해서 이 몸께서 심판을 내려주지."

"……."

"후후후! 피나, 그 녀석들이 있는 위치 정도는 알아왔겠지?"

새로운 사냥감이 생겨났다는 사실에 매우 흡족했는지 청년의 얼굴에서 미소가 사라지지 않았다.

"적당히 먹이를 던져주고 왔습니다. 슈카님께서 이곳에 계서 주셨던 덕분에 슬슬 파리가 몰려들 것입니다."

"흐흐흐. 나를 두고 파리라 했나?"

쾅!

요란한 소리와 함께 문이 부서지듯이 열렸다.

그리고 우르르 몰려 들어오는 일단의 사내들이 주위 사람들은 안중에도 없는 듯 곧장 두 청년을 포위했다. 당장이라도 싸움이 벌어질 듯 흉흉한 기색이 쇄도했으나 두 청년은 안중에도 없어 보였다.

"뭐야, 쟤는?"

"현상금 500리온짜리 B급 지명수배자 플레임데몬 도적단의 쿠르크 디먼입니다. 타고난 신력으로 거대한 태도를 장난감처럼 사용한다고 합니다만……."

그들은 다시금 쿠르크를 쳐다보았다. 그의 험악한 외모는 한눈에 봐도 범죄자였고 그 옆에는 큼지막한 태도(太刀)를 자랑처럼 떠억 하니 꺼내놓고 있었다.

보통 사람이라면 그 모습만 봐도 으스스하고 떨릴 만큼 위험하게 보이는 무기였지만 어째 두 사람의 눈에는 실망감이 서려 있었다.

"에게, 저게 무슨 태도야?"

"확실히 소문이란 믿을 만한 게 못 되는 것 같습니다. 소문이 나봤자 결국 한낱 범죄자밖에 못 되는 레벨이라는 것이군요."

실망감을 감추지 못하는 두 사람의 태도에 쿠르크는 발끈하며 소리쳤다.

"겉만 번지르르한 도련님들 주제에 겁대가리를 상실했군. 네놈들이 요즘 현상금이 걸린 도적을 집중적으로 노린다는 현상금 사냥꾼들이냐?"

"그런 품위 없는 짓을! 돈이라면 썩어 문드러질 정도로 남아돈다."

"아니. 재미 삼아 떠도는 평범한 도적 사냥꾼인데?"

순간 쿠르크의 혈관에 굵은 힘줄이 솟아났다.

주점 안에 모여 있던 사람들이 자리에서 일어서서 슬금슬금 빠져나갔다.

"네놈들 때문에 요즘 내 부하들이 얼마나 많이 처형되었는지 모른다고는 하지 않겠지. 네놈들을 죽여서 죽어간 부하들의 영혼을 달래겠다!"

힘껏 들어 올린 태도로 음식이 잔뜩 쌓여 있는 탁자를 내려치자 온갖 소스로 치장이 되어 있던 맛 좋은 음식들과 깨진 접시의 파편이 여기저기로 튀었다.

그러나 가장 가까이 있는 탓에 제일 먼저 그 파편을 뒤집어쓰고 엉망진창이 되어야 할 두 청년은 어느새 사라져 있었다.

"좋아, 그럼 오랜만에 신나게 놀아볼까?"

"쿠억!"

콰당!

쿠르크가 활기찬 목소리가 들려오는 쪽으로 고개를 돌린 순간, 그를 기다리는 것은 미청년의 무릎이었다.

강력한 무릎 공격 한 방에 정확하게 관자놀이가 찍혀버린 그는 일말의 신음성도 내지 못한 채 콰당 하고 대(大)자로 뻗어버렸다.

일순간 주점 안이 고요하게 변했다.

"푸하하하! 어떠냐! 나의 이 신기술 플라잉 닐 킥이! 자, 덤벼!"

"이런 망할 애송이가!"

그나마 이름이라도 나온 쿠르크와는 달리 10여 명의 단역 엑스트라가 무기를 쥐고 슈카라는 이름의 청년을 공격하기 시작했다.

슈카는 날아오는 검을 태연하게 고개를 살짝 숙여 피했다. 그리고는 한 바퀴 몸을 회전하며 주먹으로 공격을 하려 했다. 하나 좌우에서 달려드는 남자들 때문에 할 수 없이 뒤로 피한 뒤에 검을 꺼내들었다.

"자, 나를 즐겁게 해달라고!"

슈카는 망설이지 않고 사내들 속으로 파고 들어가며 앞서 있던 한 도적에게 검을 내리쳤다.

캉!

도적이 검을 들어 막아보지만 검과 검이 부딪친 충격에서 헤어 나오기도 전에 슈카의 검이 다시금 번쩍 휘둘러지며 그의 가슴을 갈랐다. 쓰러지며 흘러나오는 피. 큰 상처는 아니지만 일체의 망설임도 자비도 없는 그 공격은 실로 물이 흐르는 것처럼 자연스러웠기에 한순간 도적들은 전부 멍하니 굳어버리고 말았다.

"고작 이 정도의 실력으로 지금껏 살아남았다니 신기한데. 그래 그깟 실력으로 얼마나 많은 사람들을 죽였지? 그리고 얼마나 그들의 피땀 흘려 모은 재산을 착복했지?"

레이피어처럼 검신이 좁고 긴 슈카의 검은 속도 위주의 검술에 절묘하게 어울리며 순식간에 도적을 쓰러트렸다.

"이 자식이!"

"이 자식은 무슨 이 자식! 멀쩡한 두 팔과 두 다리를 고작 도둑질 하는 데나 쓴 쓰레기 같은 네놈들을 지옥으로 데려가주실 저승사자님이 시다."

도적들은 깨달았다. 자신들은 도저히 이 청년의 상대가 될 수 없다고. 하지만 싸움에서는 꼭 검술만이 승패를 가르는 것이 아니라는 것 또한 잘 알고 있었다.

슈카의 등 뒤에 있던 한 명이 돌진해서 그의 허리를 잡아 쓰러트리려는 듯 달려들었다.

하지만 슈카는 보지도 않고 살짝 피한 후 다리를 걸어 오히려 그를 넘어트렸다. 그 도적은 달려온 속도 때문에 무식하게 바닥을 나뒹굴었다.

"하아, 싱거워 죽겠네. 500리온짜리는 고작 한 방에 쓰러졌고 나머지는 잔챙이들뿐이라니. 이래 가지고는 좀이 쑤실 뿐이라고."

도적을 모두 쓰러트린 데 들인 시간은 불과 5분 남짓. 그것도 좁은 실내에서의 난투임을 감안해 보면 이 청년은 무수히 많은 실전을 겪어 본 백전노장이리라. 하지만 그런 그들조차도 예상치 못한 사건이 벌어졌다.

"어이, 너! 당장 검을 바닥에 내려놔. 안 그러면 네놈 동료를 두 번 다시 못 만나게 될 줄 알아!"

불길한 느낌. 슈카는 보기 싫지만 애써 고개를 돌렸다. 조금 전까지만 해도 자신들의 옆 테이블에서 시원한 맥주를 마시며 웃고 떠들던 성실한 청년들이 마치 불구대천의 원수를 보듯이 경계 하듯 서 있고, 한 남자가 깨진 접시 조각을 피나의 목에 갖다 대고 있었다.

"죄송합니다. 설마 주점 안에 미리 패거리를 숨겨놓았으리라고는 생각지도 못했습니다. 하지만 이 남자의 존재감이 너무 없는 탓에 기척을 잡아내지 못했을 뿐입니다. 조금이라도 비중이 있는 캐릭터였다면 이렇게 허술하게 당하지는 않았을 겁니다."

"피나, 넌 뭐가 그렇게 재미있는 듯이 말하는 거야!! 그리고 네놈들 은 뭐야? 미리부터 잠복해 있었던 거냐?"

아무리 봐도 조직이나 도적과는 전혀 어울리지 않는 성실한 이미지 의 청년은 고개를 저으면서 말했다.

"틀렸어. 네르갈 도적단을 찾는다는 너희들의 목소리가 컸던 것뿐이 다. 보다시피 우리는 무기도 없다. 위해를 끼칠 마음은 없으니 잠자코 따라주길 바란다."

뭐랄까? 자신의 동료가 인질로 잡혀 있다면 분함이라던가 억울하다 는 감정이 느껴져야 할 텐데 슈카는 엄청난 스트레스를 받으며 거칠게 자신의 검을 바닥으로 집어 던졌다. 검사라면 있을 수도 없는 행동.

"쳇! 네르갈 패거리였냐? 운이 나빴군."

"그런 건 아니다. 하지만 그들에게 은혜를 받은 몸이니 최소한 은혜 를 갚아야지. 미안하지만 당신들은 3일 정도만 이곳에 머물러 주었으 면 한다. 반항만 하지 않으면 최선의 대우를 해드리겠습니다."

청년의 말투는 어느새 공손하게 변해 있었다.

"흐음, 그래? 그 말은 곧 네르갈 도적단이 3일만 있으면 충분히 도망 갈 수 있는 거리에 있다는 것인가?"

흠칫!

사내들의 몸이 동시에 움찔거린다. 이 순간 슈카는 확신했다. 이들 은 단순한 마을의 시민들일 뿐이라고.

"알았어. 뭔가 사정이 있다는 거로군. 하지만 너희들은 이미 날 짜 증나게 했어. 스트레스는 인류의 적! 피부가 거칠어진다는 거 알아, 몰라? 다 너희들 잘못이야. 날 화나게 한 너희들 탓이라고. _으흐흐흐._"

분명히 그의 양손에는 무기 비슷한 것도 쥐어져 있지 않았다. 하지만 어째서일까? 이토록 진하게 느껴지는 불길한 예감은.

"가신 된 자로서 주군을 방해할 수는 없는 법."

피나의 손이 어느새 단검을 쥔 사내의 손을 말아 쥐더니 그대로 꺾고 공중도약을 하듯 한 바퀴 뒤로 뛰어올랐다.

빠각!

"_끄아아악_"

팔이 반대로 꺾여진 채 고통에 비명을 지르는 남자를 발로 차서 밀어낸 피나는 안전하다는 듯이 두 손을 들어 보였다. 그러자 힘찬 목소리가 울려 퍼졌다.

"인게이지(Engage)!"

인게이지. 사람과 슬레이브를 하나로 만드는 신비한 주문.

밝은 빛이 슈카의 몸에서부터 뿜어져 나오더니 그 빛이 사라진 순간 슈카의 손에는 붉은색으로 빛나는 채찍이 손에 쥐어져 있었다.

"인게이지라고? 설마 저 기생오라비처럼 생긴 녀석이 슬레이브 마스터란 말인가?"

이트루 사막 내에서 슬레이브의 거래는 합법적이다. 그렇기에 보다 많은 사람들이 슬레이브에 대한 존재 여부와 위력을 잘 알고 있었다.

"마, 말도 안 돼. 도망쳐!"

"아하하하. 너희들은 모두 끝났어."

그리고 붉은빛이 주점 안을 완전하게 물들였다.

"그러니깐 너희들은 네르갈과 아무런 상관이 없단 말이지."

"그, 그렇습니다. 위대하신 주인님. 저희들은 그냥 평범한 이 마을의 시민들입니다."

의자에 거만하게 앉아 있는 슈카의 모습과 달리 조금 전까지 그들을 포위했던 10여 명의 도적단과 10여 명의 마을 청년들은 모두 그의 발밑에서 무릎을 꿇은 채 머리를 조아리고 있었다. 그들이 가끔 고개를 들 때마다 황홀한 눈빛으로 그를 바라보았다.

하나같이 옷이 채찍질에 찢겨진 모습이라 동정심까지 불러 일으켰지만 그들의 태도는 폭력에 굴복한 모습이라기보다는 오히려 목숨받쳐 순종하는 모습이었다.

"그럼 어째서 네르갈 도적단에 대한 것을 숨겼지?"

"아, 총명하신 주인님. 네르갈 도적단은 반년 전 저희 마을이 심각한 물 부족으로 고생하고 있을 때 나타난 적이 있습니다. 당시에는 물을 노리고 약탈하러 온 것이라 생각했지만 네르갈님이 나타나셔서 저희 마을을 구원해 주셨습니다. 더 궁금하신 것은 없으십니까?"

"네르갈?"

의외라는 듯 되묻던 그의 눈이 피나와 눈이 마주친다. 듣고도 이해할 수 없는 말이었다.

"네. 네르갈님이셨습니다. 그분은 전설처럼 죽음을 눈앞에 둔 저희 마을을 한 번 둘러보시더니 갑자기 땅을 파기 시작했습니다. 그러자 놀랍게도 그곳에서 물이 솟아났고 덕분에 저희 마을은 구원을 받았습니다."

물이 항상 부족한 사막의 마을에서 지하수를 찾으려고 땅을 파는 것은 드문 일이 아니었다. 특히 점점 위기감이 몰려오자 사람들은 혈안이 되어서 땅을 파보지만 매번 허탕이었다.

"단 한 번, 그것도 살짝 쳐다보시고 땅을 파기 시작하자 놀랍게도 물이 솟아나왔습니다. 그것은 기적이었습니다."

"위험한데. 나의 슬레이브 '사랑의 포로'에 걸린 상태에서 이 정도로 칭찬할 정도면 완전히 마음속 깊이 복종하고 있다는 거야. 어디서 이상한 사이비가 나타났는지 모르겠지만 네르갈을 사칭하고 다니는 녀석이 있었군 그래."

신들린 듯이 말하는 청년을 무시하며 슈카가 중얼거렸다.

이트루 제국에서 네르갈의 존재는 몇 번이나 강조해도 부족함이 없을 정도로 중요했다. 황실은 네르갈이란 이름에 힘입어 단 한 번의 반란이나 봉기 같은 불민한 일이 벌어지지 않았다.

그런 상황에서 만약 네르갈을 사칭하는 자와 황실이 척을 진다면, 그 파장은 이트루 제국 자체를 뒤엎어버릴 지도 모른다.

"좋아. 그럼 마지막으로 하나, 지금 네르갈의 도적단은 어디쯤에 있지?"

그도 그것만은 말하기 힘든지 식은땀을 흘리며 갈등하기 시작했다.

"주, 주인님. 그, 그 질문만은 제발."

"호오, 감히 내 명을 거역하겠다?"

슈카가 오른손을 휘두르자 붉은색의 채찍이 그의 등을 쫙 하고 갈겼다.

"아아악! 말씀드리겠습니다. 말씀드리겠습니다. 네르갈 도적단과 네르갈님은 닷새 전에 들러 생활용품과 음식, 술을 산 뒤 동쪽으로 떠나셨습니다. 그분들의 일행에는 아이나 여자는 물론 노약자도 많습니다. 가미진을 타고 전속력으로 달린다면 이틀 안에 따라잡을 수 있을 겁니다."

가미진이란 사막의 말이라 불리는 동물로 생김새는 커다란 타조의 모습과 흡사하나 특성은 말과 낙타의 장점만을 지녔다. 사막에서 오래 버틸 수 있으며 달리는 속도는 말에 근접하여 사막에서는 상당히 비싼 몸값을 자랑했다. 하지만 생김새가 못생겼다는 이유로 가미진은 기사는 애용하지 않았다. 그저 부유한 용병이나 도적이 더 많이 이용했다.

"흐음. 피나, 더 궁금한 건 없어?"

"네. 이 정도면 충분합니다. 그러니 빨리 그 힘을 풀어주지 않으시겠습니까? 매번 볼 때마다 느끼는 거지만 슈카님의 슬레이브에 당한 자들의 모습은 도저히 눈뜨고 보기 힘들 정도로 거북합니다."

"그래? 나는 마음에 드는데. 나의 슬레이브 사랑의 포로가 말이야."

슈카의 슬레이브 사랑의 포로는 겉으로 보면 단순 공격형의 슬레이브로 착각하기 쉽다. 또 형태가 채찍이라 보는 것만으로 상대방의 기를 팍 죽여버리는 일이 허다했다. 게다가 마음만 먹는다면 기사조차 한 방에 절명시킬 정도로 상당한 공격력도 갖추고 있었다. 하지만 사랑의 포로의 진짜 힘은 바로 매혹.

"아아, 주인님. 제발 이 미천한 것을 좀 더 때려주십시오."

"주인님. 이 못난 것에게 부디 벌을 내려주십시오."

그것도 보다시피 악질적인 세뇌에 가까운 능력이었다. 10명이 넘는 남성들이 얼굴을 붉히며 더 때려달라고 매달리는 모습이라면 정신건강이 절로 나빠질 것이다.

"음, 이 능력이 효율은 좋은데 확실히 끝이 안 좋다니깐. 너희들은 이 도적들을 넘겨서 마을 발전비에 쓰도록 해. 감사는 너희들이 지금 평화롭게 살게 해주시고 계신 황제 폐하에게 하고. 인게이지 캔슬."

인게이지를 풀자 조금 전까지 더 때려달라고 외치던 남자들이 일제히 정신을 잃고 쓰러졌다. 매혹의 능력은 뇌에 직접적인 간섭을 하기에 당한 자는 이틀을 잠에 빠져들 정도로 큰 피로를 주었다.

"그런데 피나, 조금 전 그 말 어떻게 생각해?"

"심각한 물 부족으로 고생하고 있을 때 도와주었다는 말 말입니까?"

슈카는 고개를 끄덕였다.

반년 전이라면 갑자기 지하수가 말라버려 최악의 물 부족 사태를 겪어야만 했던 시기였다. 사막에서 귀하지 않는 것이 어디 있겠냐만은 그중에서도 물은 특히 귀중했다.

다행히 하늘의 도움으로 폭우가 쏟아져 지금은 걱정이 없어졌지만 그때만 해도 귀족이나 권력자가 물을 차지해버려 힘없고 돈 없는 평민들은 목이 말라 죽는 통에 자칫 봉기가 일어날 뻔했다.

그런 와중에 네르갈이라는 자가 물 부족을 해결해 주었다니 마음에 걸리는 것이다.

"군신 네르갈의 세 아내 중 하나인 에레슈키갈. 신화에 의하면 그녀는 물을 다루는 여신으로 전쟁 도중 언제 어디에서나 물을 만들어내는 기적을 선보였다고 합니다. 물론 건국 신화인 것을 생각하면 에레슈키갈은 당시 지하수가 있는 곳을 찾아내거나 비가 오는 시기를 예측하는 능력을 지녔을 거라고 생각합니다. 자신을 네르갈이라 칭하는 그 사기꾼도 그런 능력을 가지고서 사람들을 속이고 있는 건지도 모르겠습니다."

네르갈에게는 세 아내가 있었다고 한다. 그녀들은 각기 한 가지씩의 특별한 능력이 있었는데 첫 번째 아내 에레슈키갈은 물을 조정하며 비를 내릴 수 있게 해주는 능력을 지녔다. 두 번째 아내 세트는 태양신의 권능을 이어받았으며, 셋째 아내 키샤는 풍마를 수족처럼 부리는 능력을 지녔다고 한다.

그녀들을 두고 사람들은 네르갈의 3대 기적이라 칭했는데 만약 이 세 가지 기적 중 단 하나라도 해낼 수 있다면 사람들은 그를 두고 네르갈임을 의심치 않고 믿을 것이다. 그런데 최근에 누군가가 작은 도적단이 보는 앞에서 풍마를 뚫고 나온 데다가 물을 찾아내는 능력을 보이는 자까지 나타났다.

"내 생각도 그래. 그럼 우선 그 사기꾼 녀석을 직접 만나봐야겠어. 후후, 왠지 모르겠지만 이 지루한 일상을 날려버릴 만큼 엄청 재밌는 일이 생길 것 같은데. 아, 거기다가 네르갈 도적단에는 백발의 사신이라는 엄청 강한 녀석이 한 명 있다고 했지. 크, 벌써부터 설레여."

악동처럼 두근거리는 가슴을 진정시키며 미소 짓는 슈카. 이것은 일종의 예지였을까? 확실히 그가 말한 대로 그는 곧 지루해질 수 없는 일들을 겪게 되지만 그것이 과연 재밌는지 어떤지는 그때 가서 판단할 일이었다.

사막은 언제 무슨 일이 벌어질지 모르는 위험이 널려 있는 곳이라 이트루 제국의 사람들은 멀리 이동할 때 결코 섣불리 움직이지 않았다.

가장 안전하고 짧은 길을 골라 여정을 세우고, 같이 이동할 사람들을 찾아 일정한 수 이상이 되어야만 본격적으로 움직인다. 이는 다수가 움직일 때 몬스터나 자연 재해의 피해를 적게 받기 때문이다.

그리고 상당한 무력을 소유하고 있는 도적 떼 또한 상인들이 많이 모여 있는 것을 좋아한다.

상인들도 용병을 고용하여 대비해 볼 수 있지만 여정이 길수록 추가되는 비용은 고용비 이상이 된다. 용병도 인간인 이상 뭔가를 먹거나 마셔야 되는데 그 짐이 만만치 않다. 제 아무리 부유한 상인이라 해도 많은 수의 용병을 고용하는 것은 현실상 어려운 일이었다. 도적들은 그 사실을 잘 이용하고 있었다.

올해 43살의 베이트 밀러는 이트루 제국의 사람이면서 라이드 상회에 소속된 인물이었다. 그는 이트루 제국의 값비싼 고급 향신료와 이트루 풍의 장신구를 사들이는 것이 주된 임무였다.

그가 취급하는 향신료와 장신구는 워낙 값비싼 물건이라 용병들도 한두 명이 아닌 아예 용병단 전체를 고용했다. 이 든든한 호위 세력 뒤로 마침 이트루 제국에서 신성 왕국이나 삼 왕국연합으로 가려는 자들이 모여들어 뱀을 연상케 하는 긴 행렬을 이루었다. 그 수만 해도 약 200명에 달할 정도였다.

베이트 밀러는 많은 용병을 고용하고 이렇게 많은 상인들이 모여 있음에도 불구하고 안심할 수가 없었다. 도적놈들은 눈앞에 보물이 있다면 화산 속에라도 뛰어들 정도로 어리석고 탐욕스런 존재가 아니던가. 거기다 사막의 도적은 탐욕과 잔인함이 지나쳤다.

도적들이 자비를 베풀어 상인을 살려보냈다가 그 얼굴이 지명수배 명단에 올라 죽임을 당하거나, 괜한 동정심에 물과 식량을 나눠주었다가 배고픔과 목마름에 죽은 이들이 적지 않았던 것이 원인이다.

라이드 상회는 이번 거래를 위해 재정에 무리가 갈 정도로 많은 돈을 투자했다. 이런 모험을 해야 할 정도로 현재 라이드 상회의 사정이 좋지 않았다.

이런 어려운 상황에서 베이트에게 이번 임무가 내려진 것은 라이드 상회가 그를 믿고 있다는 것을 뜻했기에 그는 현 라이드 상회의 주인인 마리아 라이드 아가씨의 기대를 저버릴 수 없었다.

웅성웅성웅성.

뒤에서부터 불길한 웅성거림이 들려왔다. 그리고 들려오는 비상 신호 소리.

삐이이이이이이익!

"도적이다! 도적들이 북쪽 언덕 위에 나타났다!"

"아직 거리는 충분하다. 짐 마차와 상인들을 가운데로 이동시키고 대열을 유지해라!"

40명의 유능한 용병들은 빠른 속도로 상인들을 진정시키고 방어 대형을 짜기 시작했다.

그들은 경험 많은 호위의 전문가들이었다. 또 실력도 뛰어나 한 명이 도적 두세 명은 너끈히 상대할 수 있는 실력자로만 구성되어 있었기에 그들의 얼굴에는 자신감이 넘쳤다. 그러나 처음에 50명 정도이던 도적들의 수가 점점 늘어만 갔다.

60, 70, 80, 90 100.

어느새 이백여 명에 달했다. 이만한 규모라면 분명 4, 5개의 도적단이 연합한 것이리라.

"제길, 저놈들. 설마 도적들이 연합해서 노릴 줄이야. 크윽!"

40명의 용병이라면 이트루에서 이름을 날리는 도적떼도 함부로 노리기 힘들지만 용병의 4배가 넘는 숫자라면 용병들을 겁낼 리 없었다.

"와아아아아아아아!"

말과 낙타를 탄 도적들이 함성을 지르면서 돌진했다.

두 세력 간의 거리는 점점 좁아지기 시작하자 상인들은 목숨과 재산을 보호하기 위해 칼을 꺼내들면서 네르갈에게 기도했다.

그 기도가 통한 것이었는지도 모른다.

슈우우웅!

하늘을 가로 지르며 날아오는 한 줄기의 섬광. 그것은 우연찮게도 성난 황소처럼 돌진해 오던 도적들의 앞에 유성처럼 떨어져 내렸다.

쿠콰과광!

그 충격에 몇몇 도적들이 휩쓸리며 나가 떨어지면서 도적단 전체가 멈춰버리고 말았다.

"뭐야! 도대체 무슨 일이 벌어진 거야? 누가 멋대로 멈추라고 했어! 앙!"

도적들을 지휘하고 있던 도적 두목 쿤트가 부하들을 향해 소리쳤다. 건장한 체격, 구릿빛 피부를 가진 30대의 남자로 전형적인 도적의 인상을 가진 자였다.

"뭐, 뭔가가 하늘에서 떨어졌습니다. 그, 그런데 하필이면 저게."

"그게 뭔데 그래! 네 부모님 시체라도 되냐? 젠장, 거사를 앞두고 있는데 도대체 뭐가 우리를 방해… 허억!"

폭격을 맞은 것처럼 5미터가 넘는 구멍이 뚫려버린 모래바닥. 거기에는 사람은 물론 무엇이든 집어 삼킨다는 블러드 웜의 시체가 있었다.

하지만 정작 산적들을 멈추게 한 것은 얼굴의 3분의 2가 날아가버린 블러드 웜의 끔찍한 시체나 여기저기 널브러진 육편이 아니었다. 그들을 얼어붙게 만든 것은 바로 그 블러드 웜의 시체에 박혀 있는 기괴한 검이었다.

검은 겉모습부터 위화감이 느껴졌다. 일반 바스타드 소드(Bastard Sword)의 형태에 크기는 그레이트 소드(Great Sword). 낫처럼 구부러진 검끝과 톱을 연상시키는 큼직큼직한 톱날이 보였다. 거기에 신기하게도 검면의 아랫부분에 또 하나의 손잡이가 달려 있는데, 2개의 손잡이는 모두 ㄱ자 모양으로 꺾여 있었다.

이렇게 괴이한 형태의 검을 쓰는 자는 단 한 사람밖에 없었다.

"배, 백발의 사신! 그, 그 괴물의 검이 도대체 어디에서?"

쿤트가 놀라 소리쳤다.

"으아아악. 나, 나타났습니다! 백발의 사신, 네르갈 도적단입니다!"

존경하는 군신 네르갈의 이름을 함부로 언급하기를 꺼려하는 자들이 그를 칭하는 호칭이 백발의 사신이었다.

부하가 외치며 가리킨 곳은 동쪽이었다. 그곳에서는 10여 명의 인영이 가미진을 타고 엄청난 속도로 달려오고 있었다.

쿤트가 선두에 있는 흰머리의 남자를 본 순간 마치 사신을 본 것처럼 절망감에 휩싸였다.

"이 망할 놈! 또다시 내 사냥을 방해하는 건가? 백발의 사신. 아니 네르갈!"

도적 쿤트는 이를 빠드득 갈았다.

사실 도적질을 방해당한 것은 이번만이 아니었다. 저 망할 인간은 1년 전에 갑자기 나타났다. 처음에만 해도 네르갈의 이름을 사용하는 미친놈이라 생각했다. 하나 얼마후에는 그가 사기꾼인지 아닌지는 중요치 않게 되었다. 중요한 건 그가 네르갈이라는 이름에 걸맞게 무식할 정도로 강한 전사였다는 것이다. 그를 처단하려다가 그의 손에 사라진 도적단이 몇 개이던가.

그는 자칭 도적이라 했지만 일반 도적과는 달랐다. 네르갈 도적단은 도적답지 않게 살인도 약탈도 하지 않았다. 그저 상인 단체를 습격한 뒤 약소한 금액을 뜯어냈다. 그러면서도 절대 무작정 돈을 뜯지 않았다.

네르갈이 무서운 점은 이상하게도 그가 가는 곳마다 항상 지옥도가 펼쳐진다는 점이다.

"우어어어어어억!"

지진이 일어난 듯했다. 모래로 이루어진 바닥이 쿵! 쿵! 쿵! 하는 소리와 함께 늪처럼 아래로 빠져들기 시작했다.

"으아아악! 블러드 웜이 또 있다!"

또 다른 벌레가 있다는 것을 깨닫자 도적들은 무기도 집어 던지고 도망치기 시작했다.

재수없게도 도적 하나가 말과 함께 통째로 땅에서 솟아나온 블러드 웜의 입속으로 끌려 들어갔다.

"으아아악! 사, 살려… 꾸어!"

그는 통째로 블러드 웜의 내부에 있는 수많은 이빨에 조각조각 갈려 버리며 위장 안으로 들어가버렸다.

사막의 대표적인 몬스터인 블러드 웜은 피를 탐하는 습성과 거대한 크기, 그리고 강철 같은 피부와 모래 속을 뚫고 다녀 보이지 않는 특성을 지녔다. 게다가 절대 혼자 다니지 않았다.

아마도 조금전 죽은 것은 가장 어린 녀석이었을 터. 화난 블러드 웜들이 닥치는 대로 공격을 가해오려 했지만 유감스럽게 그들보다 네르갈이 먼저 도착해 블러드 웜의 시체에서 자신의 검을 빼들었다.

긴 흰머리를 휘날리며 바람처럼 나타난 네르갈의 모습이 모두의 눈에 똑똑히 각인되어 들어왔다.

다른 이처럼 터번을 두르지 않았다. 방어구나 블러드 웜을 잡기 위한 전문적인 사냥도구도 없었다. 몸에 지닌 것이라고는 입고 있는 옷과 신발, 손에 쥔 검뿐이었다. 짧은 상의를 통해 노출된 상체는 구릿빛으로 반짝였고 몸은 강철과 같은 근육으로 탄탄했다.

어느새 로빈은 누가 봐도 존경할 만한 진정한 사막의 전사로 변모해 있었다.

"지옥으로 보내주마."

절대적인 강함이 섞인 목소리에서 사람들은 3마리의 블러드 웜을 눈앞에 두고도 점점 공포가 사라지고 있음을 느꼈다.

거짓말처럼.

슈카와 피나는 가미진을 타고 전속력으로 달려 하루하고도 반나절 만에 드디어 네르갈 도적단으로 추정되는 자들을 발견할 수 있었다. 지금은 약 500미터 떨어진 거리에서 도적단을 살펴보고 있는 중이었다.

약 40명 정도로 추정되는 그들은 도적단 치고는 상당한 규모를 지니고 있었지만 의아스럽게도 절반 이상이 여자나 어린아이, 노약자들로 구성되어 있었다.

"웃기네. 저 녀석들은 자신들이 성자인 줄 착각하는 거야, 아니면 황실에 직접적으로 반기를 들 생각이야?"

"아무튼 지금은 네르갈이라는 자가 자리를 비운 모양입니다. 소문의 기형 검을 든 백발의 사신도 보이지 않고 무엇보다 네르갈이라는 이름을 사칭할 재간이 있는 자는 현재 보이지 않습니다."

500미터나 되는 거리였지만 피나는 사람들의 표정 하나하나까지 읽을 수 있을 정도로 뛰어난 안력을 자랑하고 있었다. 특히 그녀는 입술의 움직임으로 상대방의 말을 알아듣는 독순술도 익히고 있어 그들의 대화도 파악할 수 있었다.

“모를 일이지. 나약해 빠진 어떤 얼간이가 그 이름을 쓴 것일 수도. 게다가 피나는 이트루 제국의 정예 중의 정예. 지하드 7용사 중의 한 명이잖아. 네 눈에 들어올 자가 고작 도둑질이나 하겠어?”

지하드는 이트루 제국의 황실을 지키는 최후이자 최강의 검으로 유명했다. 하지만 황궁을 지키는 것이 주된 임무이다 보니 실력도 중요하지만 확실한 신분증명이 더욱 중요했기 때문에 지금은 귀족들만이 들어갈 수 있는 단체였다.

“슈카님, 강한 사람은 넓은 사막의 모래만큼이나 많은 법입니다. 어쨌든 지금이 가장 최적기라고 생각하는데 어떠신지요.”

“물론.”

슈카가 눈빛을 빛내며 자리에서 일어섰다.

“선공을 날리는 거지.”

두 청년은 네르갈 도적단의 본거지를 향해 가미진을 타고 천천히 내려가기 시작했다.

“제기랄 마음에 안 들어. 마음에 안 들어.”

연신 거칠게 혼잣말을 내뱉는 남자가 있었다. 올해 35살이 되는 중년 남자의 이름은 가므.

가므는 전형적인 사막의 도적으로 성격이 급하고 남의 여자를 탐하고 범하며 자신의 무기에 피를 묻히기를 매우 좋아했다. 그의 잔악한 성향은 도적이라는 직업과 아주 잘 맞아 떨어졌다. 무법 속에서 반항할 힘이 없는 자를 죽이고 눈앞에서 가족이 죽어나간 여인들을 범하는 것이 그에게는 가장 큰 즐거움이었다.

그렇게 한때 가장 악명 높던 가므가 속해 있던 검은 사신 도적단이,

네르갈 도적단이라는 아니꼬운 이름을 사용하는 도적단에게 시비를 걸었다가 된통 당했다. 눈앞에 있는 백발의 사신, 즉 네르갈 단 한 명에게 무참히 당하고만 것이다. 그 후 간신히 네르갈 도적단으로 직장을 옮긴(?) 상태였지만 지금의 생활은 자신이 원하던 것이 아니었다.

네르갈 같이 강한 자 밑에 있으면 더욱 자극적인 생활이 찾아올 것으로 생각하고 투신했건만 잘못된 생각이었다.

네르갈 도적단의 리더는 네르갈이 아닌 하킴이라는 늙은이였다. 하킴은 약탈과 살인, 강간을 금지시키지는 않았다. 하지만 시간이 지날수록 그 횟수를 점점 줄어들더니 이제는 도적질을 하지 않고 아예 몬스터 사냥만 하고 돌아다니게 했다. 그들은 사막의 강한 몬스터를 해치우고 그 현상금으로 살아가고 있었다. 천부적인 전사이자 몬스터 사냥꾼인 네르갈 덕분에 도적질보다 그쪽의 수입이 더 좋아졌기 때문이다. 거기다 가끔 몬스터에게서 생명을 구해 준 상인들에게서 감사금을 받았다.

하지만 소문의 특성이라는 게 그러하듯 제멋대로 네르갈 도적단이란 이름이 붙더니만 어느 순간부터 사람들에게 관심을 받기 시작했다.

만약 자신이 네르갈처럼 강한 힘을 지녔다면 힘없는 늙은이쯤은 단칼에 베어버리고 두목 자리를 차지한 뒤 주지육림에 빠져버렸을 것이다. 하지만 네르갈은 어디에 하자가 있는 사람처럼 재물도 권력도 색욕에도 관심 없이 묵묵히 시간을 흘려보내기만 할 뿐이었다.

'고자 새끼. 지 물건에만 하자 있으면 됐지 남 물건도 하자가 있는 줄 아나? 에이 쌍. 더러워서.'

반항이라도 해보고 싶지만 인간이라기에는 믿기 어려울 정도의 강력한 힘을 지닌 네르갈 앞에서는 구시렁거리지도 못했다.

"후후후, 오늘은 정말 운이 좋군. 우리 마누라님이 보면 엄청 좋아할 것 같은데."

네르갈 도적단의 부두목이라 할 수 있는 사이드는 목숨을 구해 준 상인에게서 받은 꽤 비싸 보이는 보석 목걸이를 손에 들고 연신 즐거운 미소를 지었다.

네르갈은 세 마리의 중형 블러드 웜을 눈 깜짝할 사이에 처리했다. 전투라기보다는 일방적인 살육에 불과한 그 모습에 상인들은 물론 도적들도 얼어붙게 만들었다. 도적들 중에서 네르갈을 한 번도 보지 못했던 이들은 왜 모든 사람들이 네르갈을 백발의 사신이라 부르면서 두려워하고 먼저 머리를 숙이는지를 똑똑히 깨닫게 되었다.

세 마리의 블러드 웜을 도살장의 돼지고기처럼 썰어냈지만 단 한 방울의 피도 그의 몸에 닿지 않았다. 180이 훌쩍 넘는 키에 태양에 탄 구릿빛 피부는 신화속의 군신처럼 이곳에 있던 모든 이들의 마음을 빼앗아버렸다.

블러드 웜의 사냥을 끝낸 그는 애초에 아무것도 보지 않았던 것처럼 자리를 떠나려 했다. 같은 동업자나 마찬가지인 도적들의 일을 방해해서 미안했다는 말을 남기고. 하지만 그를 잡는 사람이 있었다.

상단 행렬의 총 책임자라 할 수 있는 베이트 밀러가 네르갈에게 도움을 청했다. 네르갈은 정중히 그의 도움을 거부하였으나 다음에 들려온 라이드 상회의 사람이라는 말이 로빈의 마음을 움직였다.

"미안하지만 이번 한 번만 물러서다오. 나는 과거 그들에게 큰 은혜를 받았다. 그렇게 해준다면 이 은혜는 잊지 않겠다."

과거 라이드 상회의 회주인 마리아 라이드와 기사인 버드에게 큰 은혜를 입은 적이 있었다. 문제는 그것이 진실인지 아니면 환상인지 구분할 방법이 없다는 것이다. 그렇다고 이들을 그냥 놔두기에는 왠지 찝찝한 기분을 떨치지 못했다.

방금 전에 블러드 웜을 때려잡는 그 살 떨리는 광경을 보고도 반항할 수 있는 자가 있다면 미쳤거나 간이 배 밖으로 튀어나온 인물일 것이다.

결국 연합까지 한 도적들은 눈물을 뿌리며 뿔뿔이 흩어질 수밖에 없었다.

상인들은 당연스레 깊은 감사의 표시를 성의 표했고 그것이 바로 현재 10여 명의 네르갈 도적단 사내들의 입이 헤 벌어져 있게 만들었다.

"내가 어렸을 적에 우리 부모님이 사람을 사귀려면 부잣집 아들과 사귀라는 말을 왜 남기셨는지 이제는 이해가 가."

사이드의 우스갯소리에 모두가 웃음을 터트렸다. 그들은 도적질을 하지 않고도 부유한 상인들에게서 값진 보석과 금을 두둑이 챙긴 것이다. 사치를 모르는 그들이기에 잘 아껴 쓴다면 반년 간은 굳이 몬스터 사냥을 할 필요가 없을 정도의 금액이었다.

"어이, 이봐. 저기 이상하지 않아?"

그들은 자신들의 본거지가 있어야 하는 곳에서 검은 연기가 피어오르는 것이 보이자 왠지 불길한 예감이 들기 시작했다.

"모두 전속력으로 일제히 돌진."

네르갈이 망설이지 않고 명령하자 사람들은 모두 최대한의 속도를 내며 달리기 시작했다.

"으아아악."

"내 팔. 아아악."

아비규환이라는 말까지는 아니더라도 자신들의 본거지는 매우 처참한 모습이었다. 흉수라고 추정되는 두 미청년들의 발아래에는 네르갈 도적단의 남자들이 저마다 한 부위씩을 감싸 쥐며 고통스러워하고 있었다.

그나마 다행인 점이라면 사망에 이를 정도로 깊은 상처를 입은 사람이 없다는 것과 여자와 아이, 노인에게는 전혀 손을 대지 않았다는 점이었다.

'생각보다 예의를 아는 자들이군.'

네르갈은 생각했다.

"어이, 방금 일 마치고 돌아와서 피곤할 텐데 미안하네. 힘이 부족해서 그만 붙잡혀 버렸어. 하하하."

하킴은 생각보다 건강한 모습으로 웃어댔다. 그 모습에 네르갈은 작게 한숨을 쉬었다. 그가 마음만 먹는다면 이런 꼴을 절대 당할리 없다는 것을 잘 알고 있기에 그 모습이 뻔뻔해 보였다.

"와아, 이렇게 빨리 와주다니, 피나의 말대로 천막을 태우면서 기다린 보람이 있는데. 당신이 백발의 사신이지? 어떻게 알았냐고? 그야 척 보면 딱이랄까. 우선 그 잘난 외모하며 사나이다운 풍채, 그리고 바람에 휘날리는 하얀색 머리카락. 누가 뭐래도 당신이 가장 눈에 띄잖아, 안 그래? 자자, 그럼 네르갈은 또 누구일까요?"

정확히 네르갈을 맞춘 슈카는 두근거리는 가슴에 어쩔 줄 몰라하며 네르갈과 백발의 사신이 동일인물인지 모르고 네르갈을 찾기 시작했다. 하지만 아무리 둘러보아도 딱히 눈에 띄는 이가 없었다.

"흥, 샌님 같은 것이 감히 어디서 까불어 대냐! 이 겁도 모르는 애송이 놈들아. 네 녀석들은 이 가므님이 상대해 주겠다!"

커다란 가므의 덩치에 비할 때 160㎝ 정도의 키에 불과한 두 청년은 애송이로 보일 수밖에 없었다.

가므는 최근 욕구불만에 쌓여 있던 터라 이때다 하고는 등에 매달아 놓은 자신의 검을 빼들고 달려들었다.

"가므, 멈춰라. 네 상대가 아니다."

네르갈의 말이 똑똑히 들려 왔지만 가므는 멈추지 않았다.

챙!

"아니!"

검을 맞대기만 해도 날아갈 것처럼 연약해 보이던 청년은 놀랍게도 가므의 검과 부딪치고도 아무렇지 않았다. 아니 점점 가므의 힘을 압도하기 시작했다.

가므가 제 아무리 강한 힘을 지니고 있다 해도 상대는 마나의 힘을 다룰 줄 아는 고수다. 육체의 단련만으로는 마나를 단련한 자를 이길 수 없는 것이 법칙이었다.

"고작 이 정도 실력으로 우두머리의 명령을 무시한다 이거지? 이런 녀석들 데리고 있다니. 네르갈도 별거 아닌가 본데. 그리고 너는 쓰레기에 불과해. 얼른 뒈져라."

"제기랄!"

그에게는 애초에 네르갈에 대한 공포만이 있을 뿐, 존경심 따윈 손톱만큼도 없었다. 네르갈이 모욕당한 사실보다 이런 약해 보이는 자에게 지고 있다는 생각에 치욕감이 피어올랐다.

화가 난 가므는 힘겨루기를 그만두고 검을 휘둘렀다. 그러나 필요 이상의 힘을 쓴 것이 잘못이었다.

레이피어를 연상케 하는 청년의 좁고 가벼운 검신을 지닌 검이 그

빈틈을 노려 팔을 베었다.

"크윽."

화상을 입은 것처럼 화끈하게 느껴지는 상처의 느낌. 깊은 상처는 아니지만 전의를 한풀 꺾이게 만드는 데에는 충분했다.

"멈추게 가므. 자네 상대가 아냐."

"흥, 거기서 잘 지켜보기나 하슈."

가므의 큰소리치는 꼴이 우스운지 청년들이 웃음을 지었다. 바보를 바라보는 듯 비웃는 모습에 가므는 이성을 잃었다.

어리석기만 한 직선적인 공격. 슈카는 그의 돌격을 살짝 피한 뒤 제 힘도 조절 못하는 바보의 허벅지를 힘껏 발로 찼다.

"크어"

쿵!

그것은 한순간에 벌어진 일로 흔히 말하는 자멸이었다.

가므가 약한 것은 아니었다. 그 또한 사막의 도적이었으며 네르갈과 함께 몬스터 사냥을 하며 많은 실전을 쌓고 검술 실력을 늘렸다. 다른 도적들은 그가 쉽게 당하자 쉽게 나서지 못했다. 그들의 시선은 무의식중에 네르갈에게로 향했다.

"이유 없이 우리를 공격했다면 용서치 않는다."

낮게 깔린 목소리가 청년들의 귓가에 울린다. 중저음의 목소리는 마나가 실렸기에 아주 똑똑하게 들렸다. 청년들은 그것만으로도 상대방이 만만치 않음을 깨달았다. 아니 오히려 달아올랐다.

"헤에, 이제 와서 싸움을 피하시려고. 그건 안 되지. 나는 사막의 용사. 너희들이 네르갈의 이름을 사용하는 이상 나와의 싸움은 피할 수 없어. 그것이 우리가 정한 사막의 법칙. 너와 네르갈에게 결투를 청한다. 너희들이 과연 그 이름을 사용해도 될 만한 자들인지 내가 결정해 주마."

물론 거짓말이었다. 명분은 아무렇게나 만들면 그만이라는 슈카 식의 해결법이 이끌어낸 말을 외치면서 네르갈에게로 달려들었다.

조금 전 가므와는 달리 잔상이 남을 정도로 빠른 일격. 그것을 네르갈은 별 어렵지 않게, 그것도 한 손으로 대검을 가져다 대며 막았다.

"이런 실력으로 나를 시험하겠다고 하는 것인가?"

"흥, 제법 힘은 갖추고 있는데! 이제부터 시작이지!"

네르갈의 대검에 비하면 젓가락이란 생각이 들 정도로 가는 검이지만 검신을 뒤덮은 푸르스름한 검광(劍光)은 생각을 달리하게 했다.

실제로 레이피어를 연상케 하는 검은 네르갈의 검과 연속해서 부딪치고도 아무런 이상이 없었다.

네르갈이 나선 이상 단번에 저 청년이 제압될 거라 생각했던 네르갈 도적단들은 잠시 숨을 멈추고 두 사람의 승부를 지켜보기 시작했다.

"흐음. 대단한 청년이군. 아직 어린 나이인 듯한데. 검광을 저렇게 자유자재로 사용하다니. 하지만 멀었어."

"무슨 뜻인지 여쭈어봐도 되겠습니까?"

혼잣말인지 들으라는 말인지 알 수 없지만 하킴의 말은 피나의 관심을 끌기에 충분했다.

"아무래도 자네가 저 청년의 심복인 듯싶은데 맞나? 그렇다면 사막의 용사라는 거짓말을 할 정도의 말썽꾸러기를 모시고 있는 자네를 동정하면서 충고 한 마디 하겠네. 지금이라도 얼른 사과하고 갈 길을 가게나."

"그런 걱정은 하지 않으셔도 됩니다."

피나는 하킴이 자신을 괜히 겁주려는 거라고 생각했다. 하지만 그것은 오산이었다.

"피나라고 했나? 하지만 나는 어째 피나라는 이름보다 지하드 7용사 중 일곱 번째 용사, 네피나 시몬느라는 이름이 생각나는구먼."

흠칫!

피나는 재빨리 하킴에게서 떨어지며 양 손을 교차시켜 허벅지에 위치한 2개의 검집으로 향했다.

"이런 늙은이에게 검을 들이 대려고? 너무 하는군. 방금 그 행동으로 자네의 정체에 확신을 갖게 되었으니 자네가 모시고 있는 상관도 대충 누군지 알겠구먼."

당했다! 평소 냉철하기로 유명한 자신이 이런 허술한 유도심문에 걸려들 줄은 생각조차 하지 못했다.

"설마, 당신이 네르갈입니까?"

"크하하하, 내가 네르갈이냐고? 아아, 정말 감당하기 힘든 칭찬이자 지독한 비난이로군. 왜 그런 오해를 했는지 대충 알겠어. 아마 백발의 사신이라는 별명 때문이겠지. 어쨌든 난 네르갈이 아닐세. 그를 추종하고 그가 되고 싶었던 수많은 사람 중 한 명일 뿐이지."

의심의 눈초리가 지나간다.

"과거의 인연이 있기에 충고하는 것일세. 사막의 영웅들을 팔아넘긴 것까지는 좋겠지만 이미 사막의 영웅 운운할 때 여기 있는 모두가 거짓말이라고 깨달았을 것일세. 왜인 줄 아는가? 왜 네르갈이라는 이름이 현재 이트루 제국 전체에 퍼져 가고 있는지 아는가?"

"설마."

자신의 정체까지 파악할 정도의 남자가 네르갈이라는 허황된 존재에 대해 이 정도의 자신감을 보이고 있다는 것은 아마도 확실한 무언가가 있기 때문일 것이다. 그리고 예상대로라면 그 확실한 무언가란 바로.

"그는 우리가 보는 앞에서 풍마 네르갈을 이겨냈고 또 사막의 용사들이라는 광신도를 모두 물리쳤지. 그것도 혼자의 힘으로!"

저 백발의 사신이나 여기 있는 하킴이 뛰어난 인물임은 틀림없다. 거기다가 아직 정체도 알아내지 못한 네르갈이라는 자는 혼자서 사막의 용사들을 모두 물리쳤다고 한다.

도대체 이 도적단은 무슨 생각을 하고 있는 거지? 무엇을 꾸미려고 하는 거지?

마침 들려오는 짜증스런 소리에 피나의 생각은 멈출 수밖에 없었다.

"제, 젠장. 왜 안 통하는 거야!"

"여기까지인가? 큰소리 쳤던 것에 비하면 실망이군."

공간이 찢어져버릴 듯한 강풍이 몰아쳤다. 그 강풍이 다름 아닌 네르갈이 검을 휘두르며 일으킨 검풍이란 사실을 깨달았을 때 그녀의 검은 손에서 벗어나 하늘 높이 떠오른 뒤였다.

"마, 말도 안… 아아아아악!"

적을 앞에 두고 망연자실해 있는 어리석은 검사를 향해 손을 뻗은 네르갈은 한 손으로 치기어린 청년의 머리를 잡아 들어 올렸다. 당장이라도 머리를 터트릴 정도의 무식한 악력이 슈카를 괴롭혔다.

곧 그의 몸이 공중으로 날아올랐다. 터무니없게도 한 손으로 집어 던진 것이었다.

"슈카님!"

제 아무리 모래밭이라지만 그냥 떨어지기에는 그의 태생이 너무나

고귀했다.

슈카를 받아 든 피나는 냉정한 그답지 않게 소리쳤다.

"당신의 실력은 잘 알았습니다. 하지만 그렇다고 기사를 집어 던지다니!"

"그는 내게 사막의 용사라 말했고 나는 그대로 취급해준 것뿐이다. 하킴이 너를 알고 있는 듯해서 특별히 살려주었다. 그래도 나의 행동에 잘못이 있다고 생각하나?"

설마 저 멀리에서 나눈 이야기를 들었단 말인가? 그것도 싸우는 도중에.

"당신은 아마 제 생각보다 훨씬 더 강한 사람일 것입니다. 하지만 주인의 모욕을 갚지 않는 것은 신하된 자로서 있을 수 없는 일. 각오하십시오."

피나는 쌍검을 뽑아 들었다. 검 하나의 길이는 약 50센티미터 정도. 하지만 네르갈의 심안(心眼)에 보이는 검의 공격 범위는 2미터에 달했다. 아직 확신할 수는 없지만 자신의 머릿속에 존재하는 기술인 심안을 신뢰하며 최대한 조심해야겠다고 생각했다.

먼저 움직인 것은 피나였다. 그 민첩함과 움직임은 조금 전 슈카라는 청년과 큰 차이는 없었으나 검의 운용만큼은 비교할 수가 없었다. 단순 일변도에 가끔 허식(虛式)과 변식(變式)이 절묘하게 섞인 슈카의 공격은 효과적이었다.

'이자는 진짜다.'

수천 번, 수만 번을 휘두른 끝에 얻어낸 자신만의 검로. 거기에 검을 마주칠 때마다 느껴지는 힘과 경험. 하나하나가 급소를 정확하게 찔러 오는 공격이었으며 이도류가 지닌 특유의 빠르고 짧은 공격은 대검을 무기로 사용하는 네르갈에게는 천적에 가까웠다.

또한 그의 몸은 놀라울 정도로 가벼웠다. 한 번 공격이 들어가도 무언가 낌새가 안 좋으면 무기끼리 맞부딪치는 충격만으로 2미터 정도는 반 호흡 만에 거리를 벌려놓았다.

하지만 고작 그 정도로 힘들어 하면 네르갈이 아니었다. 그의 전투경험은 다양한 경험과 전투방식을 지닌 사막의 용사들과 싸우면서 급성장했다. 또 눈을 감으면 떠오르는 여러가지 검의 정수를 익힌 뒤로는 지금껏 상대를 찾지 못하게 만들어주었다.

상단! 그리고 하단. 다시 상단과 하단. 두 개의 검이 쉴 틈을 주지 않겠다는 듯 빠르게 움직였다.

캉!

"칫!"

네르갈은 시간이 지날수록 점차 피나의 공격에 익숙해져 갔다. 그것도 상상조차 하기 힘들 정도의 빠르기로.

결국 승부수를 먼저 띄우기로 마음먹은 피나는 양 엄지손가락으로 이용해 결속장치를 해제했다.

"뭐야, 저건!"

누군가 소리친다.

공격이 닿지 않는 거리에서 하릴없이 네르갈을 향해 검을 휘두르는 것 같았지만 그것은 큰 오산.

챙! 파방!

가로막은 공격에서 마력의 폭발이 일어났다.

네르갈은 충격으로 뒤로 세 걸음을 물러섰지만 크게 부상을 입은 것처럼 보이지 않았다. 입술이 터져 피가 나는 것 정도뿐.

만약 그의 마나 컨트롤이 조금만 뒤떨어졌어도 얼굴에 큰 화상을 입었을 것이다.

가까스로 공격을 막은 네르갈의 눈에 길어졌다 줄었다를 반복하는 2개의 쌍검이 들어왔다. 마나의 힘을 실어 고무줄처럼 신축성을 지닌 검은 피나의 손에서 자유롭게 움직여 부딪치기만 해도 피해를 입혔다.

하지만 그런 변칙 공격에 일방적으로 당할 그가 아니었다.

일격이 네르갈의 머리카락을 스치고 지나갔다. 지금껏 공격은 아슬아슬하게 피하거나 막았지만 이번 공격은 네르갈이 기다리던 것이다. 즉 네르갈은 저 공격의 범위를 정확하게 파악한 것이다. 그의 몸은 무서울 정도로 빠르고 정확하게 피나와의 거리를 좁혔다.

'뭐야? 설마 이것도 벌써 파악당한 건가? 말도 안 돼!'

속으로 경악하는 사이 네르갈이 파고들어왔다.

하나 네르갈이 너무 서둘렀을까? 그의 대검은 이렇게 좁은 간격에서 사용할 만한 물건이 아니었다.

아니 그것이야말로 오산.

검면에 붙어 있는 짧은 손잡이를 쥔 네르갈은 좁은 간격에서도 아무렇지 않게 검을 휘두를 수도 찌를 수도 있었다.

당황한 피나는 얼른 검을 원상태로 되돌리며 가까스로 막으면서 다시 뒤로 뛰어올랐다.

탁!

앞으로 몸을 던지는 네르갈. 그는 모래판에 자신의 대검을 꽂아버리더니 ㄱ 자로 꺾인 손잡이를 이용해 몸의 방향을 돌려 두 번째 도약을 하며 발을 들어 올렸다.

"크악!"

강력한 발차기가 피나의 가슴에 작렬했다. 한 번의 공격을 허용했을 뿐인데도 강철처럼 강력한 발차기는 갑옷을 입고 있었음에도 불구하고 내부를 진탕으로 만들어놓았다. 겉은 무시하고 내부를 두드려 맞은 듯한 느낌이 의심할 여지 없는 발경이다. 저자는 체술의 달인이기도 하단 말인가?

다행히 공중에 뜬 상태라 힘이 줄어들었기에 망정이지 제대로 맞았다면 내장이 터졌을지도 모른다.

털썩.

더 이상 정신을 가누지 못한 피나는 그대로 바닥에 쓰러지고 말았다.

"피나! 제길 용서 못해. 인게이지!"

그때 두 사람을 가르는 소리가 들려왔다.

피나에게 익숙할 듯한 이 목소리의 주인공은 슈카. 그리고 그의 손에는 역시나 붉은빛의 채찍이 손에 들려 있었다.

"뭐, 뭐야 저건!"

대부분의 도적들이 알 수 없는 현상에 긴장했다.

"감히 이 몸을 깔보다니 용서 못해!"

핏빛으로 빛나는 채찍 슬레이브 '사랑의 포로는' 마나의 보호를 받고 있는 기사의 사지조차 한 방에 날려버리는 것이 가능할 정도로 강한 무기였다. 그리고 단 한 번이라도 공격을 맞은 순간 상대는 포로가 되어버린다.

승리를 확신하며 슈카는 채찍을 내리쳤다. 건방진 네르갈이라는 자의 팔 한두 개 정도는 날려버리리라 마음을 먹으며.

그러나.

팍!

그 채찍은 너무나 손쉽게 네르갈의 손에 잡혔다.

"어, 어째서. 마, 말도 안 돼. 왜 나의 슬레이브가?"

일반 채찍도 그보다 무력하지는 않을 것이다. 한데 지금껏 자신의 명대로 잘 따라왔던 슬레이브가 갑자기 왜 이렇게 변했단 말인가. 게다가 저자는 슬레이브의 능력인 매혹에 걸리지 않은 듯 아주 멀쩡했다.

슈카가 좀 더 강했거나 슬레이브와의 동조율이 높았다면 그는 자신의 슬레이브가 하고 싶은 말을 들을 수 있었을 것이다.

—저는 저자를 공격할 수 없습니다. 아니 모든 슬레이브가 그를 적으로 삼는 일은 없을 것입니다.

라는 의미심장한 말을 말이다.

"따끔하군."

그 한마디를 끝으로 네르갈은 힘껏 채찍을 잡아당겼다.

애초에 들고 있는 것이 아닌 팔과 융합된 채찍이라 슈카의 몸은 손쉽게 네르갈이 원하는 대로 날아왔다. 네르갈은 날아오는 그의 얼굴을 걷어찼다.

"크어!"

그 충격에 피나에 이어 그 역시 정신을 잃고 쓰러지고 말았다.

네르갈 도적단 전체를 시끄럽게 만든 두 마리의 고양이를 겨우 잠재운 순간이었다.

피나와 슈카는 모든 무기를 빼앗긴 채 천막 기둥에 묶여 있었다.

조금이라도 도망치려고 발버둥 치면 곧장 천막이 무너져 모두가 알아차릴 수 있었다. 실로 훌륭한 포로를 다루는 방식이었다.

피나가 정신을 막 차렸을 무렵 밖은 이미 밤이 되어 있었다.

"뭐야, 이 녀석들. 사내 새끼인 줄 알았더니 이제 보니 둘 다 계집애잖아."

도적들은 기가 막히다는 말투로 외쳤다. 좀 잘생긴 녀석들이라 생각했지만 설마 여자였을 줄이야. 그렇다면 자신들은 이제껏 고작 계집애 두 명에게 완전 묵사발로 당한 것이 아닌가.

"하킴 대장, 저 녀석들 어떻게 처리하는 게 좋을까요?"

하킴은 잠시 생각에 빠져 아무 말도 없더니 곧 결정을 내렸다.

"어디 가서 훔친 것도 아니고, 제 발로 들어온 전리품인 이상 나누어 갖는 게 당연한 이치겠지."

"와아아아아!"

마치 자신들을 배려해주는 듯한 하킴의 결단에 도적들은 모두 환호성을 질렀고 이와는 대조적으로 천막에 묶여 있던 피나의 얼굴은 경악으로 물들었다.

도적들에게 잡힌 남자와 여자들의 운명은 사뭇 다르다. 남자들은 대부분 그 자리에서 살해당하는데 비해 여자들은 도적들에게 끌려가 얼마 동안 그들의 노리개로 생활하다가 끝내 노예 시장에 팔려가는 것이 대부분이었다.

"이힛! 태어나서 귀족 여자를 안아보게 될 줄이야. 오늘 재수 좋은걸."

"암, 물론이고말고. 이것도 다 우리 네르갈님의 은총이라는 거겠지."

"크하하하하. 자자, 네르갈. 내 술도 한 잔 받게."

이미 도적들은 그녀들에게서 무기를 압수하면서 살펴볼 대로 살펴

본 뒤였다. 비록 남장 차림을 하고 있느라 미청년으로 보였지만 갑옷과 옷을 벗기고 묶은 머리를 풀어 헤치자 그녀들은 놀라울 정도의 미녀들로 둔갑했다.

한눈에 봐도 고급 원단으로 된 옷과 밤새도록 세어보아도 질리지 않을 거금이 들어 있는 주머니, 화려하지는 않지만 오히려 기능적인 홀륭한 갑옷과 검은 한눈에 봐도 귀족임을 알 수 있었다.

“난 그 피나라는 아가씨가 좋던데.”

“음음, 확실히 그 싸가지 없는 슈카라는 애보다는 훨씬 더 예쁘더군. 좋아, 이왕 안아볼 거면 피나부터다.”

“아, 피나는 내가 먼저 찜했단 말이야.”

“무슨 소리 피나는 내 마누라 삼을 거라고. 크크크크.”

이제는 안색이 창백해지다 못해 검게 변해 버린 피나는 죽을 각오로 탈출해야겠다는 결심을 했다.

그때였다.

“호오, 인기 많아서 좋… 겠네.”

언제 깨어났는지 도끼눈을 뜬 채 자신을 바라보는 주인의 눈초리가 보이자 그렇게 얄미워 보일 수 없었다.

“지금 질투하실 때입니까!”

소리 죽여 절규를 외치는 피나. 하지만 슈카는 눈 하나 깜짝하지 않았다.

“하? 누가 질투를 한다는 거야? 다 저들의 보는 눈이 없어서 그런 것뿐인데. 전혀 신경 안 써.”

다시 다른 목소리가 들려왔다.

“뭘 그렇게 고르고 난리야. 둘 다 안아버리면 되는 거지.”

"맞아 맞아. 특히 그 슈카라는 계집애의 앙칼진 모습을 보면 엄청 즐거울걸."

"크크, 그건 그래."

그제야 상황파악이 되었는지 슈카의 안색도 검게 변해 버리기 시작했다.

"뭐해! 이 밥팅아! 빨리 이 줄을 끊을 생각은 하지 않고!"

피나는 기가 막힌 눈초리로 죽을 기세로 발악하는 슈카를 바라볼 뿐이었다.

아쉽게도 그녀들의 탈출 계획은 결국 성공하지 못했다. 시간을 들여 줄을 끊으려는 시도를 해보았으면 좋으련만 너무나 급한 나머지 마나를 사용해서 힘껏 밧줄을 끊어버린 것이다. 그 탓에 막사를 지탱하던 기둥이 쓰러져버린 것이다.

그런고로 지금 슈카와 피나는 마나의 힘을 사용하지 못하게 하는 마나 억제 팔찌에 구속당한 상태에서 완력으로는 결코 풀릴 수 없는 방식의 밧줄 매듭에 묶인 채 도적들에게 빙 둘러싸여 있었다.

마침 저녁 시간이었는지 그들은 음식과 술을 마시고 있었는데 도적들은 술을 마시며 맛난 안주 대신 그녀들을 바라보며 입맛을 다셨다. 그 시선은 그녀들에게 있어 소름이 돋을 정도로 끔찍한 것이었다.

"제기랄! 저 주름 많은 녀석, 머릿속으로 벌써 나를 세 번이나 범했어. 젠장."

"문제는 곧 그게 현실로 벌어질 일이라는 겁니다."

피나는 이미 정조도 인생도 포기해 버린 것처럼 공허한 목소리로 말했다.

"차라리 자결해 버릴 테야."

"그럼 시간(屍姦)이라도 벌일 기세인데 말입니다."

그녀들은 고귀한 태생이었다. 설령 죽더라도 어디까지나 귀족에 걸맞는 죽음을 맞이해야 한다고 어려서부터 배워왔다. 그렇다 보니 시간이라는 말을 듣자 그건 죽어도 죽는 게 아니라는 생각이 들었다.

"그럼 나보고 어쩌라고!"

"어차피 순결과 정조라는 것은 언젠가 잃게 되는 법입니다. 상대가 누가 되던지 그냥 미친개에게 물린 셈 치고 참으며 기회를 엿보다가 탈출하는 것이 가장 우선인 듯싶습니다. 천한 자들이니 적당히 구슬려주고 원하는 대로 해주면 최악의 사태만은 면할 수 있을 겁니다."

피나가 말하는 최악의 사태란 즉 임신을 말했다. 어차피 귀족 사회에서는 처녀성이라는 것에 큰 관심을 두지 않는데다가 이곳은 이트루제국. 워낙 무법자들이 많이 떠돌아다니는 위험한 땅이기에 더욱더 그랬다. 그래서 이곳에서의 처녀성은 임신 경험의 유무라 볼 수 있었다.

"걱정하지 마십시오. 설령 그들이 그 어떤 변태 플레이나 3P 등을 요구한다 해도 참고 이겨내서 슈카님이 탈출할 수 있도록 도와 드리겠습니다."

"아, 정말 고마워서 눈물이 다 나올 지경이야. 젠장!"

확실히 현 상황에서는 피나의 말 외에는 방법이 없었다. 가지고 있는 돈이나 값비싼 보석들로 합의를 보기에는 이미 그것들은 도적들의 것이 되어 있었고 신분을 밝혀봤자 오히려 더 위험에 처할 것이 분명했다. 사실 이것보다 더 위험한 상황은 상상조차 할 수 없지만 만약 신분을 밝혔다가는 자신들의 죄를 숨기려고 도적들이 무슨 짓을 할지 아무도 모르는 일이었다.

다른 무슨 수를 써보려 해도 저들은 피나와 자신 같은 미인을 내버려두지 않을 거고, 결국 방법은 이 꽉 깨물고 참는 수밖에 없는 건가?

"……싫어."

하지만 그것은 자신이 원한다고 해서 될 일이 아니었다.

"그럼 오늘 하루 수입을 분배해 볼까?"

드디어 기다리고 기다렸던 시간이 돌아왔다는 듯이 도적들은 환호성을 질러댔다.

오늘은 특하나 벌어들인 액수가 큰 날이었다. 블러드 웜의 시체는 보통 한 마리에 한 식구가 석 달 동안은 풍족하게 먹고 살 만한 액수였고 상인들을 구해 주고 얻은 액수도 상당했다. 거기에 그곳에 있었던 도적들은 부가적인 수입이 있었다. 그리고 마지막으로 이것이 가장 화려했다.

스스로 굴러 들어온 호박. 아니 장미라고 하는 것이 더욱 어울리겠지. 한눈에 봐도 반해 버릴 정도의 천연 미인들의 가치는 말할 수 없을 정도였다.

시간이 멈추어버렸으면 좋으런만. 하지만 시간은 착실히 흘러갔고 모든 분배가 끝나고 결국 그녀들만이 남게 되었다.

"자, 그럼, 이제 이 두 아가씨가 남았는데 말야. 곤란하군. 우리의 방식대로라면 결국 모두의 소유가 되어야 하는데 말이야."

대부분의 도적들은 두목과 부두목, 간부 순으로 먼저 크게 몫을 뗀 뒤에 그 나머지를 분배하게 된다. 그리고 여자의 경우 대부분 간부급들이 독차지하는 것이 대부분이었다.

하지만 네르갈 도적단은 모두가 평등하게 수입을 나누었기에 여자 역시 예외는 없었다. 문제는 누가 먼저 안을 것인지였다.

"뭐 고민할 게 있습니까. 그냥 순번을 정해서 순서대로 안으면 되는 거 아니겠습니까?"

"오오, 좋은 생각이다!"

"이봐 그럼 순번은 어떻게 정할까?"

"제비뽑기나 사다리 타기는 어때?"

"무슨! 남자라면 가위 바위 보다."

"넌 어린애냐!"

마치 축제처럼 즐기며 웃는 도적들. 그 모습이 어찌나 가증스러워 보이는지 슈카는 이곳에서 벗어나기만 하면 저놈들의 삼대를 싹 말려 버리겠다고 다짐했다.

"어이, 이봐. 하지만 정작 우리는 저 여자들을 잡는 데 아무런 도움을 못 줬잖아. 그러니깐 첫 번째는 당연히 네르갈이라고 생각하는데 너희들은 어떻게 생각해?"

말을 꺼낸 자는 다름 아닌 슈카에게 어이없이 당해 버린 가므였다.

"응? 나도 그렇게 생각하고 있었는데."

"그건 당연한 거잖아."

네르갈이 이 자리에 있었다는 것인가? 슈카와 피나의 두 눈이 동그랗게 떠졌다. 그리고 사내들이 바라보는 쪽으로 고개를 돌리자 그곳에 백발의 사신이 있었다.

"저, 저 녀석이 네르갈이었어."

그러고 보니 백발의 사신은 별명일 뿐이지 이름이 아니었다. 하지만 워낙 그의 명성과 실력이 대단했기에 그만 그 사실을 잊고 있었던 것이다. 설마 저 남자가 네르갈이었을 줄이야!

그때 우연찮게도 슈카의 머릿속에서 이 상황에서 벗어날 실마리가 떠올랐다.

대부분이라 해도 좋을 만큼의 시선이 네르갈에게 향해 있었다. 양젖 술이 아닌 상인에게 받은 고급 브랜디를 술 주머니에 담아 마시고 있던 네르갈은 그 시선에 아랑곳하지도 않고 계속해서 술을 마시다가 조용히 입을 열었다.

"여자 따윈 필요 없다. 나는 이 술로 족해."

동시에 슈카의 얼굴이 일그러졌다. 그에 반해 가므는 회심의 미소를 지었다.

"그럼 네르갈 다음의 공로자인 나 가므가 일번이다. 이의 있어?"

공로라기보다 그냥 제 잘난 맛에 먼저 튀어 나갔고 또한 결과도 무참히 깨져버린 것뿐이지만 딱히 이의를 제기하는 사람은 없었다.

가므는 그녀들의 맨 얼굴을 처음 본 순간부터 참을 수 없는 욕정에 시달리고 있었다. 게다가 재수 없는 귀족들. 저 귀족 년들을 몸 아래에 깔고 마음껏 유린할 수 있다니 상상만으로도 참을 수 없을 정도로 몸이 달아올라 있었다.

예쁘기로 따지면 피나라는 여인이 더 매력적으로 보였지만 우선적인 목표는 슈카였다. 계집 주제에 건방지게 자신을 창피하게 만든 녀석. 울고 불면서 죄송하다고 사정사정 하게 만들어줄 생각을 하니 절로 기분이 좋아졌다.

그렇게 한 사람씩 순번을 정하고 있을 때, 슈카가 갑자기 자리에서 일어났다. 자신의 처지가 어떤지 잘 모르고 있는 듯한 태도였다. 하지만 묶인 상태라 도망도 칠 수 없는 터라 도적들은 무슨 일이 벌어질지 기대하는 눈빛으로 그녀의 행동을 바라보았다.

슈카가 일어서서 어디론가 걸어가자 피나 역시 자리에서 일어나 그녀를 뒤따랐다. 슈카가 이동한 곳은 바로 네르갈의 앞이었다.

홀로 앉아 술을 마시고 있는 네르갈의 앞에 털썩 무릎을 꿇은 슈카가 한번 심호흡을 하고는 말했다.

"저희들을 다, 다, 당신의 노예로 받아주십시오."

그 말을 꺼내기가 무척 부끄러웠는지 그녀의 얼굴은 새빨갛게 상기되어 있었다.

그녀의 이 행동은 어떻게 보면 매우 옳은 선택이라 할 수 있었다. 제아무리 도적들이라도 남의 소유권이 확실한 것은 건드리지 않는다. 거기에 네르갈은 자신과 피나를 쓰러트릴 정도로 강했고 무엇보다 도적들의 입장에서는 전리품을 얻게 해준 일등공신이 그였기에 자신들을 소유할 권리도 가지고 있었다.

즉, 그녀들은 자청해서라도 네르갈의 소유물이 되면 최소한 집단 윤간을 당하는 것만은 피할 수 있게 되는 것이다.

"……."

무릎까지 꿇었거늘 보는 척도 하지 않는 네르갈의 태도에 슈카는 점점 화가 나기 시작했다. 하지만 지금은 화낼 처지도 상황도 아니었다.

"제, 제발 저희들을 노예로 받아주십시오. 당신의 말이라면 뭐든지 따르고 당신이 원하신다면 발이라도 핥겠습니다. 제발 자비를 베풀어주십시오."

"……귀찮군."

네르갈의 한 마디가 떨어지자 눈치를 보고 있던 가므가 튀어나와 슈카의 머리를 잡아 당겼다.

"까아아악!"

"빌어먹을 년. 꺼지라는 말 못 들었어? 감히 어디서 벗어나 보려고 꾀를 쓰고 있는 거야! 그가 너희들을 구해줄 것 같아? 저 자식은 겉으로 보면 멋질지 모르겠지만 실은 남자 생명이 끝난 녀석이라고. 크크."

남자 생명이 끝나? 젠장, 어쩐지 자신 같이 예쁜 여자를 보고도 아무렇지 않더니. 슈카는 한탄했다.

"제길 좀 따라오라면 따라오란 말이야!"

여자에게 폭력을 휘두르는 버릇이 있는 듯 가므의 손이 저절로 들렸다.

쿵!

하지만 그 손은 옆에서 몸통 박치기로 슈카의 몸을 쓰러트린 피나 때문에 허공을 가를 뿐이었다.

피나의 마음 같아서는 혼신의 힘을 담아 가므를 공격하고 싶었지만 지금 그녀에게는 일격에 가므를 죽일 수 있는 마나의 힘을 사용할 수 없었다. 또 자칫 도적들을 흥분시켰다가는 무슨 꼴을 당할지 모르는 터라 그녀가 할 수 있는 최선의 방법을 택한 것이다.

바닥에 엎어지듯 뒤엉킨 상태로 쓰러져 있는 두 여인들. 비싸 보이는 옷을 모두 벗겨내고 속옷 위에 낡은 원피스를 입혀 놓은 상태인지라 그녀들의 허벅지가 훤히 드러났다.

"흐흐, 자세 좋은데. 좋아. 어디 갈 필요 없이 여기에서 직접 사내 맛을 보게 해주지."

그 모습을 본 가므는 욕정이 일어나자 아무렇지 않게 바지를 벗어 내리기 시작했다.

보통 평범한 도적단에서 동료들이 보는 앞에서 성교를 나누는 것쯤은 흔한 일이었다. 어디에서 가정을 이룬 도적이 있다는 소리를 들어본 적이 없는 것처럼 그들에게 여자란 어차피 하룻밤의 노리개에 불과했다.

퍅!

둔탁한 음이 들려왔다.

"끄어어억."

바닥에 쓰러져 있던 슈카가 힘껏 다리를 들어 올려 막 성기를 꺼내려던 가므의 성기를 걷어찬 것이다.

"제길, 마지막 희망도 사라졌고 네놈 같은 녀석에게 당할 바에야 차라리 혀 깨물고 죽어버리겠어!"

잠시 동안 고통에 시달리다가 정신을 차린 가므는 슈카의 몸 위에 올라탄 뒤 주먹을 꽉 쥐었다.

"이 미친년. 그 반반한 얼굴을 떡대로 만들⋯⋯."

퍽!

이번에는 더욱 둔탁한 음이 들렸다.

그 정체는 양의 뒷다리 뼈. 그리고 그것에 머리를 얻어맞은 가므는 충격을 참지 못하고 뒤로 쓰러졌다.

누가 이 뼈를 집어 던졌는지는 말할 필요도 없었다. 이 정도로 무언가를 투척해서 잘 맞추는 재주를 지닌 이는 한 사람밖에 없었으니깐.

"하킴. 내게 저 두 사람을 소유할 자격이 있나?"

여기저기에서 놀라워하는 반응과 실망의 탄식이 들려왔지만 오히려 하킴은 미소를 짓고 있었다.

"하하하, 물론이지. 자네가 아니면 누가 이 미인들을 차지할 자격이 있겠는가?"

"밧줄을 풀어줘."

네르갈이 부탁하자 사람들은 두말없이 밧줄을 풀어줬다. 하지만 양쪽 손에 팔찌처럼 달린 구속구만은 그대로 놔두었다. 네르갈이라면 몰라도 그들로서는 마나 구속이 풀린 그녀들을 상대할 자신이 없었다.

"따라와라."

네르갈이 그 한마디를 남기고 떠나자 밧줄의 속박에서 벗어난 두 여인은 철썩 달라붙은 모양으로 그의 뒤를 따르기 시작했다.

"제길 너무하는 거 아냐?"

"뭐가 말인가?"

한 단원의 불평에 하킴이 물었다.

"네르갈 말입니다. 자기는 남자 구실도 못하면서 여자들이 아까우니깐 샘나서 일부러 데려간 거 아니냔 말입니다."

"뭐 그럴 수도 있겠군. 이제껏 욕심 한 번 차리지 않고 제 몫조차 전부 나눠주던 네르갈도 결국은 인간일 테니 말이야."

하킴은 지금껏 욕심 한 번 차리지 않았다는 말을 강조하고 있었다.

괜히 기가 죽은 그 단원에게 하킴이 다시 말했다.

"그런데 그 '남자 구실'도 못한다는 말은 뭔가? 설마 네르갈에게 직접 들은 건가?"

"그, 그건 아니지만, 왜 눈치라는 게 있지 않습니까? 저희들이랑 1년이 넘게 생활해 오면서 그가 여자를 안는 것은 한 번도 본 적이 없으니… 당연히 불능이라고밖에……."

"하하하하, 추정이었단 말인가? 난 또 진짜 그가 남자 구실도 못하는 사람인 줄 알고 걱정했다네."

"무슨 걱정 말씀이십니까?"

"두고 보게. 만약 저 슈카라는 여인과 네르갈이 눈만 잘 맞으면 뭔가 터져도 엄청난 일이 터질 것 같으니깐 말일세."

하킴은 마치 예언처럼 말했지만 이곳에 모여 있는 누구도 하킴의 말을 이해하지 못했다.

네르갈이 살고있는 곳은 가장 허름해 보이는 천막이었다. 하지만 안에는 누군가가 가져다놓은 음식과 과일들이 가득 쌓여져 있었다. 안이 깨끗한 것으로 보아 누군가가 청소도 해주는 모양이었다.

현재 네르갈은 도적단 내에서 최고의 인기인이었다. 아이들 중에서 그를 존경하지 않는 이가 없으며 사모하는 여인도 한둘이 아니었다. 하지만 그는 굳이 인연을 만들지 않고 조용히 혼자 지내왔다. 자신은 언젠가 이곳을 떠나야 할 자라고 생각하고 있었기 때문이다.

"앉아라."

네르갈의 손에는 항상 술자루가 쥐어져 있었다.

그러고 보니 조금 전 모여 있던 곳에서도 술만 마셨지만 아무리 봐도 취기라고는 느껴지지 않았다.

슈카는 내심 회심의 미소를 짓고 있었다. 자신이 의도해 놓고도 일이 이렇게까지 잘 풀리리라고는 생각조차 못했다. 가장 좋은 건 그가 불능이라는 사실이다. 게다가 그는 도적단 사이에서 굉장한 영향력을 지니고 있었다. 이제 그를 자신의 아름다운 외모에 푹 빠지게 만든 뒤 잘 구슬린 뒤 이곳을 빠져나가기만 하면 되는 것이다.

자신들에게 닥친 위기가 어느 정도 가서 안심이 되자 생리적인 욕구를 느끼기 시작했다.

꾸르륵! 꾸르륵!

"……그렇군. 잡아만 놓고 밥 준다는 생각은 하지 못했어. 음식은 많으니 먹고 싶은 만큼 먹어라."

마치 애완동물 같은 취급이란 생각이 들었지만 그녀들은 이미 노예

가 된 몸이었다. 눈앞에 음식이 보이고 허락이 떨어지자 아무런 생각
도 들지 않았다.

"예쁘군."

음식을 마구 집어 먹고 있던 슈카와 이런 상황에서도 예절을 지키며
야금야금 먹고 있던 피나는 난데없이 들려온 말에 신경이 쓰였다. 하
기야 남자면 '멋지다', 여자면 '예쁘다' 라는 말에 신경이 쓰이지 않을
사람은 누구도 없을 것이다.

"흥흥, 그거야 당연하지. 나같이 예쁜 여자는 세상 전체를 뒤져봐도
얼마 없다고."

"칭찬 감사합니다. 마스터."

"ㅋ, 게다가 씩씩해. 가슴도 크고. 너를 보면 예전에 내가 알고 있던
사람이 떠오를 것 같다."

가슴이 크다는 말에 괜히 얼굴을 붉힌 슈카는 곧 자신이 얇은 옷 한
장을 입고 있다는 사실을 깨닫고 두 손으로 황급히 가슴을 가렸다.

"저, 저질. 보는 눈은 있어 가지고."

"그리고 그대는 아름답군. 고귀하면서도 품위가 있어. 하지만 가끔
바보스러운 모습 역시 내가 알고 있는 누군가를 떠올리게 해."

"그렇습니까?"

네르갈은 양젖술이 담긴 자루를 피나에게 내밀었다.

"마셔라. 나와 인연을 나누게 된 기념을 이것으로 대신한다."

"자, 잠깐."

슈카가 말릴 사이도 없이 피나는 두말없이 받아들고 내용물을 마셨
다. 방금 네르갈이 건네준 술은 간단히 말해 결혼한 부부가 첫날밤에
마시는 합환주 같은 의미였다.

"너, 너 미쳤어? 그걸 받아 마시면 어떻게 해!"

남쪽의 사람들은 문서에 서약하는 것으로 맹세에 힘이 깃든다고 생각하지만 이트루 제국의 사람들은 작은 의식 자체가 곧 자신에 대한 맹세이자 하늘에 대한 맹세로 생각했다.

"그대는 분명 나에게 노예로 받아들여달라고 했고 나는 그대의 소원을 들어주었다. 그런데 뭔가 문제라도?"

네르갈과 피나는 이상하다는 눈빛으로 슈카를 쳐다보았다. 졸지에 왕따가 된 기분을 느끼며 슈카는 뭐라 설명하지 못하고 당황했다.

"음, 위기를 벗어나기 위한 묘책이었나? 확실히 그 상황에서 그보다 나은 방법은 없을 것 같군. 하지만 난 하킴에게서 너희들을 노예로 삼기 위해 데려왔다. 내 노예가 될 생각이 없다면 나는 너희들을 그에게 돌려주어야 한다."

"그냥 놔주면 되잖아. 너는 그만한 힘도 있는데다 우리를 사로잡은 것도 너니깐. 우리를 돌려보내 주기만 하면 돼. 우린 네가 원하는 것은 무엇이든지 이뤄지게 해줄 수 있는 힘이 있다고."

"그럴지도 모르지. 너희들이 배신을 하지 않는다면."

흠칫!

물론 방금 슈카의 말은 진심이었고 그녀는 결코 배신할 생각이 없었다. 하지만 이리도 놀란 것은 바로 섬뜩해질 정도로 차가운 네르갈의 눈빛 때문이었다.

"나는 이곳에서 서로를 속고 속이는 자들을 많이 보아왔다. 그들에게 용서란 의미가 없었다. 앞에서 약속해 놓고 뒤돌아서면 칼을 꺼내기 일쑤였다. 그래서 나는 그들을 모두 처단했다."

살기(殺氣) 때문에 숨을 제대로 쉬기가 힘들었다. 어쩌면 자신들과 싸웠을 때 저 남자는 자신의 실력을 전부 발휘한 것이 아닐지도 모른다.

"너희들에게 그만한 힘이 있다고 생각한다. 그리고 그렇기에 나는 너희들을 보내줄 수 없다. 오늘 만난 너희들을 믿는다는 것은 더 어려운 일이겠지. 차라리 오늘의 일이 기억에 남지 않을 정도로 괴롭힌 다음 매음굴에 팔아버릴지언정."

그것은 확실히 진담이었다. 그의 눈은 하늘이 두 쪽 나는 한이 있더라도 그렇게 하리라 말하고 있었다.

"선택해라. 너는 아직 이 술을 마시지 않았으니, 다시 그들에게 보내줄 수 있다."

"누가 그딴 놈들한테 간대!"

선택의 여지가 있을 리 없었다. 피나의 손에서 빼앗다시피 술주머니를 챙긴 슈카는 꿀꺽꿀꺽 하고 품위 없게 술을 들이켰다.

"카하, 됐지?"

아무리 봐도 상전과 하인이 뒤바뀐 듯한 모습. 하지만 슈카라는 여인이 싫지만은 않았다. 아니 오히려 기억 속에서 존재하는 그 누군가와 비슷해 보이는 모습에 호감이 들었다.

획.

"어, 어이 이봐?"

"난 네르갈이다."

이름이 중요한 것이 아니다. 앉은 상태에서 네르갈은 거침없이 자신의 상의를 벗어 바닥에 떨어트렸다.

"자, 잠깐, 타임! 멈추라고. 가, 갑자기 옷은 왜 벗는 거야? 옷을 갈아입을 거라면 최소한 사람이 없는 곳에서 갈아입으라고."

네르갈은 영문을 모르겠다는 듯이 답했다.

"무슨 소리냐. 내가 옷을 벗는 것은 너희를 안으려고야."

피슝!

슈카의 양 귀에서 김이 뿜어져 나오는 환상이 보였다.

"마, 마, 마, 말도 안 돼. 너, 너, 부, 불능 아니었어?"

생각지도 못한 말을 들어서일까, 달군 쇠처럼 새빨갛게 된 그녀의 얼굴은 옆에 있는 피나가 열기를 느낄 정도로 뜨거웠다.

"불능? 뭐 그런 오해도 있었던 것 같군. 확실히는 모르겠지만 1년 넘도록 여자를 안지 않았으니 그런 오해를 받을 만하지."

격침!

확인 사살을 당한 병사처럼 슈카는 바닥에 쓰러졌다.

"걱정 마라. 이 몸은 그 일에 능숙하다고 자부하고 있으니까. 1년간 자제하고 있었으니 그동안의 분량을 확실하게 풀어볼까."

생각하기조차 부끄러울 정도로 낯부끄러운 대사를 아무렇지 않게 내뱉는 네르갈을 향해 하마터면 '풀지 마!' 라고 외칠 뻔한 슈카였다.

"흠, 너는 아직 마음의 준비가 안 되었나 보군."

네르갈이 시선을 피나에게 돌리자 그녀는 작게 고개를 끄덕이더니 낡은 옷을 끌어모아 한 번에 벗었다. 애초에 아래 위 구분이 없는 원피스 같은 옷이었기에 곧바로 속옷만 입은 피나의 모습이 드러났다. 낡은 옷 안에 실크로 된 고급 원단의 속옷을 입고 있는 것은 꽤 어색했지만 누구도 그것에 신경쓰지 않았다.

그리고 네 발 짐승이 길을 가는 것처럼 피나가 천천히 네르갈에게로 다가갔다.

두 사람의 얼굴이 약 10센티미터로 붙었다.

"그대의 이름과 나이, 그리고 출생지는?"

"예, 마스터. 저의 이름은 네피나 시몬느. 25살. 이트루 제국의 수도 알자드리온에서 태어났습니다."

평소 표정 변화가 작았던 탓인지 붉게 변한 네피나의 얼굴이 말로 표현 못할 정도로 요염해 보였다.

천천히 두 손을 올린 네르갈은 네피나의 얼굴을 잡고 살며시 끌어당겨 입술을 포개었다. 단지 입술을 포개었을 뿐임에도 그녀의 온몸이 여기저기에서 움찔거리다가 결국 참지 못하고 먼저 벗어났다.

"처음이로군."

네피나는 말이 나오지 않는 듯 고개를 숙인 채 작게 고개를 끄덕일 뿐이었다.

"네가 모시고 있는 자도 경험이 없는가?"

평소라면 그런 사적인 일은 죽어도 입에 올리지 않겠지만 현재 네피나의 상태는 누가 봐도 정상적인 상태가 아니었다. 자신도 모르게 고개를 끄덕이고 말았다.

"그런가. 아직 순결한 두 명의 여인이라. 가르쳐야 할 것은 많은데… 꽤나 짧은 밤이 될 것 같군."

학생에게 많은 것을 가르쳐주고 싶어하는 스승과 같은 말을 중얼거리며 네르갈은 손을 뻗어 네피나의 손목을 잡아 쓰러트리고는 정상을 차지했다. 일련의 동작들이 마치 춤처럼 너무나 부드럽게 전개되었다.

네피나의 양손을 결박하듯 한 손으로 잡은 네르갈이 그녀의 귓가에 입을 가져다대며 마법의 주문을 외웠다.

"두려운가? 그럴 필요 없다. 나는 너의 반려. 네가 원치 않는 일은 하지 않을 것이며 너를 지키기 위해 이 목숨을 바친다. 나는 너의 거울. 네가 웃으면 나 또한 웃고 네가 슬퍼하면 나 또한 슬퍼할 것이다. 나는 너의 인형. 너를 위해 춤추고 노래하며 잠든 너를 옆에서 지켜봐 줄 것이다.”

묘하게 두려움이 사라져 간다. 단순한 말뿐이거늘 마법처럼 안정되는 현상은 도대체 무엇일까.

그의 손이 가볍게 가슴과 하복부를 스치고 지나간다는 느낌이 들었을 때 이미 그녀는 실오라기 하나 걸치지 않은 태초의 모습을 하고 있었다.

그리고 아직 아무도 열어보지 못한 신세계를 탐험하기 위한 탐험가의 움직임이 시작되었다.

아무도 맛보지 못한 붉은 설육과 부드러운 피부 전부를 맛보듯 그의 혀가 네피나의 몸을 탐하고, 거칠고 차가운 손이 그녀의 육체와 하나가 되며 녹아 들어갔다.

탐험가의 모험이 계속되는 동안 신세계는 금방 봄이 되고 어느새 여름이 되었다. 그리고 여름이 되자 그 누구의 침범도 허락지 않던 얼어붙어 있던 동굴이 탐험가를 부르기 시작했다.

“아앗하아아!”

약간의 고통. 생각보다 파과의 고통은 심하지 않았다. 그만큼 네르갈이 능숙했지만 그 이상으로 그녀는 끌리고 있었다. 자신의 마스터에게.

활처럼 휘어진 그녀의 등을 타고 한줄기 땀방울이 흘러내렸다. 그러는 동안에도 동굴로 진입한 능숙한 탐험가는 전진과 후퇴를 반복하며 신세계를 애태우기 시작했다.

요동치는 육체가 두 개의 부드러운 젖무덤을 출렁이게 만든다. 그리고 그 움직임은 다리가 저려오고 온몸에 힘이 빠져나가는 도중에도 멈추지 않았다.

옆에서 곧 터져버릴 듯이 붉게 변한 얼굴로 그 모든 광경을 하나도 빠짐없이 바라보고 있던 슈카는 저도 모르게 어느 순간부터 두 손으로 얼굴을 가리고 있었다. 손가락이 벌어져 있는 탓에 별반 차이는 없었지만.

"거, 거짓말. 괴물이야."

네피나에게는 어떻게 느껴질지 모르겠지만 벌써 30분이 넘게 흘렀다. 하지만 남자의 몸짓은 여전히 계속되고 있었고 고된 훈련을 받고 자라온 네피나는 이미 녹초가 다 되어 있었다.

그러는 동안 이미 몇 번이나 두 사람의 체위가 변했고 지금은 마치 짐승들이 짝짓기를 하는 것처럼 뒤에서부터 그녀를 괴롭히고 있었다.

커다란 신음 소리가 천막을 뚫으며 울려 퍼졌다. 그 또한 네피나는 전혀 인지하지 못하고 있는 것 같았다.

"하앗!"

아무렇지 않은 모습으로 몸짓을 계속 이어갈 것 같던 네르갈의 표정이 잠깐 변했다. 그리고 곧 몸짓을 더욱 빠르게 행한다 싶더니 이윽고 네피나와 하나가 되듯 뒤에서 껴안았다.

"흐아아앗!"

신음을 지르는 네피나의 온몸이 경직된 사람처럼 뻣뻣해지더니 이윽고 힘없이 바닥으로 쓰러졌다.

간간이 들썩이고 있는 몸은 적어도 죽은 것이 아님을 증명해 주고 있었다.

네르갈은 잠시 동안 네피나의 등에 기대어 가슴을 만지며 여운에 빠져 있다가 고개를 돌려 슈카에게 말했다.

"마음의 준비는 다 되었나?"

핫! 그녀의 몸이 경직되었다. 언제 일어선 것일까? 보고 싶지 않지만 눈앞에는 전혀 주눅이 들지 않은 남성을 가진 네르갈과 온몸이 땀에 젖어 기절한 것처럼 잠들어버린 네피나의 모습이 보였다.

그리고 쓰러진 네피나의 은밀한 곳에서 새어 나오고 있는 백색의 끈적끈적한 액체. 저것이 아마 성교육 시간 때 배운 남자의 씨라는 것이겠지.

'저, 정말 해버렸어?! 어떡해? 나 어떡해?

이트루 제국에서 수위를 다투는 시몬느 가문의 장녀 네피나 시몬느가 이런 곳에서, 그것도 한낱 도적의 노예가 되어 순결을 빼앗기고 말았지만 이것은 아무것도 아니었다.

왜냐면 이트루 제국을 지배하는 위대한 황족. 그중 황제의 하나뿐인 황녀 슈카 이트루 에셀로우도 곧 그렇게 될 운명이었기 때문이다.

제27장
격돌 지하드

어머니가 아이를 잉태하듯,
죽음은 영웅을 잉태하였다.

이곳 네르갈 도적단의 본거지에도 어김없이 아침이 찾아왔다.

이제 곧 아침식사 시간이라 평소라면 우르르 몰려들 시간임에도 불구하고 소수의 몇 명만이 아침식사를 준비하고 있을 뿐, 대부분 모습을 보이지 않았다.

잠시 후, 아침식사가 완성되고 스튜가 식었을 무렵, 막사 안에서 좀비라 추정되는 자들이 엉금엉금 기어나오기 시작했다. 자세히 보니 피로에 쩔어 있을 뿐 아직은 인간이었다.

평소에도 아침을 반기는 도적들이 아니었지만 그래도 오늘은 그들의 정도가 심했다. 하나 같이 이른 새벽까지 술만 퍼마신 것처럼 말이다.

현재 그들에게 필요한 것은 아침식사가 아니라 피로를 풀어줄 단잠이었다. 도대체 어젯밤 무슨 일이 벌어졌기에 다들 이런 모습을 하고 있는 것일까?

"제길, 그 여자들의 신음 소리가 귓가에서 사라지질 않아."

"난 내가 남자라는 것이 싫어졌어."

"그건 인간이 아니야."

그들이 밤새 잠을 설치고 현재 이 모습이 된 것은 바로 두 미녀와 네르갈의 정사 때문이었다. 도대체 네르갈이 무슨 수를 썼는지 모르겠지만 놀랍게도 두 미녀의 거친 신음소리는 밤새도록 그치지 않았다.

한 사람의 신음소리가 멈추면 곧바로 또 한 사람의 신음 소리가. 또 그 신음 소리가 멈추면 또 다른 신음소리가 들려왔다.

그 횟수는 도합 11번.

그것을 세고 있을 정도로 그들은 어제의 환상적인 요염한 신음 소리에 취해 잠을 이루지 못한 것이다.

"어떤 새끼가 네르갈이 고자라고 했어?"

도적들은 모두 가므의 얼굴을 흘겨보았다. 평소 네르갈을 가장 헐뜯으며 또 네르갈이 불능이라고 비웃으면서 여기저기 소문을 퍼트리던 자가 바로 그였다.

"일단 몇 대 좀 맞자."

그의 의견에 동의하는 듯 주위의 도적들이 모두 일어나 가므에게 다가가기 시작했다.

"잠깐, 나도 피해자라고. 나도 속았단 말이야."

"속기는 개뿔이!"

"으아아아아아아악!"

비명 소리와 함께 활기찬 아침이 시작되었다.

소란이 벌어지고 있는 곳에서 약간 떨어진 곳에 위치한 천막의 문이

획 하고 열렸다. 햇살이 닿은 천막 안에는 네르갈 말고도 두 명이 더 있었다.

"아침부터 소란스럽군. 좀 더 잠을 자두도록 해라. 어차피 오늘은 그리 할 일이 없으니까."

여인들은 모두 상태가 엉망이었지만 그는 어제와 전혀 다를 바 없는 모습을 하고 있었다.

네르갈이 나가자 다시 어둠이 드리워진 천막의 안에서부터 몽롱한 향이 느껴졌다. 그 향의 근원지는 천막 한가운데에서 나체로 널브러져 있는 두 여인이었다.

한눈에 봐도 반해 버릴 듯 아름다운 두 미녀. 하지만 그녀들의 모습이 심상치 않았다. 천 하나 걸치지 않은 나체였으며 온몸은 물론 머리카락마저 땀으로 젖은 채 가쁜 숨을 내쉬고 있었다. 거기에 그녀들의 하복부와 입가를 더럽히고 있는 끈적끈적한 액체는 묘한 감정을 불러일으키기에 충분했다.

"이, 지… 짐승 같은 놈. 저, 저주할 테……."

이미 단잠에 푹 빠져 있는 네피나와 달리 슈카는 조금 전까지 시달린 듯 보였다. 결국 그녀는 저주의 말조차 전부 남기지 못하고 네피나를 따라 단잠의 세계로 빠져들 수밖에 없었다.

"으으음."

화들짝!

잠결에 무언가가 몸에 닿는 순간 놀란 네피나는 재빠른 움직임으로 무언가로부터 거리를 벌리면서 주위를 살폈다.

어두운 공간, 등에 닿는 거친 천의 느낌. 그리고 자신의 몸에 닿은 그 무언가. 그것은 바로 슈카의 허벅지였다.

실 한 오라기 걸치지 않은 그녀의 육체는 번뇌라는 단어를 인정사정 없이 떠오르게 만들 정도로 아찔했다.

피부는 손가락이 미끄러질 것같이 부드러웠고 발은 주먹을 쥔 정도밖에 되지 않을 정도로 작고 귀여웠다. 그곳을 올라가면 훈련으로 다져진 탄탄한 허벅지가 나타났는데 물이 오를대로 오른 싱싱한 물고기를 연상케 했다. 들어갈 곳은 들어가고 나올 곳은 확실하게 나온 몸은 완벽한 S자 라인을 그리고 있었다. 옷을 입고 있을 때는 몰랐지만 지금 보니 탐이 날 정도로 아름다웠다. 같은 여자가 봐도 얼굴이 붉게 변하고 심장이 두근거려질 정도였다.

그녀가 알기로 슈카는 몸매를 가꾸는 일에 전혀 흥미가 없었다. 자신 또한 어려서부터 쭉 기사수업을 받고 자라왔기에 몸매 가꾸는 일과는 인연이 없었다. 그런데도 이 정도니 진짜 본격적으로 가꾼다면 금세 차이가 벌어질 것 같다는 불길한 생각이 들었다.

"……허리 살이 조금 쪘나?"

태어나서 처음으로 스스로를 돌아보게 된 네피나였다.

슈카가 잠에서 깨어난 것은 정오가 제법 지났을 무렵이었다. 일어나자 마자 그녀들이 처음 느낀 것은 공복감이었다. 확실히 어제도 조금 밖에 못 먹은데다 그 사이에 격렬한 운동도 여러 차례 있었으니 몸이 에너지를 원하는 것은 당연한 일이었다.

우선 정신없이 주위에 있는 먹을거리를 줏어 먹고나자 다음 문제가 그녀들을 찾아왔다. 하복부에서 느껴지는 고통이었다. 진정한 여자가 되려면 누구나 한 번은 겪어야 될 일이라지만 문제는 바로 네르갈의 태도에 있었다.

"제기랄 그 짐승 자식. 남의 몸이 무슨 지 장난감인 줄 알아? 처음이라고까지 했으면 어느 정도 배려는 해줘야 될 것 아냐."

"그래도 얘기 듣던 것에 비하면 고통이 적었습니다. 마스터도… 상냥하게 대해 주셨고."

사랑에 빠진 소녀처럼 두 뺨을 살짝 물들이며 부드럽게 말하는 네피나의 태도에 슈카의 눈썹이 파르르 떨렸다.

"사앙나앙? 발정난 개새끼처럼 쉬지도 않고 6시간이 넘게 중노동을 하고도 그런 말이 나와? 게다가 1년 치를 모았다가 한 번에 쓰는 인간이 도대체 어디 있어? 순전히 지 욕심을 채운 것뿐이지."

"확실히 어제 6번이나 한 것은 좀 고통스러웠습니다만, 이젠 노예니 이런 생각도 사치일 테지요."

"그렇겠……."

네피나의 말에 긍정하려던 슈카의 몸이 갑자기 멈추었다. 그리고 뭔가 골똘히 생각에 빠지더니 이번에는 다시 손가락을 펼쳐 하나둘 세기 시작했다.

휙! 갑작스레 슈카의 고개가 네피나에게로 향했다. 예의 도끼눈을 한 채.

"헤에, 이상하네. 나는 5번밖에 안 했는데 왜 네피나는 6번일까?"

슈카가 폭주하고 있었다.

"그, 그야 우연히… 그건 중요치 않지 않습니까!"

"아, 그러세요? 좋겠네. 누구는 짐승 마스터의 사랑도 듬뿍 받아서. 아예 여기서 평생 살지 그래?"

이 사람의 성격이 삐죽한 거야 하루 이틀 알고 있는 것이 아니었지만 어째 어제부터 그 도가 심해진 같다. 역시 이런 상황을 견딜 수 없는 거겠지.

네피나는 최대한 빨리 이곳에서 탈출할 방법을 찾아야겠다고 결심했다.

"아아아아! 제기랄. 짜증나! 이곳 도적놈들 눈알은 전부 부엉이 눈알이야! 내가 피나 보다 못한 구석이 도대체 어디라는 건데! 얼굴이 딸려, 몸매가 딸려? 네놈들 눈탱이가 전부 썩은 거라고!"

'……그것 때문에 삐져 있던 것이었습니까.'

네피나는 부글부글 끓어오르는 화를 애써 참으며 큰 한숨을 내쉴 수밖에 없었다.

휙!

갑작스레 천막이 걷히자 놀란 그녀들은 바닥에 깔린 낡은 천을 들어 몸을 가리려 애썼다.

"방금 일어났나 보군."

다행히도 들어온 사람은 네르갈이었다.

"나와라. 씻을 수 있는 곳을 만들었다."

그녀들이 반색하며 옷을 챙겨 입은 뒤 밖으로 나오자 남녀노소 가릴 것 없이 수많은 사람들의 시선이 집중되었다. 고작 천민의 시선일 뿐이었지만 귀족인 두 여인은 이상하게도 긴장이 되었다. 집착이나 탐욕, 적의 같은 염려했던 시선은 느껴지지 않았지만 필요 이상의 동경과 질투가 집중되고 있었던 것이다.

"여기다."

네르갈이 가리킨 곳에서는 어린아이들의 웃음소리가 가장 먼저 들려오고 있었다. 그리고 그 다음으로 들려오는 것은 놀랍게도 물장구치는 소리였다.

"마, 말도 안 돼! 사막 한복판에서 어떻게 이런?"

네르갈이 말한 씻을 수 있는 곳은 사막에 천을 커다랗게 둘러놓은 곳이었다. 한쪽에서는 바닥에서 솟구치는 물로 샤워 중인 남자와 여자들이 보였다.

문제는 물의 양이었다. 처음에는 씻게 해준다기에 작은 대야의 물을 얻게 되리라 생각했지만 이런 식으로 한쪽에서는 물이 콸콸 쏟아지고 다른 쪽에서는 물을 모아 물장구까지 치는 모습을 보리라고는 생각지도 못했다.

"이, 이거 어떻게?"

"들어가서 씻어라. 너희들을 위해서 특별히 만들었으니."

자랑도 생색내는 것도 아니다. 그냥 무덤덤하게 사실만을 말한다. 요령 없는 부끄럼쟁이들의 전형적인 패턴이다.

'이자는 무언가 특별한 능력이 있어. 위험해.'

그가 특별할수록 결코 방심할 수 없는 황녀 슈카였다.

기적의 땅, 물의 도시, 사막의 낙원, 네르갈의 성지.

이 수식어들이 바로 이트루 제국의 수도 알자드리온을 나타내는 말이었다.

혹시라도 알자드리온에 한 번도 가본 적이 없는 이라면 위의 수식어를 듣고 무언가 위화감을 느꼈을 테지만 수도에 한 번이라도 들러본 이라면 자신도 모르게 고개를 끄덕이고 만다.

그랬다. 이곳은 사막에 위치하고 있었으나 문자 그대로 물의 도시였다.

도시 곳곳에 거미줄처럼 깔린 배수구에서는 맑은 물이 흘러나오고 있으며 분수에서는 끊임없이 물이 뿜어져 나와 어린아이들을 즐겁게 만들어주고 있었다.

도시는 모래의 누런색이 아닌 수풀의 녹색빛이었고 여기저기 피어난 작은 무지개가 마치 원래 존재하는 풍경처럼 자리해 있었다. 눈을 뜨고도 믿기 힘든 광경이 아닐 수 없었다.

수도를 둘러싸고 있는 외곽 밖으로는 모래의 지평선이 보이고 있건만 이곳만은 다른 세상 같았다.

이것이 바로 네르갈의 기적.

과거 네르갈 황제가 신이 되어 신계로 떠나기 전 그가 후손에게 남긴 유산.

전 대륙이 가뭄으로 고생할 때도 물이 메마르지 않는 이 신비의 땅은 오랜 세월 동안 단 한 번의 침략도 받지 않은 무혈(無血)의 땅으로 언제까지고 평화가 깃들어 있을 것이다. 아니, 있을 예정이었다.

"뭣이라! 슈카가 또 황궁을 빠져나갔단 말인가? 대체 근위병들은 무얼 하고 있었단 말이냐!"

이트루 제국 황궁의 핵심부인 황제의 집무실 안에서 현 이트루 제국의 황제 카심 이트루 에셀로우의 분노 가득한 질책이 쏟아져 나오자 근위대장과 근위병들은 비루먹은 강아지처럼 고개를 푹 숙일 수밖에 없었다.

황제의 분노는 당연하달 수 있었다. 근위병들은 이트루 제국의 엘리트들. 그들 정도 되는 엘리트들이라면 아무리 슈카 황녀가 검술과 싸움에 취미를 가지고 있고 몰래 도망치는 것이 특기라 해도 최소한 도주할 낌새 정도는 채야 하는 것이 아니겠는가? 그런데 전문 훈련을 받은 적이 없는 황녀의 움직임조차 잡아내지 못하다니, 실로 근위병의 자질이 의심되는 순간이었다.

하지만 황제가 잘못 파악하고 있는 부분이 있었다. 황제는 슈카 황녀가 검술 훈련을 해봤자 얼마나 하겠냐며 곧 흥미를 잃을 것이라 자신하고 있었다. 그 묘한 자신감의 근거가 어디에서 나왔는지 근위병들이 따지고 싶을 정도였다.

사실 그녀는 에셀로우 황가의 피를 이어받은 영향인지 우는 애도 그친다는 이트루 최강의 단체 지하드의 7용사들에게 재능을 인정받을 정도의 실력을 쌓고 있었고, 그 실력을 툭하면 황궁을 벗어나 수도를 돌아다니곤 하는데 사용하곤 했다. 그 탓에 과도한 스트레스로 입원한 근위병들이 한둘이 아니었다.

때때로 수도에서 며칠씩 머물다가 황궁에 들어오는 일도 적잖아 있었기에 이번에 사라진 것이 외박이 아닌 탈출이리라고는 생각지도 못했다.

그래도 조금 안심이 되는 것은 그녀의 옆에는 지하드 7용사 중 7번째 서열인 네피나 시몬느가 항상 붙어 있었다. 네피나 시몬느는 충실한 슈카 황녀의 기사로서 황녀가 명령하는 것은 무조건 실행에 옮기는 똑부러진 성격이었다. 그런 그녀가 황녀와 함께 모습을 감추었다. 그 말은 곧 슈카 황녀의 탈출에 자신들과는 비교도 안 될 실력자인 네피나가 개입해 있음을 증명하고 있었다.

하지만 그런 사실로는 황제를 이해시킬 수 없었다. 어떤 계급 사회라 할지라도 상관이 바나나를 보고 오이라고 하면 바나나는 오이가 되어야 하는 법.

근위대장은 이 사회의 불평등한 법칙에 불만이 있으면서도 모두 자신들이 부족한 죄라며 머리를 조아려야만 했다.

"너무 심려치 마십시오, 황제 폐하. 슈카 황녀님의 곁에는 지하드 7대대 대장 네피나 시몬느가 있으니 설마 별일이야 있겠습니까?"

그렇게 위로의 말을 꺼낸 이는 세월의 풍파를 알리는 흰머리가 머리의 절반을 이루고 있는 시종장 휘터슨이었다. 온화한 인품의 그는 대대로 에셀로우 황가에 충성을 다해 보필해 온 충성스러운 자로 현 황제의 기분을 풀어줄 수 있는 몇 안 되는 사람 중 하나였다.

"그걸 어디 내가 몰라서 하는 말이겠소. 속이 너무 답답해 이러지. 어려서부터 항상 제 오라비들의 뒤꽁무니만 쫓아다니면서 예절 교육보다 기사들의 대련을 보는 것을 더 좋아할 때 알아봤어야 했는데… 하나뿐인 딸이라고 너무 애지중지 키웠어."

"슈카 황녀님은 황제 폐하를 닮아 아주 영민하고 무(武)에도 뛰어난 재능을 지니신 분이십니다. 지금은 아직 어리셔서 그럴 뿐이지요."

"허허, 성인식을 치른 지 벌써 2년이 넘었거늘 아직도 어린아이 취급을 하니 그것이 더욱 버릇이 없어지는 것 아니겠소이까."

시종장은 도무지 가라앉지 않는 황제의 태도에 미소를 머금으며 고개를 살짝 흔들었다. 말은 저렇게 해도 황녀라면 자신의 심장도 꺼내줄 수 있는 사람이 바로 자신이 모시고 있는 분이다. 저 팔불출 끼 또한 이 황가의 고질병이리라.

"그럼 이렇게 하면 어떻겠습니까? 실은 제가 최근 낌새가 심상치 않아 네피나 경에게 시간이 날 때마다 현재의 위치와 다음 예상 이동지를 적어 보내달라는 모종의 부탁을 한 적이 있습니다. 그리고 이것이 가장 최근에 날아온 것입니다."

황제는 시종장의 쪽지를 받아 들고서야 겨우 안도하며 웃음을 되찾았다. 그는 곧바로 기사단을 시켜 황녀를 찾아 데려오게 하였으나 이미 슈카와 네피나는 그곳을 떠난 지 오래였다. 게다가 슈카의 슬레이브 탓에 그녀들을 제대로 기억하고 있는 사람은 몇 되지도 않았다.

결국 기사단은 허탕을 칠 수밖에 없었고 할 수 없이 다음에 날아올 소식을 기다려야 했다.

하지만 소식은 한 달이 지나도 오지 않았다.

이트루 황실에서는 비상 대책을 세우기 시작했다. 그 뒤 살아있는 전설이라 칭해지는 6명의 용사들이 황실을 빠져나가 어디론가로 향하기 시작했다.

천막 안은 조금 전까지 열풍이 지나간 듯 뜨끈뜨끈한 공기가 감돌고, 예전과 조금 달라 보이는 천막의 천장에서는 이슬이 한 방울 두 방울 맺혀 있었다.

그리고 그 아래에는 3인의 나체가 퇴폐적이다 싶을 정도로 뒤엉킨 채 만사 피곤하다는 태도로 널브러져 있었다.

그녀들이 네르갈의 노예가 된 지 어언 한 달의 시간이 지났다. 그러는 동안 두 사람은 도망은커녕 오히려 네르갈 도적단의 본거지로 끌려와서 이제는 이쪽 생활에 적응하고 있는 참이었다.

네르갈은 평소에는 상냥하고 무엇이든 들어주는 능력 있는 남자였지만 밤만 되면 더욱 굉장해졌다.

처음에는 그런 네르갈을 찢어 죽여버리고 싶다고 생각하던 슈카였지만 이제는 밤의 시간만 되면 오히려 그의 사랑을 더욱 갈구하는 사랑에 빠진 여인이 되어 있었다. 네피나 역시 크게 다르지 않았다. 네피나는 언제나 네르갈을 마스터라 칭하며 자신이 그의 노예라는 것을 확실히 표했다.

슈카가 네르갈의 아내와 같은 느낌으로 생활하고 있다면 네피나는 첩이라고나 할까. 물론 두 사람의 사이는 예전과 다를 바 없었으며 오히려 한 달간의 생활로 더욱 친밀해져 있었다.

그것은 결코 남들이 알아서는 안 될 부끄러운 비밀을 서로 알게 된 탓이 컸다. 몸의 어느 부위가 쾌락에 약하고, 기분이 절정에 달하면 어떤 목소리로 변해 버리고, 또 미친 사람처럼 그의 행위에 동조하는 모습들은 무덤 끝까지 숨기고 가야 할 비밀이었다.

격한 운동에 숨을 진정시키던 슈카가 슬금슬금 네르갈의 몸을 기어올라 그의 팔을 잡고 자신의 양 가슴과 다리에 끼워넣었다. 좀 더 자신을 애무해 달라는 뜻이었다.

그러는 사이 이번에는 네피나가 반대로 내려가더니 네르갈의 몸 위에 타고 올라 그의 남성을 쓰다듬기 시작했다.

한 달 간 도대체 무슨 일이 있었는지 몰라도 두 여인은 그의 앞에서 부끄러움을 알지 못한다. 이제 그녀들이 원하는 것은 자신을 만족시켜 주는 것과 어떻게 하면 그를 더욱 기쁘게 해줄 수 있냐는 것뿐.

네르갈의 한 손은 슈카의 은밀한 비밀의 문을 애절하게 달래주기 시작할 때 따스하고 촉촉한 고깃덩어리가 자신의 남성을 휘감는 느낌이 찾아왔다.

"아… 하아. 하아. 음! 아아."

밤에는 이런 음란하고 불건전해 보이는 생활을 보이는 그들이지만 낮에는 달라진 모습을 보였다.

차갑고 남 일에 신경을 전혀 쓰지 않던 네르갈은 점점 말수도 많아지고 부드러워지며 이제는 가끔씩 아이들의 놀이나 남자들의 모임에

끼기도 했다.

슈카와 네피나 또한 자신들이 귀족 출신임을 잊었다는 듯이 낮에는 다른 여인들과 마찬가지로 빨래와 요리를 하며 시간을 보냈다. 그러다 보니 주변 사람들의 태도도 변했다. 예전에는 네르갈의 여자라는 이유로 주위 사람들이 어쩔 수 없이 신경 써준다는 느낌이었지만 최근에는 진심에서 우러나오는 살가운 태도를 보였고 점차 네르갈의 노예라기보다 아내로 취급되어졌다.

"이봐 마스터. 밥 먹어! 이번에는 인간이 먹을 수 있는 걸로 만들었으니깐 저번처럼 몰래 도망가면 죽여버릴 줄 알아."

"식사하십시오, 마스터. 독극물 조사는 이미 마쳤습니다."

"큭! 크크크크!"

낡아 빠진 옷에 더러운 앞치마를 걸친 채 손을 흔드는 그녀들의 모습을 본 네르갈이 별안간 참을 수 없다는 듯 웃음을 터트리기 시작했다.

"크하하하하하."

가장 크게 변한 것은 바로, 처음으로 네르갈이 크게 웃었다는 것이다.

사막의 지평선으로부터 무수히 많은 먼지가 피어오르고 있었다. 그 속도로 보아 말이나 낙타로는 따라올 수 없는 가미진을 타고 질주하는 것임을 알 수 있었다.

그들은 한두 명이 아니었다. 도합 오십이 넘는 숫자. 그들의 옷차림이나 기세로 볼 때 한눈에 봐도 평범함과는 거리가 먼 이들이라는 것을 알 수 있었다.

그들이 타고 있는 가미진은 일명 돈 먹는 귀신이다. 가미진이 빠르고 체력이 좋은 반면 사료를 많이 먹어 그 유지비가 일반인으로서는 도저히 감당하기 힘들 정도였다.

그들이 입고 있는 화려한 옷과 갑옷 또한 비싸보였다. 은실과 금실로 박음질이 된 고급천은 햇빛을 효과적으로 막아주면서 통풍 효과가 뛰어났다.

50명의 가장 선두에서 달리고 있는 여섯 사나이의 모습이 남달랐다.

쇄기 형태로 달리고 있는 이들 중 선두에 선 중후한 중년의 전사의 어깨에는 2미터가량의 무지막지한 형태를 지닌 대검이 매달려 있었다. 하지만 전사의 키가 2미터가 넘었고 일반인의 두 배가 될 법한 덩치 탓에 멀리서 보면 그 큰 대검이 보통 검 사이즈로밖에 보이지 않았다.

그 옆의 남자는 역시 중년으로 상의를 훌러덩 벗고 있었으며 발도 맨발이었다. 그렇게 드러난 그의 육체는 남자라면 경외감을, 여자라면 눈을 돌리게 만들 정도로 무시무시한 모습이었다.

야생 동물의 발톱, 몬스터의 이빨, 절벽에서 떨어져 내린 듯한 상처와 관통된 상처. 그리고 물집이나 물리적인 충격으로 터진 곳이 또 터져 만들어낸 참혹한 피부와 근육의 모습은 상처를 훈장으로 삼고 살아가는 이라는 것을 절실히 깨닫게 해주고 있었다.

그와는 반대에 위치한 남자는 조금 젊은 편이었다. 30대 초반, 아니면 20대 후반 정도일까. 그는 한눈에 전사의 이미지를 느끼게 해주던 두 명과 달리 유복한 환경의 약간 살이 찐 학자의 모습을 하고 있어 이런 집단에 끼어 있다는 것이 어색해보였다.

그 뒤를 이어 비슷한 연배의 3명의 남자가 더 있었다. 2명은 음산한 느낌이 암살자의 냄새를 풍기고 있었고 나머지 1명은 눈이 부신 꽃미

남 기사였다.

"그런데 이 정보가 확실한가? 우리 지하드의 대장이기도 한 네피나 경도 함께 있거늘, 이 두 사람이 도적단에 잡혀 있다는 것이?"

거한의 중년인이 질문했다. 그의 이름은 데스터. 이트루 제국의 최강 존재인 지하드 7용사의 첫 번째 자리를 차지하고 있음과 동시에 지하드의 실질적인 리더였다.

그의 질문은 학자풍의 사내 알 디몬이 받았다. 그는 이트루 제국에서 유명한 지크리온 상회의 후계자이자 지하드 7용사 중 정보 수집과 작전 계획을 담당하고 있는 세 번째 용사였다.

"네, 정보부가 찾아온 이 보고서는 매우 신뢰해도 될 것입니다. 또한 그들이 그려온 그림도 보셨지 않습니까? 그것은 틀림없는 슈카 황녀와 네피나 경이었습니다."

그는 확신 서린 말을 했지만, 말하면서도 마음이 편하지 않았다. 사막의 도적들이 얼마나 더럽고 야비한 놈들인가는 잘 알고 있었다. 다들 도적들과의 마찰은 한 번 이상씩 다 경험해 보았기 때문이다.

모두 말은 하지 않고 있지만 두 사람에 대한 걱정이 앞섰다. 여인의 몸으로 도적단에 잡혀버렸으니, 최악의 경우 이미 매음굴에 팔려버렸을지도 모르는 일이었다.

"그 도적단의 이름이 네르갈 도적단이라고 했나? 감히 황녀를 납치하다니. 알고 한지는 모르겠지만 그 이름만큼이나 광포한 자들이로군."

"미친놈들의 집단일 겁니다. 만약 황녀님과 네피나에게 손가락 하나라도 대었다면 태어난 것을 후회하도록 평생 고통 속에서 살게 만들겠습니다."

미남이라는 수식어도 부족해 앞에 '초' 라는 글자를 덧붙여야 할 정
도로 뛰어난 외모를 지닌 꽃의 기사 루커스는 외모답지 않게 격노한
표정으로 이빨을 빠드득 갈아대었다.

"모두 서둘러라. 슈카 황녀님과 네피나 경을 구할 때까지 방해하는
것은 모두 베어버리고 쥐새끼 한 마리 빠져나가지 못하도록 해라. 알
겠느냐!"

지하드의 정예 중에서도 가장 입이 무거운 이들로만 추려서 구성한
이번 황녀 구출 부대는 네르갈 도적단의 본거지를 눈앞에 두고 본격적
으로 움직이기 시작했다.

아직 새벽이라기에는 이른 시간.

네르갈은 현재 자신의 천막 안에서 양손에 슈카와 네피나를 껴안고
단잠에 빠져 휴식을 취하고 있었다.

이를 테면 양손의 꽃이랄까.

단순한 잠버릇인지 아니면 하도 오랜 반복 연습의 결과인지 자면서
도 그 손은 가만히 있지 못하고 두 여인의 몸을 한 번씩 쓰다듬어 주고
있었다. 리드미컬해지는 그 움직임은 그녀들의 잠을 깨우기는커녕 아
기나 어린 애완동물을 쓰다듬어 주는 것처럼 따스함을 주면서 더욱 깊
은 잠으로 이끌어주었다.

"음……."

두 여인은 어머니의 품에 안긴 아기처럼 행복한 미소를 지으면서 더
욱더 그와 몸을 밀착시켰다.

땡땡땡땡땡땡!

임시로 놔둔 구리 냄비가 요란하게 부딪치는 소리가 멀리서 들려왔다.

네르갈이 번쩍 눈을 뜨고 몸을 일으키자 본의 아니게 잠이 깬 두 여인도 덩달아 눈을 비비며 상체를 일으켰다.

"으음. 마스터, 왜 그래? 무슨 일 있어?"

"마스터, 이 소리는 분명히……."

"알고 있다. 뭔가가 쳐들어왔나 보군."

네르갈은 모포를 옆으로 던지고는 옷을 주섬주섬 챙겨 입으면서 말했다.

"너희들도 옷을 갈아입고 나와라."

"응? 왜? 마스터가 혼자 처리하고 오면 되잖아. 우리야 마스터에 비하면 아무것도 아닌데다가 마나 구속까지 당하고 있는데. 난 더 자고 싶어. 아얏!"

네르갈은 살짝 손가락으로 슈카의 이마를 퉁겼다.

"네 몸은 누구의 것이지?"

그리고는 손을 내려 얼굴을 쓰다듬다가 목과 어깨를 타고 흘러 심장이 있는 가슴에 가져다 댄다.

슈카의 두근거리는 심장의 고동이 조금씩 빨라지기 시작한다.

"무, 물론 마스터 거지."

"그러면 시키는 대로 해. 뭐가 쳐들어 왔는지는 모르겠지만 옷을 입은 즉시 중앙으로 나와라. 내 눈에 보이지 않는 곳에 있으면 나는 너희들을 지켜 줄 수 없다."

설마 이 남자가 자신들을 그렇게까지 위해 주고 있으리라고는 생각지도 못했는지 슈카와 네피나는 잠시 놀란 얼굴을 하다가 이내 온화한 미소를 지었다.

"뭐야, 그렇다면 걱정된다고 솔직하게 말할 것이지. 헤에, 마스터가 이렇게 겁쟁이인 줄이야. 언제나 쿨 가이인 줄만 알았는데. 그거 사랑 고백으로 받아두면 될까나?”

“……내게 이 도적단이 특별하듯, 너희들 또한 특별하다. 그렇게만 알아두어라.”

그리고 평소의 그답지 않게 후다닥 옷을 입고는 재빨리 문 밖으로 나갔다.

“쿠쿠쿠, 네피나 봤어? 저 녀석 얼굴 빨개지는 거?”

“후후, 네. 처음에 뵈었을 때만 해도 저런 분이라고는 생각지도 못했는데. 이제 보니 정말 귀여우신 분이군요.”

“그건 그렇고 이제 어쩌지? 모처럼 탈출할 수 있게 되었는데 저런 말을 들어버려서… 설령 탈출에 성공한다 해도 엄청 몹쓸 짓을 하는 것 같은데.”

슈카는 절호의 기회가 찾아왔음에도 망설이고 있었다. 그녀는 어느새 매일 고된 노동을 하고 밤에는 사랑을 속삭이는 이 생활에 만족을 느끼고 있었던 것이다.

“하지만 가셔야 합니다. 당신은 한낱 도적 따위의 노예가 아닌 황실의 고귀한 피를 이으신 분이십니다. 그리고 병사들과 함께 이곳의 모든 자를 죽여 증거 인멸을 해야 합니다. 황녀님께 아무 일도 없어야만 황실이 평화로워질 수 있습니다.”

그에 비해 네피나는 아무 거리낌이 없었다. 아니 지금의 태도로 볼 때 지금까지 그녀는 네르갈에게 푹 빠져 있는 연기라도 한 사람 같았다.

슈카는 처음으로 네피나에게 이질감을 느꼈다.

“이봐, 너! 에휴. 아냐 아무것도. 일단 옷부터 입자.”

대화를 포기하고 옷을 입기 시작할 무렵, 천막 밖에서 인기척이 느껴지더니 천막의 문이 휙 하고 열렸다.

"안녕, 이쁜이들. 만나서 반갑지? 크크크."

가므였다.

아직 그리 밝지 않은 이른 새벽. 100명가량의 도적은 지금 50명 정도의 기사들에게 동그랗게 포위되어 있었다.

도적들의 숫자가 기사들쪽의 2배에 달하지만 왠지 이길 것 같은 느낌이 들지 않는다.

그들에게서 느껴지는 기도는 일반 도적에 불과한 네르갈 도적 단원들에게 심한 압박감을 느끼게 해주었다. 그런 그들이 지금껏 잘 버티고 있는 것은 오직 하나. 자신들에게 네르갈이 있기 때문이었다. 마치 그들의 바람을 들어주듯, 한적한 공간에서 한 남자가 걸어나오기 시작했다.

새하얀 백발은 어둠 속에서도 선명히 알아볼 수 있었다. 손에 든 기형검을 들었던 그는 한 번의 패배도 없었다.

그가 나타난 것만으로도 조금 전까지 그들을 뒤덮고 있던 암울함이 확 사라져 버렸다.

"제법 강한 녀석들이로군."

네르갈은 도전하듯 뿜어져 나오는 적의 기세에 어느 정도 기량을 눈치 챌 수 있었다.

"요주의 해야 하는 것은 6명인가."

검집조차 존재하지 않는 자신의 검을 손에 쥐고 걸어가는 사이, 어느새 그는 본거지의 중앙부에 다다랐다.

그곳에는 자신 말고도 여러 명의 사내들이 모여 있었다. 여자와 아이, 노인은 각자의 천막 안에서 몸을 숨기고 있는 듯했다.

누군지도 무슨 목적을 지녔는지도 알 수 없는 정체불명의 사내들에게 포위당한 네르갈 도적단원들에게로 한 명이 다가왔다.

"에, 안녕하십니까? 당신들이 그 유명한 네르갈 도적단이 맞는지요?"

"네, 네놈들은 누구냐!"

사이드가 묻자 학자풍의 사내는 빙그레 미소를 지었다.

"음, 일단은 하늘 높은 줄 모르고 까불고 있는 당신들을 혼내주러 온 사람이랍니다."

사내는 갑자기 손을 들었고 그 행동에 전 도적단이 무슨 일이 벌어질까를 걱정하며 조금씩 뒤로 물러섰다.

"어? 아아, 이거 그냥 버릇이죠. 신경 쓰지 마세요. 단도직입적으로 말하겠습니다. 이곳에 한 달 전쯤 예쁜 귀족 아가씨 두 명이 찾아왔겠죠? 그들은 지금 어디에 있습니까? 성실히 대답해 주시면 손끝 하나 건드리지 않겠다고 약속드리죠."

사람들의 웅성거림이 커져 갔다. 그도 그럴 것이 한 달 전쯤이라면 그녀들밖에 없었다. 슈카와 네피나. 설마 그녀들 때문에 이런 문제가 생길 줄은 몰랐지만 다행히도 그녀들은 현재 이곳에 있었다. 현재 네르갈의 노예로서 말이다.

"이상하게 시간이 오래 걸리는군요. 그렇다면 여러분들이 빨리 선택할 수 있도록 도와 드리겠습니다."

남자는 허리춤에서 석궁을 하나 꺼내 들더니 아무렇지 않게 한 발 쏘았다.

팍!

"컥!"

그리고 그 화살은 정확히 한 도적의 이마에 꽂히면서 목숨을 앗아
갔다.

"으아아아!"

주위에 있던 도적들이 놀라 엉덩방아를 찧었다. 자칫 했으면 방금
죽었던 것은 그가 아닌 자신이 되었을지도 모르는 상황이었다.

"어라? 맞았네. 사격 실력은 형편없지만 표적이 많으니 맞기도 하는
군요. 자, 그럼 5초의 시간을 드리겠습니다. 안 그러면 또 한 명의 희
생자가 나올지 몰라요. 1초, 2초, 3……."

"그만해라. 그녀들은 현재 이곳에 있다."

네르갈이 말했다.

"호오, 당신이 이 도적단의 리더이신가요?"

알 디몬은 그가 처음 나타났을 때부터 그를 지켜보고 있었다. 그의
독특한 외모도 신경이 쓰였지만 무엇보다 그가 나타나자 묘하게 안정
되는 도적 단원들의 분위기를 읽었기 때문이다.

"아니다."

"……그래도 그 정도 권한은 있으신 분 같군요. 안 그러십니까?"

침묵은 곧 긍정. 알 디몬은 그렇게 생각하며 미소를 지었다.

"그럼 다음 교섭을 진행해 볼까요? 순순히 그분들을 저희가 모셔 가
도 괜찮겠습니까?"

말인즉슨 곱게 내놓겠느냐 아니면 한판 붙을 거냐고 묻고 있다.

상대는 한 눈에 봐도 황실 소속의 정규 기사다. 고작 도적단이 상대
할 수 있을 리가 없었다. 네르갈은 고민할 것도 없이 답했다.

“알았다. 보내주지.”

“빨라서 좋군요. 그럼 그분들이 계신 곳으로 안내를……”

“필요 없어.”

묘하게 박력 있으며 또한 분노 서린 음성이 들려오자 사람들의 시선이 모두 그곳을 향했다. 그리고 경악한다.

슈카의 낡은 옷은 붉은 피로 새빨갛게 물들어 있었다. 한 손에는 피가 뚝뚝 흘러내리고 있는 단도가, 다른 한 손에는 한 남자의 머리가 들려 있었다. 가므였다.

그리고 그 옆에는 누군가에게 맞은 듯 얼굴이 부어 오른 네피나가 절뚝거리며 걸어오고 있었다.

“기사 알 디몬이 위대하신 슈카 이트루 에셀로우 황녀께 인사를 드립니다.”

그가 무릎을 꿇자 50여명의 기사들이 무릎을 꿇으며 그녀를 반겼다.

하지만 대조적으로 도적단의 얼굴은 경악으로 변했다. 단순히 귀족으로 알고 있었는데 황녀였다니. 생각지도 못했다는 반응이었다. 그리고 그것은 곧 다가올 죽음을 암시하고 있었다.

“일어서라.”

“예.”

“황제 폐하의 명령으로 나와 네피나를 찾아온 건가?”

“그렇사옵니다.”

“그래?”

슈카는 당당한 걸음으로 알 디몬을 향해 걸어가다가 네르갈의 옆에서 잠시 멈추었다. 네르갈은 그녀를 쳐다보지 않고 있었다.

“……거짓말쟁이. 나를 지켜준다고 하지 않았나?”

작게 속삭이는 그 말은 네르갈과 네피나 이외에 그 누구도 들을 수 없었다.

"불가항력이었다. 설마 그가 이렇게 어리석은 녀석일 줄은……."

짝!

어찌나 강하게 뺨을 내려쳤는지 슈카의 손이 얼얼할 지경이었지만 그녀는 조금도 아픔을 느끼지 못했다.

"내가 말하는 것은 그게 아냐!"

"……."

잠시 침묵하던 네르갈이 다시 입을 열었다.

"내게는 이들을 보호해야 할 의무가 있다. 그리고 너도 원래 세계로 돌아가는 것이 더 낫겠지. 불장난은 여기까지다. 나는 도적, 너는 황녀. 이만큼 언밸런스한 것은 없겠지. 너와 네피나는 이제부터 자유다."

"하아. 그래? 그래, 그렇겠지. 남자라는 동물은 전부 그렇다고 들었어. 네 멋대로 나를 안아놓고 내 몸을 유린해 놓고 그딴 말이 나온다 이거지? 남자라는 것들은 여자의 몸에 씨만 집어넣고는 나 몰라라 하고 떠나버리면 그만이겠지? 그리고 남겨진 여자는 떠난 사람을 추억하며 평생을 눈물로 보내다가 말라 죽고. 이게 무슨 싸구려 로맨스 소설인 줄 알아?"

그녀의 목소리는 더 이상 작지도, 속삭이지도 않고 있었다. 방금 몇 마디만으로도 이곳에 있는 이들은 이 두 사람이 상당히 깊은 관계를 나누었다는 것을 알 수 있었다.

"이런 놈인 줄 진작 알았어야 하는데. 그래, 어디 잘해 보셔. 겨우 네 주제에 이 사람들을 구해 낼 수 있을 것 같아? 웃기지 마. 저들이 누군지 알아? 이트루 제국의 최강자. 황실의 권위를 더럽히려는 것들은 모두 짓밟아 부수고 재조차도 남겨두지 않는 그 이름도 높은 '지하드'라고. 게다가 지하드 7용사들이 모두 모여 있어. 후후, 알아? 너와 네 도적단에게 남은 것은 이제 죽음뿐이라고.”

털썩, 털썩.

그 말을 듣고 주저앉는 사람들의 모습이 보였다. 도저히 두 다리로 서 있을 수가 없었던 것이다. 그리고 대부분의 사람들 역시 다리는 물론 온몸을 후들거리며 떨고 있었다. 그만큼 지하드와 지하드 7용사의 위명은 놀라워 모두 이곳에서 뼈를 묻을 것이라고 생각했다.

“그렇게 내버려두진 않아. 설령 내가 죽더라도 최소한 절반은 나와 함께 간다. 저들 가운데 절반이라면 이 중에서 살아서 도망치는 사람도 있겠지.”

“얼간아! 차라리 무릎을 꿇고 살려달라고 부탁을 해. 아니면 나를 인질로 잡던가. 그러면 되잖아. 지하드 절반을 끌어안고 죽겠다고? 그래, 차라리 죽어버려라! 이 멍청한 자식아!”

어느새인가 그녀의 두 눈에는 작은 물방울이 맺혀 있었다. 화가 풀리지 않는지 두 손에 든 것을 아무렇게나 던져버린 그녀는 씩씩거리며 지하드가 있는 곳으로 향했다.

“그동안 고생 많으셨습니다, 슈카 황녀님.”

알 디몬은 자신의 겉옷을 벗어 슈카의 어깨에 걸쳐주었다. 7용사 중 다섯 남자들도 그녀들에게로 몰려 들었다.

“황녀님, 별일 없으셨습니까?”

“송구스럽습니다. 좀 더 일찍 왔어야 했거늘.”

“네피나 시몬느! 자네가 황녀님의 곁에 있었으면서도 어찌 일을 이 지경으로까지 몰고 왔는가? 돌아가는 즉시 자네에게 엄한 문책이 내려질 테니 각오 단단히 하게."

"……면목 없습니다."

슈카와 네피나는 그들의 보호를 받으며 점점 네르갈 도적단에서 멀리 떨어지기 시작했다. 이제 곧 몇 발자국만 더 앞으로 나가면 틀림없이 그들을 모두 말살시킬 것이다. 슈카의 명예를 위해. 그리고 황실의 명예를 위해.

그러면 전부 끝나는 걸까? 그것으로 자신은 괜찮은 건가?

아니다. 이런 결말은 평생 가도 후회할 것이 분명했다.

"전 지하드는 들어라. 이제부터 반역자 색출에 들어간다! 이들은 모두 슈카 황녀님을 납치하여 이트루 황실을 욕보이려 한 파렴치한 반역자들이다. 단 한 놈도 살려 보내지 마라!"

"이, 이럴 수가. 약속이 틀리잖아!"

도적들의 외침은 애초에 들리지도 않는다는 듯이 지하드들은 자신들의 가미진을 타고 힘껏 앞으로 돌진하기 시작했다.

그때였다.

"잠깐! 황녀인 나 슈카 이트루 에셀로우가 명한다. 모든 지하드들은 돌격을 멈춰라!"

최대 속도로 돌진하는 가운데 떨어진 명령 하나에 그들은 일사분란하게 돌격을 멈추고 다시 대열을 정비했다. 그것만 보더라도 이들이 얼마나 정예인지를 여실히 보여주고 있었다.

도도한 모습으로 서 있는 슈카. 거기에는 더 이상 여인 슈카는 없었다. 지금껏 자신을 더럽힌 자들에게 응징을 가하려는 복수의 황녀 슈카 이트루 에셀로우만이 있을 뿐이었다.

"간단히 죽여서 내 화가 풀어지리라고 생각했나? 산 채로 가죽을 벗겨도 시원찮은 터이거늘. 흥! 그러고 보니 예전부터 궁금한 게 하나 있었어. 이봐 백발의 사신(死神). 나와 내기를 하나 해보지 않겠나?"

"말해 봐라."

당장 쳐죽일 듯한 말과 달리 슈카의 눈은 진지하기 짝이 없었다. 그리고 신뢰감이 깃든 눈. 그것을 믿고 네르갈은 그녀의 의도대로 따라주기로 마음먹었다.

"너에게 기회를 주지. 여기에는 지금 지하드의 대장들이자 우리 이트루 제국 최강자들이 모두 모여 있다. 그들과 한 번씩 싸워 모두 이긴다면 특별히 너희들의 목숨을 살려주도록 하지. 나의 개인 부대로서 말이다."

"그게 무슨 말씀이십니까, 슈카 황녀님?"

2미터가 넘는 덩치에 지하드 용사 최강의 위치에 있는 데스터는 물론 모든 지하드의 일원들이 그녀가 자신들을 납득시켜주기를 원하고 있었다.

아무리 황녀라 해도 자신들과 아무런 상의도 없이 한낱 도적에 불과한 자와, 그것도 7명 전원이 나서서 싸우라니. 불명예도 이런 불명예가 없었다.

하지만 그 다음 말은 지금과는 비교도 할 수 없을 정도였다.

"또한 이들을 모두 이긴다면 나는 이트루 제국 황족의 일원으로서 너를 네르갈로 인정하겠다."

그 말에 모두가 진심으로 얼어붙어 버리고 말았다.

"슈카 황녀님 이것은 지극히 상식 밖의 일입니다."

"시끄러워 네피나. 황명이야. 까라면 까."

뭔가 열이 많이 받친 듯 슈카는 가볍게 네피나의 의견을 묵살했다.

"포유이와 히유이는 어떻게 생각하는가?"

지하드의 대장 데스터가 쌍둥이이자 각각 지하드 4용사와 5용사의 자리를 차지하고 있는 두 사람에게 묻자 그들은 별 말 없이 고개를 살짝 끄덕였다.

"흠, 신경 쓰지 않는다는 것인가? 그럼 낫슈 그대는 어떻지?"

"네르갈에 대한 소문은 들은 바 없지만 백발의 사신에 대해서는 소문을 들어본 적이 있지. 강자와 싸우는 것은 언제나 환영할 만한 일이다."

거친 야생의 사나이가 찬성하자 골치 아프다는 듯 데스터의 미간에 주름이 잡혔다.

"그렇군, 그대는 찬성. 그리고 네피나는?"

"저는 이미 그에게 한 번 패배했습니다."

이 말도 안 되는 내기 자체를 반대하는 그녀였지만 오히려 그 말에 지하드 용사들의 마음속에서 호승심이 들끓었다.

강자를 사랑하는 땅 이트루에서 태어나 지금껏 살아온 그들이다. 그들에게 힘이란 자신이고, 생활이며, 전부이다. 그런 그들이 강자와의 결투를 마다할 수는 없었다.

"하지만 괜찮으시겠습니까? 슈카 황녀님께서는 그의 편을 들어주고 싶어 보이지만, 저희들은 결코 일부러 져줄 생각이 없습니다. 또한 그는 혼자이지만 저희는 네피나를 제외해도 6명입니다."

"역시 들켜버린 건가. 뭐 그렇게 소리쳐버렸으니. 쩝. 하지만 그 정도로 쓰러질 정도면… 나와 네피나의 남자로서 어울리지도 않아."

"슈카님!"

"컥!"

그 말이 어찌나 강한 충격을 주었는지 모든 이가 숨을 들이키다가 목에 걸리고 말았다.

"서, 설마."

"뭐야? 설마 도적단에 잡혀간 여자가 한 달 동안 그냥 갇혀 있었다고는 생각하지 않겠지?"

물론 그건 맞는 말이고 또한 예상도 했다. 하지만 혈색도 좋고 아무런 문제도 없어 보이기에 그만 잊고 있었던 것이다.

"네피나! 설마 너 정말 저딴 자식과!"

루커스는 두 손으로 네피나의 양팔을 잡으며 성난 목소리로 외쳤다.

"이 손 놓아주십시오, 루커스 경. 당시에는 아주 위급한 상황이었기에 어쩔 수 없이 그를 방패로 삼았던 것뿐입니다."

그 한마디에 모두 어떤 일이 있었는지 짐작한다는 듯 고개를 끄덕였다.

"제기랄! 저 자식은 내가 죽여버리겠어!"

도저히 참을 수 없는 듯 그는 모래를 박차고 앞으로 걸어나갔다.

"헤에, 루커스랑 그렇고 그런 사이였어?"

"전혀 아닙니다. 그는 다 좋은데 자신의 생각이 옳다는 강박관념을 가지고 있는 것 같습니다."

좋아하는 사람에게 이런 말을 들으면 얼마나 가슴이 아플까. 불쌍해라.

"네피나, 최소한 그에게 주의 정도는 주고 와. 보나마나 결과는 뻔하겠지만."

슈카의 마지막 말은 그 누구에게도 들리지 않게 작은 목소리로 말했다. 루커스가 강하다지만 그때 한 번 싸웠던 경험을 떠올리면 그는 결코 네르갈의 상대가 아니었다.

사실 지하드는 이트루 최강의 전력이지만 대장은 실력보다는 집안의 세력에 따라서 결정되는 경우가 많았다. 지하드를 정확하게 표현하자면 이트루 최강의 귀족 부대인 것이다.

슈카는 내심 조금이라도 루커스가 멋진 모습을 보여주어서 네피나의 마음을 얻을 수 있기를 바라지만…….

'무리겠지.'

누군가는 말했다. 사막의 미녀는 강자에게 반한다고.

"빌어먹을 놈! 젠장! 니미럴!"

루커스는 끊임없이 욕설을 퍼부으며 한 걸음 한 걸음 앞으로 나아가고 있었다. 적을 눈앞에 두고도 머릿속에 떠오르는 것은 네피나의 나체와 그 나체를 쓰다듬고 범하며 썩은 미소를 짓고 있는 저자의 모습뿐이었다.

"루커스 경."

그때 뒤에서 네피나가 달려왔다.

"그는 강합니다. 전투에 집중하세요."

순간 루커스에게서 풀풀 풍기던 살의가 말끔히 사라졌다.

고작 도적 한 명을 상대하러 나가는 자신을 걱정해서 달려오다니. 역시 네피나는 자신을 마음에 두고 있는 것이리라.

그는 확신하며 네피나의 손을 잡으려고 했다.

탓!

"아! 죄, 죄송합니다. 본의는 아니었습니다."

하지만 네피나는 자신도 모르게 흠칫 놀라며 그만 세차게 그 손을 뿌리치고 말았다.

그러자 루커스는 잠시 가만히 서 있다가 휙 등을 돌렸다. 등을 돌린 순간 그의 화사하고 잘생긴 얼굴이 다시 험상궂게 변했다.

'모두가 저놈 때문이다. 가련한 그녀는 저놈 때문에 남자 그 자체에 혐오감을 가지게 된 것이다. 저놈을 죽이고 네피나의 상처를 치유해 주겠다. 그 누구도 아닌 내가.'

저깟 도적놈이 실력으로 네피나와 슈카 황녀를 잡았을 리가 없었다. 틀림없이 비겁하고 아주 추잡스러운 음모로 그녀들을 함정에 빠트렸겠지.

"내가 네놈 첫 번째 상대다!"

루커스는 더욱 흥분한 상태로 네르갈 앞으로 걸어갔다.

"더러운 놈. 감히 네놈 따위가 네피나를 더럽히다니!"

'뭐야 이 자식은?

아니꼽다는 눈으로 루커스를 흘겨보던 네르갈이 자리에서 일어섰다.

"그건 그녀의 선택일 뿐이었다. 그런데 왜 나에게 그러는 거지?"

"뭐라!?"

이 뻔뻔함. 이런 자식은 살려두어서는 안 된다. 이 녀석을 잔인하게 죽이면 최소한 네피나의 상처 입은 마음에 조금이나마 안식이 찾아올 터.

죽여버린다. 기필코 죽인다.

"어설픈 살기로군."

"이 자식, 내 이름은 루커스 미드리에프. 너를 죽여버리겠다!"

“할 수 있다면 말이지. 와라! 나는 네르갈이다.”

“으아아아악.”

처음부터 강력한 마나의 일격이 네르갈을 이등분 낼 기세로 내려쳐졌다.

쾅!

검과 검이 부딪친 소리라고는 믿기 힘들 정도였다.

분명 루커스는 지하드의 일원이 될 자격이 충분히 있는 강자였다. 하지만 이렇게 마음이 어지럽혀져 있으니 숱한 전투 경험을 쌓으며 어떤 상황에서도 냉정해질 수 있는 네르갈의 상대가 될 리 없었다.

“허?”

루커스는 자신의 눈을 의심했다. 내리친 검이 휘두를 때보다 곱절의 속도로 튕겨져나가며 오른손 뼈에 금이 가게 만들었다.

퍼걱!

그리고 거의 동시라고 할 정도로 빠른 네르갈의 발차기가 루커스의 정수리에 정확히 꽂혔다.

한 호흡 만에 끝나버린 공방. 쓰러지는 자와 승리하는 자.

“우와아아아아아!”

이 1승으로 일단 살아남을 가능성이 올라간 네르갈 도적단이 지를 만한 함성이지만, 놀랍게도 지하드 기사들에게서 먼저 쏟아져 나왔다.

네피나를 제외한 모든 지하드 대장들의 눈동자가 슈카와 네피나를 향했다.

무언가 숨기고 있는 것을 빨리 털어놓으라는 무언의 눈빛. 피하고 싶어도 너무나 따가워서 피할 수가 없다. 아니 눈에서 마력으로 이루어진 빔이 나오는 느낌이다.

어쩔 수 없이 네피나가 입을 열었다.

"저와 슈카 황녀님은 그와 제대로 맞서 싸웠습니다. 다시 결투한다 해도 이기지 못할 것입니다. 분명히."

"허허."

지하드 1대대 대장 데스터의 탄식이었다. 그 사실을 미리 알았더라면 데스터는 루커스를 내세우지 않았을 것이다. 지하드를 일컫는 것은 최강이라는 칭호. 그들에게 패배란 있을 수 없는 일이거늘 보는 눈이 많은 곳에서 패배해 버렸다.

루커스는 강하긴 하지만 아직 젊은데다가 실전 경험이 적었다. 또 실력보다는 세력을 보고 임명된 자인 만큼 실력 또한 다른 지하드 대장에 비해 못 미치는 수준이었다.

"더 숨기고 계시는 것은 없는지요?"

이미 한 번의 싸움으로 저 사내가 보통이 아님을 깨달았다. 더 이상 한낱 도적이라고 우습게 여겨서는 안 된다.

그러자 슈카는 즐거운 표정으로 말했다.

"또 하나 더 말해 둘까? 그가 왜 네르갈이라고 불리는지? 그는 혼자서 풍마와 싸워 이겼고 또 사막 어디에서라도 물을 찾아내지. 이게 무슨 의미인 줄 알겠나?"

모를 리가 있겠는가? 신화 속의 네르갈이 가졌던 세 가지 힘 중 두 가지를 이미 지녔다는 것이다.

특히 풍마와 싸워 이겼다는 말은 데스터의 피를 끓게 만들었다. 그는 남들은 평생 한 번도 마주할 리 없는 풍마를 찾아가 세 번이나 풍마와 싸웠지만 겨우 목숨을 건졌을 분이다. 그 이후로 더 이상 이곳 이트루의 땅에서 자신의 적수는 없다고 생각했거늘. 이런 기회가 찾아올 줄은 생각조차 하지 못했다.

지하드 최강자. 곧 그 이름이 네르갈을 향해 몰아칠 것이다.

네르갈은 루커스를 일격에 쓰러트린 뒤 이어진 대결에서 어쎄신 쌍둥이 형제를 3합 만에 쓰러트렸다.

당연한 말이지만 어쎄신들은 정면 공격에 약했다. 하지만 그들은 나름대로 수련을 쌓았고 그 결과 루커스 정도는 정면에서도 쉽게 제압할 정도의 실력이었건만 그 정도로는 어림도 없었다. 상대가 많이 나빴다.

결투의 시작과 함께 우선 빠른 속도로 상대를 제압하려 한 히유이는 그의 움직이는 속도가 자신과 별반 차이가 없다는 것을 깨닫고 흠칫 놀랐다.

그 짧은 사이 네르갈은 히유이가 움직이는 방향을 정확히 예측해서 검을 집.어. 던.졌.다.

이런 난폭한 전사는 들어본 적이 없다. 자신의 생명이라 할 수 있는 무기를 집어 던지다니. 이번 공격에 확신이 있는 건지 아니면 맨손으로 히유이를 상대할 수 있다는 자신감인지는 알 수 없다. 자포자기 공격이었을 수도 있고 확률 낮은 도박일 수도 있다.

날린 검은 정확히 히유이를 향해 날아갔다. 히유이가 어쩔 수 없이 무리한 동작으로 피하는 사이 어느샌가 뛰어오른 네르갈의 주먹이 정확히 히유이의 턱을 가격했다.

그걸로 끝.

그리고 포유이의 경우는 더욱 심했다. 결투가 시작됨과 동시에 자신의 대검을 땅에 버린 네르갈은 품 안에서 두 개의 눈에 익은 검을 꺼냈다. 바로 네피나의 검이었다.

비록 그것이 네피나의 주무기가 아니라고는 하지만 오랫동안 연습해 온 검이었다. 네르갈은 본의 아니게 네피나의 자존심을 완전히 뭉개버리고 말았다.

그것은 검술이 아닌 전쟁이었다. 기사들이 롱소드를 사용하는 것은 롱소드의 크기에 마나를 담을 수 있도록 최적화되어 있었기 때문이다. 하지만 그는 최대 3미터까지 늘어나는 그 검의 끝 부분에 마나를 담아 공격하고 있었다. 그 결과는,

펑! 펑! 펑!

폭격이었다. 검을 피한다 해도 마나의 폭발에 휘말린 모래가 포유이의 시계(視界)와 정신을 혼란스럽게 만들었다.

3미터나 되는 검의 끝부분에 마나를 집중시키는 고도의 마나 컨트롤 능력이나숙련도는 네피나는 발끝도 따라오지 못할 정도로 교묘하고 화려했다.

"이, 이럴 수가."

힘이 빠진 네피나의 목소리가 들렸다. 그도 그럴 것이 지금 네르갈이 보인 모습은 자신이 꿈에서나 그리던 검술의 완성형이었던 것이다.

마치 2마리의 독사에게 시달리는 듯하던 포유이는 네르갈의 공격으로 허물어진 모래밭에 다리가 빠져버렸고 그 직후 곧바로 당했다.

"우와아아아아아!"

네르갈 도적단의 사람들은 신이 나 어쩔 줄 몰라했다. 지금껏 네르갈과 함께하면서도 그에 대해서는 늘 의문이 있었다.

그가 정말 네르갈일까 하는 의문.

물론 풍마에서 벗어나는 네르갈을 본 자들은 그렇지 않았지만 다른 사람들은 자신의 눈으로 직접 보지 못한 이상 믿지 못하는 게 당연했다.

하지만 지금은 똑똑히 볼 수 있었다. 네르갈의 힘을, 네르갈의 모습을.

지하드의 부하들이 서둘러 포유이를 끄집어내고 주변을 정리하기 시작했다.

"이야 이거 재밌겠는데요. 형식에 얽매이지 않는 공격이랄까. 빈틈이 보이기만 하면 검이건 주먹이건 박치기이건 가리지 않고 일단 상대를 쓰러트리고 보는 실전주의 검술이로군요. 제 이름은 알 디몬. 특기는 검술이지만 도저히 당신을 이길 것 같지 않기에 지금은 트랩으로 바꾸었답니다. 부디 저를 이겨주십시오, 네르갈."

악수를 청하듯 손을 내미는 알 디몬의 입가에 잔혹한 미소가 생겨났다.

"어리석군요. 적을 믿다니."

알 디몬은 품속에서 작은 병을 하나 꺼내 던지면서 뒤로 물러섰고 네르갈은 간단히 병을 쳐냈지만 오히려 산산조각 나며 안에 든 액체가 몸에 잔뜩 묻었다.

향긋한 단내와 진득진득한 점성이 느껴지는 물질. 자신의 예상이 맞다면 그것은……

"예, 그것은 꿀입니다. 그리고 이 병 안에 든 것은 제가 특별히 훈련시킨 몬스터 랜드 안에서만 볼 수 있는 살인 벌떼와 여왕벌이지요."

품에서 꺼낸 병은 처음 것보다 세 배는 큰 것이었다. 저런 게 어떻게 몸 안에 있었는지도 궁금했지만, 지금은 살인벌떼라는 말이 더욱 신경 쓰였다.

병은 2중 구조로 여왕벌과 벌떼로 나뉘어져 있었고 일반 벌만이 나올 수 있게 별도의 작은 구멍이 있었다. 즉 여왕벌은 제 아무리 발버둥 쳐도 나오지 못하는 구조였다.

저것은 위험하다.

처음으로 네르갈이 어떻게 해야 할지 몰라 당황하며 주춤거렸다.

"하하하, 이건 당신의 실책입니다, 네르갈. 적에게 속아서야 비웃음의 대상이 될 뿐이지 않습니까? 이건 그 벌칙입니다."

급기야 살인벌떼가 네르갈을 향해 날아가기 시작했다.

그 광경을 하나도 빠짐없이 보고 있던 슈카는 분노하며 소리쳤다.

"저 치사한 놈! 저런 걸 써도 되는 거야? 제길 황궁에 가서 보자."

"알 디몬은 그가 매우 마음에 드나 보군요."

슈카는 무슨 말이냐는 듯이 바짝 고개를 돌려 데스터를 올려다보았다. 그 모습에 데스터는 잠시 고민하다가 어쩔 수 없다는 듯이 슈카의 옆에 앉았다. 그제야 슈카는 목이 편해질 수 있었다.

"조금 엄한 듯하지만 저게 알 디몬의 성격입니다. 그의 말에 따르면 '인생은 직접 부딪히면서 살아가는 거다' 라고 말하더군요. 그는 지금 저자를 위해 자신이 꼭꼭 숨겨둔 비장의 수마저 꺼내서 보여주고 있습니다. 게다가 결정적으로 알 디몬은 저 청년을 네르갈이라고 칭하고 있습니다."

확실히 데스터의 말 그대로였다.

지금껏 3번의 싸움 동안 루커스, 히유이, 포유이 모두 그를 네르갈이라 칭하지 않았다. 아니 히유이와 포유이의 경우 원래 말을 잘 안 하는 편이지만 어쨌든 지하드 인원 중에서 그를 네르갈이라 칭하고 있는 것은 현재까지 그가 유일했다.

"흐흠. 그런 건가. 칭찬해 줘야겠군."

아직 많이 부족한 황녀이지만 이 한 달 간 잠시 못 본 사이 특히 얼굴이 많이 달라져 있었다. 예전에는 단순한 철부지 어린애로밖에 보이지 않았는데 지금은 확실한 여자의 모습을 하고 있었다. 무슨 일이 있었는지는 모르겠지만 그녀 나름대로 성장한 것이 분명했다.

'그에게 감사해야겠군. 물론 나를 이겨 살아남게 될 경우에만 말이지.'

굳이 내색하고 있지는 않지만 그는 조금도 네르갈이라는 청년을 봐줄 생각이 없었다.

"큭!"

이번에는 제 아무리 네르갈이라 해도 신음을 흘릴 수밖에 없었다. 작은 벌떼라고 하기에는 이 녀석들이 하는 짓이 상상을 초월한다.

이 벌은 단순한 벌이 아니다. 육식 곤충인 것이다. 크기는 보통 꿀벌 정도밖에 되지 않으면서 단단한 이빨은 한순간에 트롤의 가죽마저 뜯어버릴 정도이다.

이놈들은 성충이 된 순간부터 꿀에 묻은 고기를 먹이면서 키운 벌일 것이다. 그래서 이 벌들은 오직 꿀이 묻은 생명체만 공격한다.

그런 살인 벌에 의한 공격만 벌써 3차례를 받았다. 네르갈의 실력 정도라면 검으로 날아오는 벌을 한 마리씩 죽일 수도 있지만 그 수가 너무 많았다.

몸을 피하면서 떠올린다. 어떤 기억이 그에게 이 살인 벌을 만나면 무조건 물에 뛰어들라 하고, 어쨌건 곤충이니 불로 태워버리는 것만이 살길이라고 말했다.

이 근처에 물이 있을 리도 없을 뿐더러 그것은 피하는 것이지 싸우는 것이 아니다. 그렇다면 방법은 그것뿐이겠지.

네르갈은 자신의 목에 걸어둔 술 주머니의 뚜껑을 열고 술을 입안 가득 머금었다. 술의 종류는 최근에 받아둔 브랜디. 제법 많이 마셔버린 바람에 이번 한 번밖에 기회는 없었다.

한 차례 공격하고 지나간 검은 구름이 다시금 몰려온다.

하나, 둘,

타이밍을 재고

셋.

일순간에 푸른빛으로 물든 두 개의 쌍검을 강하게 부딪침과 동시에 입안 가득 든 든 브랜디를 힘껏 뿜었다.

파하아아아아앗!

거대한 불기둥이 앞으로 뻗어나갔고 곧 검은 강철과 같은 것들이 후루룩 소리를 내며 떨어진다. 다름 아닌 살인 벌떼의 이빨이었다. 그리고 그 불꽃을 뚫고 네르갈이 나타났다.

"이런!"

알 디몬은 흠칫 놀라며 자신의 갑옷에 설치된 기관을 건드렸다. 그러자 고슴도치를 연상시킬 정도의 가시가 웃옷을 찢으며 사방팔방으로 발사됐다. 그 유효 범위는 약 10미터. 다행히 관전하던 자들에게는 미치지 않는 거리였다. 그의 몸이 뚱뚱하게 보였던 것은 바로 이러한 방어구 탓이었다.

네르갈은 날아오는 여러 개의 가시를 보며 침착하게 쌍검의 끝부분을 서로 마주하고 마나를 주입하기 시작했다. 그러자 마나의 형상이 구현되며 네르갈의 눈앞으로 동그랗게 뭉치기 시작했다.

가시와 동그랗게 뭉친 마나가 부딪치며 서로를 상쇄시켰다.

저런 기능이 많은 단단한 갑옷을 입은 자를 쓰러트리기란 쉽지 않다. 하지만 그의 기억 속에는 무수히 많은 변칙적이면서 실전적인 기술들이 존재했다.

당장이라도 주먹을 날릴 것 같던 네르갈이 알 디몬의 갑옷 위에 손을 살며시 갖다 댔다.

"합!"

펑!

풍선이 터지는 소리와 함께 알 디몬의 몸이 앞으로 쓰러졌다.

이제 남은 것은 2명이었다.

"방금 그 기술은 어떻게 배운 것이냐?"

"누구에게 배운 적도 없고 누군가의 가르침을 받지도 않았다. 그저 어느 순간 머릿속에 떠올라 사용하게 된 것뿐."

그 말에 일체의 거짓말은 없었다.

"나는 이 시합을 포기한다. 승자는 너다."

다른 사람도 아닌 싸움 중독자 닛슈가 포기하리라고는 아무도 예상치 못했기에 수군거림이 커졌다.

"이유는?"

"피스트 마스터 데이모스의 유언이다. 같은 가족끼리의 싸움은 절대 금지한다는. 네가 어떻게 그 기술을 사용하는지는 모르겠지만 그것은 분명 피스트 마스터 데이모스의 발경이다. 그리고 그것을 쓰는 너라면 최후의 기술을 알고 있겠지?"

데이모스 최후의 비기.

그것은 멀리 떨어져 있는 자를 단 한 방에 하늘나라로 보내버릴 정도로 강력하면서도 보이지도 않은 심살(心殺)의 경지에 이른 기술을 말한다.

"그것을 사용했다가는 너도 나도 무사하지 못하다. 심살에는 심살로밖에 맞서지 못하며 결과는 둘 중 하나의 죽음. 그것이 싸움을 피하는 이유이며 선조가 남긴 유언의 이유이다. 또한 지금껏 그 기술을 쓰지 않은 너에 대한 감사의 인사다."

심살의 경지에 이른 기술은 말 그대로 마음만으로도 적을 죽여버린다는 것. 완전 무장한 발키리마저 한 방에 보내버린 기술이기에 함부로 썼다가는 참혹한 지옥도가 펼쳐질 것이다.

"설마 자네가 포기할 줄이야."

"미안하군. 저 아이의 체력이 거의 다 떨어져 있어. 조상님의 유언을 잊고 내 욕심만 차렸다가는 도저히 살아남을 것 같지 않더군."

역시 봐준 것인가. 네르갈의 체력은 이미 한계에 달해 있었다. 지하드 중 4명이나 쓰러트렸음에도 불구하고 지치지 않았으면 오히려 인간이 아닐 것이다.

"그럼 이제 나뿐이군. 설마 여기까지 버티다니 대단하군. 뛰어난 실력에 감탄했다."

쿵!

네르갈의 키가 결코 작지 않음에도 불구하고 데스터의 앞에 서니 어른과 어린아이처럼 느껴졌다. 데스터의 키가 220센티미터이니 굳이 네르갈이 아니더라도 누구나 마찬가지일 것이다.

그가 꺼내 든 검은 더욱 기가 막혔다. 2미터에 이르는 대검. 그는 타고난 신력인듯 아무렇지 않게 대검을 꺼내 들었다.

“봐주지 않겠다.”

“마찬가지.”

시작부터 거친 코끼리 같은 데스터의 강맹한 공격이 시작되었다. 그것을 네르갈은 검으로 가까스로 막는다.

한 번, 또 한 번. 그 검을 막을 때마다 네르갈의 발은 의도하지 않았는데도 모래밭에 점점 묻혀 들어가고 있었다.

“하아아압!”

네르갈은 몸속에 존재하는 마나를 폭발시켰다. 체내 마나를 폭발시켜 신체 능력을 올리는 방법은 남쪽의 전투 방식이라 데스터는 따라할 수 없었다. 하지만 그에게는 굳이 그럴 필요가 없을 정도의 타고난 신체 능력이 있었다.

푸르스름한 빛이 네르갈의 몸 주위에 잔영을 만들어놓았다. 그러자 조금 전에 비해 확실히 강하고 빨라진 모습을 보였다. 하지만 애써 정신력을 소모시켜 가며 마나를 폭발시켜보았지만 그다지 좋은 방법이 아니었다. 데스터는 아직 충분히 여유가 있는 모습이었기 때문이다.

“훌륭하군. 그럼 나의 기술을 보여주지. 울어라, 광풍!”

저 무식하기 짝이 없는 검이 울음을 토하기 시작하더니 전체가 푸르스름하게 빛나기 시작했다.

‘그만의 오리지널 기술이겠지.’

그리고 푸르스름하게 변한 검신에서 마나의 바람이 불기 시작했다.

‘저건 막을 수 없다. 절대 막지 못한다.’

직감이 말한다. 피하라고.

하지만 이제 피하기는커녕 피곤해서 눈을 뜰 기력도 없었다. 그렇다고 여기서 죽을 수는 없는 노릇.

'쓰러지기 전에 무엇이든지 해볼 수 있는 것은 해보자. 뭐라도 나와라. 저자를 쓰러트릴 정도의 강력한 힘을.'

순간 네르갈의 눈앞에는 이상한 광경이 펼쳐지기 시작했다. 검은 갑옷을 입은 남자였다. 한손에 푸르스름한 마나석을 들고 있는 그는 혼자서 수많은 군대와 싸우고 있음에도 전혀 굴하지 않고 적을 베어 나가고 있었다. 그의 힘의 원천은 광기, 그리고 복수. 자신의 가족을 죽인 제국에, 기사가 되어 자신의 삶과 동료를 죽인 제국을 죽이려고 검을 든 자.

오직 앞으로 가는 것밖에 모르는 사내 앞에 요새가 나타났다. 저 요새를 지나지 않고서는 나아갈 수 없다. 그것을 깨달은 사내가 자신의 검을 꺼내 들고 머리 위로 힘껏 들어 올렸다.

그것은 검광도 검기도 아니었다.

검광(劍光)을 사용하는 나이트(Knight).

검기(劍氣)를 사용하는 소드 마스터(Sword Master).

그보다 더 위의 단계.

인간의 한계라고 일컬어지는 검의 최종 장을 익히고 '삼라만상의 검'이라는 깨달음을 얻어야만이 얻게 되는 미지의 영역.

그랜드 소드 마스터(Grand Sword Master)의 검강(劍罡)이었다.

"우아아아아아!"

사람들의 비명 소리가 들려왔다. 엄청난 두 힘이 부딪치려는 전조 때문에 모래 폭풍과도 같은 바람이 불어 닥치기 시작한 것이다.

"하아아압!"

"안돼!"

슈카와 네피나의 목소리가 찢어질듯 높게 외쳤지만 그것만으로 그를 막을 수는 없었다.

"완성."

네르갈이 검을 들어 올리자 순식간에 검이 황금의 검으로 변해 갔다. 찬란한 빛의 석양처럼 빛난다. 그것은 하나의 작은 태양. 눈이 부시지만 아름다운 그 자태에 사람들은 그만 넋을 잃고 쳐다볼 수밖에 없었다.

"으아아아아아압!"

쿠콰과과과과과과과광!!

그리고 두 검이 격돌하자 충격파로 모래의 대지가 지각변동을 겪은 것처럼 폭삭 주저앉으며 굉음이 터져 나왔다.

세상이 멸망할 것 같은 거대한 충격이 남긴 여운은 제법 시간이 흘렀음에도 불구하고 가시지를 않았다.

이 광경을 지켜보던 모든 이들이 많은 양의 모래를 뒤집어 썼다가 하나둘 모래를 치우며 자리에서 일어서기 시작했다.

"아……."

그리고 모두 자신이 보는 광경을 믿을 수 없다는 듯이 바라보았다.

한때 무적을 자랑했던 데스터는 표면이 거울처럼 잘라져 나간 반 토막 난 자신의 대검을 기댄 채 무릎을 꿇고 있었다. 그 앞에는 네르갈이 황금의 검으로 변한 검을 들고 서 있었다.

"아아아아아아아!"

네르갈이 포효한다.

제28장
반란

“이래서 천한 출신은 다르다니깐. 거기다 레이디가 되어서 기사라니. 듣자 하니 당신의 아버님께서 무관 출신이라고 들었는데 좋겠구려. 싸구려 피가 그만큼 진하게 섞여 있다는 것이니.”

참을 만큼 참았다. 아무리 그녀의 아버지가 3국 연합 중 가장 영향력이 강한 코롬 왕국의 공작이라 해도, 자신이 이루어 낸 것은 하나도 없는 주제에 아버지의 후광만 믿고 버릇없이 까부는 못된 송아지를 가만히 놔둘 린이 아니었다.

“오호호호, 그러고 보니 당신, 꼴에 남자 시종도 함께 여행을 다닌다고 하죠? 시종인지 노리개인지 모르겠지만 어디 그 잘난 얼굴이나 한번…….”

쨍그랑! 시끄럽게 떠들던 여인의 손에서 와인 잔이 땅에 떨어지며 요란한 소리를 냈다.

"안녕? 짝궁뎅이 아가씨."

로빈이 미소 지으며 인사하자 새하얀 피부의 오딧테 공작 영애의 얼굴이 눈 깜짝할 사이에 새파랗게 변했다.

"아… 아… 어, 어째서 당신이 이 자리에? 아… 아… 꺄아아아아아아아아아!"

식은땀을 흘리며 부들부들 떨다가 비명을 지르던 오딧테 공작 영애가 그대로 축 늘어지고야 말았다.

그 소란 덕에 린은 사람들의 눈을 피해 로빈을 인적 드문 은밀한 곳으로 데려갈 수 있었다. 린은 로빈의 멱살을 잡아 쥐었다.

"너 또 무슨 짓 한 거야? 이 웬수야!"

"아니 뭐 어쩌다가 인연이 있다 보니 상냥한 육체의 대화를 나눈 것뿐인데요."

"그게 무슨 자랑이라고 그렇게 당당하게 말해! 도대체 영지 처녀들 말고 몇 명이나 건든 거야. 정말 내가 너 때문에 못 살아. 못 살아!!"

애정과 마나가 꾹꾹 담긴 린의 발이 로빈을 마구 짓밟기 시작했다. 마음속으로 저 종마 같은 녀석을 거세시키는 게 이 대륙을 위한 일이 아닐까 진지하게 생각하면서.

이트루 제국의 수도 알자드리온은 사막 한가운데에 위치하고 있음에도 불구하고 물이 흘러넘치는 기적의 땅이었다. 그래서 이 신성한 땅을 한 번이라도 밟으려고 많은 순례자들이 모여들었고 그 때문에 알자드리온은 언제나 풍요롭고 활기가 넘쳐흘렀다.

하지만 문제는 내부, 그것도 가장 중요하다고 할 수 있는 수도의 최

중심부에서 벌어졌다.

"커어억."

이른 아침, 오늘도 보통 때와 다름없이 모여 식사를 하던 이트루 제국의 황제가 아침식사를 하던 도중에 고통을 호소하더니 그 누가 손을 쓸 새도 없이 입에 거품을 물고 쓰러져버렸다.

"황제 폐하!"

"황제 폐하! 이게 어떻게 된 일이냐?"

대신들은 물론 시종들의 다급하고도 경악에 찬 비명 소리가 퍼져 나갔다. 하지만 불행히도 그것이 끝이 아니었다.

"끄어어억."

"사, 사, 사, 살려주어……."

"이, 이럴 수가 제1황자님과 제2황자님께서도."

"독살이다! 근위병들은 당장 요리사와 관련자를 모조리 잡아들여라! 어서! 그리고 빨리 어의와 근위대장을 불러 흉수와 원인을 찾아내라!"

"그게 무슨 소용이 있겠소이까? 지금 가장 중요한 것은 이제 유일한 황위 계승자이신 슈카 황녀님의 안전 여부가 아니겠소이까?"

"어제 막 지하드에서 연락이 왔습니다. 지하드의 일곱 대장과 함께 있다고 하니 빨리 연락을 보내 하루 속히 황궁으로 들어오시도록 하겠습니다."

고요하고 평화롭던 이트루 제국의 황실은 이미 아수라장이 되어버렸다.

"하하하하, 아주 훌륭했어. 그런 굉장한 검술은 난생 처음 봤네."

데스터는 네르갈을 칭찬하는 데 여념이 없었다. 딸처럼 생각하던 황녀를 욕보인 도둑을 어떻게 해서라도 죽이겠다는 그의 생각은 마지막에 네르갈이 보여주었던 놀라운 경지에 다다른 힘을 보면서 완전히 바뀌었다. 그는 강자존이라는 단어가 어울리는 전형적인 사막의 남자였던 것이다.

그런 생각의 변화는 그뿐만이 아니었다. 우직한 지하드의 대장들과 기사들까지도 달라졌다. 귀족 출신인 그들에게 권위 의식이 없을 리 만무했지만 네르갈은 그것을 아무렇지 않게 무마시켜버릴 정도로 강한 남자였다.

혼자서 지하드의 일곱 대장을 쓰러트릴 수 있는 자가 또 누가 있을까?

지하드의 대장들 중 본 실력을 끝까지 사용한 이는 없었으나 지금의 결과만으로도 이트루 제국을 뒤집어버리기에 충분했다.

"칭찬의 말보다 이것부터 어떻게 안 되겠나?"

수도로 돌아가는 그들의 행렬은 사람들의 이목을 끌고 있었다. 선두에는 한눈에 봐도 뛰어난 무인들이 모여 있었고 그 가운데에는 한 남자가 작은 이동식 감옥에 갇힌 채 뭐 씹은 얼굴로 앉아 있었다. 다름 아닌 네르갈이었다.

그들 뒤로는 먼지와 여정에 더럽혀졌지만 기세만은 변하지 않은 지하드의 기사들이, 그리고 마지막으로 천민이나 도적들로 보이는 자들이 따라가고 있었다.

공포와 강함의 상징인 지하드의 행렬에 죄인 후송이 있는 것도 신기한데 도적들조차 따르고 있다니. 이해하려 해도 이해하기 힘든 광경이었다.

"그것은 참 미안하군. 나도 황녀님께 인정받은 자네에게 이러고 싶지는 않지만 황녀님의 명령이니 어쩌겠나? 뭔가 그분의 신경을 건드린 거라도?"

군이 말할 필요도 없었다. 슈카는 자신이 그녀를 쉽게 돌려보내려 했다는 사실에 삐져 있는 게 분명했다.

'결국 시간이 약인가.'

결국 그 방법이 최고이자 그 외의 다른 방법은 없었다.

"……멈춰."

네르갈에 말에 모두의 시선이 집중되었다.

"2시 방향에서 누군가가 가미진을 타고 달려오고 있다. 당신들과 똑같은 깃발이다. 긴급한 연락을 가지고 오는 것 같군."

순간 모두 그 말을 이해하지 못했다. 하지만 그가 허튼 소리를 할 것이라고는 생각지 않은 데스터가 슈카에게 그의 말을 전했다. 슈카는 두말없이 모두 멈출 것을 지시했다.

'황녀님의 모습에서 그의 말을 의심하는 모습이 전혀 보이지 않았다. 이 신뢰감은 단지 남자와 여자로서의 관계가 좋아졌기 때문만은 아닐 것이다. 도대체 한 달간 무슨 일이 있었던 거지?

데스터는 물론 6용사 모두 알 방법이 없었다.

슈카는 한 달 간의 시간 동안 함께 생활해 오면서 그를 괴물이라고 칭했다. 그의 눈은 지평선 너머조차 볼 수 있는 것 같았고 귀는 개미 발자국 소리마저 듣는 것 같았다.

특히 살의와 악의에 관해서는 그런 기운을 감지하는 기관을 달고 태어난 것처럼 강한 반응을 보였다. 이것을 네르갈은 스스로 심안이라 칭했다.

"이럴 수가. 정말 뭔가가 오고 있잖아."

멈춘 지 1분이 지나고서야 지평선 근처에서 콩알만한 점이 상하로 까딱까딱 움직이는 것이 보였다.

"매우 힘들어 보인다. 도와주지 않으면 쓰러질 것 같군."

네르갈의 말이 떨어지기가 무섭게 연락병의 상체가 크게 흔들리더니 겨우 중심을 잡았다.

알 디몬은 기사 하나를 마중 보내면서 물었다.

"네르갈님. 어떻게 당신은 그의 자세가 무너질 것을 알고 계신 겁니까?"

"보였을 뿐이다. 비를 맞은 것처럼 흘리고 있는 땀이."

맞다. 이자는 인간이 아니라 네르갈이다. 그것도 황녀가 인정한.

"하하, 그렇군요. 당연한 것이었군요."

알 디몬은 왠지 웃음이 나왔다. 이 남자가 궁에 들어가면 과연 어떠한 일이 벌어질지 상상조차 가지 않았기 때문이다.

한동안 지루함에 기지개 펼 일은 결코 없을 것 같다는 예감이 그를 기쁘게 만들어주었다.

"화, 황제 폐하께서 암살을! 그리고 반란의 조짐?"

하지만 이내 들려온 기사의 놀란 외침이 그 기분을 싹 가라앉게 만들어주었다.

10일이 지났다.

이 10일간 이트루 제국의 황실은 전쟁터 못지않은 세력 투쟁과 혼돈이 있었다. 그 와중에서 슈카 이트루 에셀로우는 최초의 여황제의 자리에 무사히 오를 수 있었다.

……비록 겉모습만이라도 말이다.

대대로 남성 위주였던 이트루 제국의 여러 귀족들은 최초의 여황제를 그리 탐탁지 않게 생각하고 있었다.

그녀의 대관식도 절반 이상이 공석인 쓸쓸한 자리가 되었고 시민들 역시 여황제가 등극했다는 사실에 환호와 격려보다는 걱정과 근심을 더 많이 하고 있는 실정이었다.

"하아!"

푹욱.

침대에 힘없이 몸을 던지자 곧 부드러운 시트의 감촉이 그녀의 몸을 받아주었다.

"젠장, 망할 영감탱이들. 그렇게 눈꼴 시리면 애초에 시키지를 말든지. 누구는 이딴 자리 하고 싶어서 하는 줄 알아! 내가 가장 슬프다고. 아버님도 오라버님들도 하루아침에 잃고 가장 슬퍼해야 할 사람은 바로 나란 말이야!"

"하지만 그것을 표현해서는 안 되겠지."

어느새 모습을 드러낸 네르갈이 말했다.

네르갈은 입궁 당시에는 얼마간 지하 감옥에 갇혀 있다가 대관식이 마무리 될 쯤에 겨우 빠져나올 수 있었다.

그 후 그는 황제의 첩과 같은 존재로 황제의 침실에서 생활할 수 있게 허락받은 유일한 인물이 되었다. 또 그는 황제의 경호 임무를 겸하고 있었다. 이 넓은 황제의 방에 그 어떤 병사나 기사의 모습도 보이지 않는 것은 그가 있기에 가능한 일이었다.

"아파도 아프지 않은 척. 슬퍼도 슬프지 않은 척. 그것이 황제의 길."

그랬다. 슬퍼할 여유조차 없었다.

이번 암살 사건의 흉수는 토트레이 백작가라는 보고가 있었다.

토트레이 백작가는 나라와 황가에 대한 공헌도도 적지 않고 매우 능력 있는 인재를 배출해 내는 가문으로 알려져 있다. 하지만 그 이면에는 사람들에게 알려지지 않은 비사가 있다.

과거 3대를 거슬러 올라가 보면, 당시 토트레이 백작가의 가주는 야망이 큰 자였다. 그는 가문의 압력과 힘, 뒷거래를 통해 허락지 않은 부를 쌓았다. 결국 그 일은 당시의 황제에게까지 알려지게 되었고 황제는 그의 재산과 영지의 절반을 압수해 갔다.

죄질에 비하여 과한 형벌이긴 했으나 당시 황제는 한 사람을 벌주어 여러 사람의 경각을 불러일으키게 하기 위한 일벌백계(一罰百戒)를 신조로 삼고 있었기에 누구도 부정부패를 행할 엄두를 내지 못했다.

그 사건 이후 토트레이 백작가는 점점 힘을 잃어갔고 급기야 최근에는 몰락의 위기에까지 이르자 그 화풀이로 모반을 계획했다는 것이다.

"이거 제대로 조사한 거 맞아? 지들끼리 책임 넘기기 바쁘면서 아무나 방망이로 쳐맞아도 상관없는 녀석 하나 끄집어 낸 거 아냐?"

거의 그럴 거라고 확신하고 있었다. 하지만 현재 그녀에게는 힘이 없었고 대신들은 하루 빨리 이들을 소탕하려는지 지하드에게 명령을 내리기를 권했다.

하지만 현재의 수도 사정상 지하드를 움직이는 것은 도박이나 마찬가지였다. 지지 세력 태반을 잃은 황제. 그녀에게 남은 것은 고작 2천명의 근위병단과 1천에 달하는 지하드뿐. 물론 이들의 강함은 두말할 필요도 없지만 숫자가 터무니없이 부족했다.

"역시 문제는 호족들인가?"

"맞아. 그들 역시 위협을 느꼈는지 병력을 보내라는 공문도 무시하고 세금도 절반씩밖에 내지를 않고 있어. 젠장! 젠장! 젠장! 이 바보. 난 왜 이렇게 무능한 거야!"

사실 이번 반란 건은 지하드를 보내면 모든 것이 끝나게 될 거라는 건 이미 결정된 것과 다름이 없었다. 하지만 거기에 슈카의 의견은 하나도 들어가지 못했으며 그들이 원하는 것은 허락한다는 한 마디와 옥쇄의 도장을 찍어줄 살아 있는 인형일 뿐이었다.

"난 최악의 황제로 이름이 남게 될 거야."

슈카의 푸념이 계속되자 뚜벅뚜벅 강한 발자국 소리가 그녀에게 가까워지더니 이내 침대에 앉아 그녀의 머리 위에 손을 올렸다.

"네가 포기한다면 정말 그렇게 되겠지. 하지만 아직은 이르지 않나?"

차분히 움직이는 손. 그 작은 움직임이 그녀의 복잡한 마음을 안정시켜준다.

"지하드도 없어. 병력도 없고. 고작 마을을 지키는 병력들과 근위병단뿐이라고."

"그리고 내가 있지."

그날, 지하드 7용사와 싸워 이긴 날 보였던 그의 힘이라면 분명 요새조차도 무너트릴 수 있을지 모른다. 하지만 이것은 움직이지 않는 요새가 아니라 전쟁이다.

"네가 믿어준다면 내가 돕겠다. 너와 네피나를 지켜주겠다는 약속, 이번에야말로 증명해 보이겠다."

스르르.

슈카는 누운 몸을 일으키며 매달리듯 네르갈의 목에 손을 걸고 기댔다.

"믿어. 그 누구도 아닌 최고의 미인이 믿어주겠어."

"그 믿음을 나는 현실로 이루어주지."

네르갈은 그녀를 살포시 어루만지다가 침대에 눕힌 뒤 따스하게 안아주었다.

잠시 후, 문득 잠이 들었다가 깬 그녀의 옆에 네르갈의 모습은 보이지 않았다.

그리고 계속 그는 나타나지 않았다.

물이 말랐다.

이 소식이 퍼지는 것은 그야말로 순식간. 전염병과는 비교되지 않을 정도로 빠르게 퍼져 나간 소식은 곧바로 황제에 대한 불만과 불평으로 확대되었다.

끊임없이 물이 샘솟는 땅. 하지만 이 땅에도 한 가지 조건이 있었다.

그것은 바로 황제가 그릇된 길로 가려 할 때, 샘솟는 물이 말라버릴 것이라는 초대 황제 네르갈의 예언이었다. 그리고 놀랍게도 그 신화에 적힌 한 구절이 지금 현실이 되어버렸다.

물이 말라버린 것은 3일 전, 지하드의 1대대에서 5대대가 모두 이곳 수도를 떠남과 동시에 시작되었다.

역시 지하드를 보낸 것은 실수였다. 슈카는 그렇게 생각했지만 대신들의 생각은 달랐다. 물이 마른 것은 자신들의 결정 탓이 아닌 황제가 부족하기 때문이라고 것이다.

"웃기는 소리 하지 말라. 내 그토록 지하드가 나서면 안 된다고 말했거늘 짐의 말을 듣지도 않고 있더니, 물이 말라버린 원인을 찾아보라는 명에 대해 고작 나온 대답이 짐의 덕이 부족한 탓이라고? 루커스

경, 너는 지금 짐을 능멸하려는 것이냐!"

그녀는 설마 루커스의 입에서 그러한 말이 나오리라고는 생각지도 못했다. 그녀가 아직 황녀였을 시절, 그들은 얼마나 함께 잘 어울렸는가? 굳이 말로 하지는 않아도 비슷한 나이대라 친구라고 믿고 있었던 슈카였기에 그 충격이 더욱 컸다.

"그렇지만 근원의 샘에는 그 어떤 문제점도 발견되지 않았습니다."

"그걸 짐의 탓이라고 아직도 우길 작정이냐!"

"하오나……."

"닥쳐라!"

루커스는 끝까지 슈카의 말에 대꾸하려 했으나 옆에 있던 네피나가 살짝 옷을 잡아당기며 주의를 주자 꿀 먹은 벙어리처럼 입을 굳게 다물었다.

"빌어먹을 종자 놈들. 달면 삼키고 쓰면 뱉는다, 이건가?"

들리지 않게 혼잣말을 하는 슈카였다.

쾅!

"알려 드립니다. 남쪽과 남서쪽에서 대규모의 병력 이동 발견. 남서쪽 샤이만 헥스 공작의 병력 총 1만. 그리고 남쪽에서부터 프하이엄 제국의 추정 병력 약 2만의 군대가 현재 수도를 향해 진격 중이라고 합니다!"

"뭣이! 적이라고?"

"외세를 끌어들였어."

"샤이만 헥스 공작이라니, 이럴 수가! 공작령과 이곳의 거리가 고작 반나절에 불과한데 비해 지하드는 떠난 지 이미 3일이 지났거늘."

"완전히 당했어. 애초부터 양동작전이었던 거야."

"도대체 누구냐! 지하드를 그곳으로 보낸 자들이!"

위험할 때는 집안 문을 걸어 잠그고 꼭꼭 숨어 있어야 한다는 슈카의 신조도 이제 더 이상 소용없게 되고 말았다.

황성이 3개의 높은 성벽으로 이루어져 있고 아직 2,200에 달하는 병력이 있다고 해도 상대는 그 4배가 넘는 숫자이고 후속으로 2만이 더 지원될 것이다.

상대가 될 수 없었다. 모두가 그렇게 믿었다.

"앞으로 남은 시간은 약 3시간. 우선 할 수 있는 것부터 해봅시다."

이번만큼은 신하들도 어찌된 영문인지 모두들 고개를 끄덕이고는 진실로 바쁘게 움직이기 시작했다.

"흠, 그런가? 준비는 되었겠지?"

"옙!"

샤이만 영지의 샤이만 헥스 공작의 말에 휘하의 모든 무인들이 일제히 대답했다.

규모만으로 따지자면 사병 2만에 용병 3천. 공작이 가질 수 있는 사병의 제한 수를 초과한 것은 이미 오래전이었다. 그것도 하나같이 오랫동안 훈련을 해온 정규군의 모습이었다.

"설마 나의 대에서 이런 행운이 오게 되리라고는 생각지도 못했군. 암살도 성공했고 그 뒤를 이어 황제가 된 그 계집년은 이미 신하와 백성의 신임을 잃었어. 거기다가 프하이엄 제국의 황제와의 밀담 역시 성공적이었고."

"모두 공작님의 은총입니다. 하늘도 공작님께서 황제가 되기를 원하시는 것 아니겠습니까?"

베터 장군의 말에 공작은 호탕하게 웃었다.

"베터 장군. 그대에게 우선 일만의 병력을 넘겨주겠네. 현재 수도를 방어하고 있는 병력은 고작 해야 2천 정도. 제 아무리 불침의 성이라 일컬어지는 곳이지만 자네라면 틀림없이 황제를 사로잡아 내 발 밑에 무릎 꿇게 만들어줄 것이라고 나는 확신하고 있네."

"맡겨만 주십시오. 이미 공작님의 계략으로 지하드는 수도를 떠났으며 저희가 도착함과 동시에 3개의 성벽이 문을 활짝 열게 될 것입니다."

즉 내통자 또한 이미 모든 준비가 끝났다는 것이리라.

"좋아. 출진을 명하겠네. 그대에게 신의 가호가 있기를."

"예!"

"그리고 헤밍턴 경. 지하드 일은 어떻게 되었나?"

"예, 공작 각하. 지하드는 이미 3일 전 토트레이 백작가로 향했습니다. 함정은 준비되어 있으며 그들이 설령 잠도 자지 않고 돌아온다 해도 그때는 공작 각하께서 황제가 되신 다음에야 가능할 것입니다."

"하하하. 정말 하늘이 우리를 굽어 살펴봐 주시는 것 같군. 오랫동안 숨어서 훈련하느라 수고가 많았다. 지금까지의 황제는 오직 귀족 중심의 사회를 이루었으며 실력에 관계없이 귀족들의 편의만을 봐주었다. 하지만 나는 다르다. 오늘을 기점으로 세상은 너희들을 중심으로 돌아갈 것이다. 직위에 상관없이 공을 세운 자가 있다면 특진과 많은 금을 내리겠다. 그러니 모두 전투에 최선을 다하기를 바란다."

"우와아아아아아아!"

그들의 사기는 하늘을 찌를 듯 뻗어 나갔다. 솔직히 말해서 거저먹는 게임이나 다름없다는 것을 그들 역시 잘 알고 있었기 때문이다.

"병사들에게 황궁 내에서의 약탈을 허락한다고 은밀하게 전해 주게. 단 황녀만은 온전한 모습으로 사로잡아야 할 것이야. 최소한 나의 후계자는 네르갈의 피를 이어받은 아이가 되어야 하니까."

"예!"

모든 것이 완벽했다. 오랫동안 기다려온 가문의 숙명. 그것을 이제야 풀게 된 것이다.

"이제는 내가 황제다. 크크크."

뒤돌아 선 그의 얼굴에 미소가 끊이지 않았다.

일사천리.

반란군들의 진군 속도는 무섭도록 빨랐으며 격류처럼 매서웠다. 오랫동안 훈련을 거듭해 온 그들의 검에 근위병들이 용감하게 맞서 싸웠으나 애초에 실력이나 용맹, 사기 모든 면에서 떨어졌다.

반란군 병사들은 오랫동안 지겨운 훈련의 반복 끝에 온 해방감, 공을 세워 금과 권력을 얻으려는 욕망, 감히 범접할 수 없었던 황궁을 흙 묻은 발로 누비며 궁녀를 범하고 재보를 약탈해 가려는 탐욕이 뭉쳐진 상태였다. 그 모습에 사기가 떨어질 대로 떨어진 근위병단은 보기만 해도 주눅이 들고 말았다.

"이럴 수가 성벽의 문이 열리고 있다!"

근위병의 경악성이 여기저기에서 들려왔다.

이것이 도대체 어떻게 된 일일까? 설마 내통자가?

곧 내통자의 모습을 본 순간 그들은 그만 전의마저 상실해 버리고 말았다.

"루커스 경! 설마 지하드의 일원인 당신이 반란군과 내통을 하고 있었단 말이오!"

"반란이 아니다. 혁명이다. 이곳에 있는 병사들도 모두 들어라. 샤이만 헥스 공작님은 능력 없이 세력싸움만 일삼는 귀족 중심의 사회를 버리고 일반 평민도 실력만 있다면 누구나 신분 상승이 가능한 그런 세계를 이루려 하신다. 오랫동안 지속된 이 황가는 글러 먹었단 말이다."

"이 더러운 놈. 네놈이야말로 평민을 개 소 취급한 주제에 감히 누구를 현혹시키려 하는가!"

루커스는 자신을 향해 달려오는 한 병사의 검을 흘린 뒤에 단번에 병사의 몸을 두 동강 내버렸다.

"흥, 천한 것이."

마지막 말은 물론 아무에게도 들리지 않았다.

"루커스님, 모든 성문을 개방하였습니다."

"그래. 나는 이제부터 네피나 양을 찾으러 가겠다. 그녀 같은 인재가 이런 안타까운 싸움에 휘말려 자칫 목숨을 잃기라도 한다면 큰일이지."

"네. 목숨을 바쳐 이곳을 사수하겠습니다."

루커스는 제2 성곽 안으로 달려가기 시작했다.

"으아아악!"

"까아아아악! 이, 이러지 마세요. 제발."

"으헤헤헤 가만히 있으라고!"

짝!

"아아악!"

불쾌한 소리가 황성 안 여기저기에서 울려 퍼지고 있었다.

피에 취해 동족을 죽이고 그 시체를 몇 번이고 찌르는 자. 꽤 높은 위치에 있던 자를 등 뒤에서 찌르고 그 시체에서 귀와 코를 베고 계급장을 떼어 챙기는 자. 궁녀의 옷을 찢고 폭력을 휘두르며 범하는 자. 으리으리한 황궁의 벽면에 붙어 있는 장신구 하나하나마저 자신의 검으로 떼어 내려고 애쓰는 자.

그 모든 소리를 슈카는 옥좌에 앉아 듣고 있었다. 당장이라도 귀를 틀어막고 주저앉아 울고 싶었다. 어린 시절의 추억이 담긴 이곳이 더럽혀져 간다.

하지만 자신을 지키려고 서 있는 20여 명의 기사들로 인해 그녀는 울지도 못하고 무표정한 얼굴로 덤덤히 흔들거리는 정문을 바라보고 있을 뿐이었다.

곧 저 문도 돌파 당하겠지. 그 순간 자신은 더 이상 황제가 아니게 된다.

아버지의 자리를 지켜 내지 못했다는 슬픔, 아무것도 해보지 못했다는 허망함, 스스로의 나약함에 대한 울분. 그리고…….

쾅!

감히 나의 성을 짓밟으려 하는 자들에 대한 분노.

문이 뚫리자 곧바로 반란군과 기사가 맞서 싸우기 시작했다. 하지만 수적 열세를 극복하지 못한 기사들은 차례대로 죽음을 맞이할 수밖에 없었다.

"슈, 슈카님, 도망치십……."

눈을 감고 싶다. 하지만 그 눈동자에는 약간의 미동도 없었다.

본다. 지금 흘린 피를 보고 그 만큼을 곱해서 도로 갚아주마.

"슈카 황제가 여기에 있다!"

"슈카 황제를 포위했다."

하지만 어찌 된 영문인지 우루루 몰려 들어올 거라는 예상과 달리 번잡한 소리도 들리지 않았다.

"뭐야, 우리뿐인가?"

"우리가 최고의 공훈을 세운 거라고."

6명의 병사들은 자신의 무기에 묻은 피를 닦을 생각조차 하지 않고 웃어댔다.

"이봐, 우리밖에 없는데 가만히 있기에는 좀 그렇지 않아?"

"흐흐흐. 나도 막 그 생각을 하고 있었어."

남들은 계집과 재물을 탐하는 사이 그들은 목숨을 걸고 이곳에까지 왔다. 그들은 지금 그 보답을 받고 싶었던 것이다.

"황제라면 네르갈님의 피 역시 이어받고 있는 거겠지? 흐흐."

"내 아이가 네르갈님의 피를 지닐 수 있어."

그들은 음흉한 웃음을 지으며 한걸음씩 다가갔다. 이럴 때 대부분의 여인들은 뒷걸음치기 마련이다. 하지만 그녀는 여인이 아닌 황제다.

차릉!

자리에서 일어선 그녀는 검을 꺼내 들었다.

그녀 또한 수준 높은 검술을 익힌 기사다.

"버러지들 주제에 웃기는구나."

슈카의 웃음이 묘하게 섬뜩했다. 병사들이 자신들도 모르게 뒷걸음 친 순간, 그들의 몸이 갑자기 기울어지기 시작했다.

'어라?'

기울어진 것은 그들의 상체뿐.

“늦었군.”

눈물이 흘러내린다. 그동안 참고 또 참았던 눈물을 이제는 더 이상 멈출 수가 없었다.

낯선 남자의 목소리가 뒤에서 들린 순간, 6명의 사내의 상반신이 동시에 바닥으로 떨어져 내렸다.

“그래, 늦었어! 그러니깐 지금부터라도 열심히 일해!”

악에 받친 듯 소리치는 슈카. 그러고 보니 어느새 주위에서 들려오던 불쾌한 소리가 전부 사라진 뒤였다.

“대충 이 주위는 모두 정리했으니 그러도록 하지. 하지만 그전에 황제의 명으로 나에게 전 병력을 소집하고 움직일 수 있는 권한을 넘겨주었으면 한다.”

황제는 아무 망설임 없이 자신의 검을 검집에 넣은 뒤 그것을 네르갈에게 던져주었다.

“그 검은 황제들만이 지닐 수 있는 이트루 제국의 보검. 그것을 넘겨받았다는 것은 곧 나의 명령이나 마찬가지야.”

“그렇군. 아, 그전에 하나. 밖에서 설쳐대고 있는 녀석들, 모조리 죽여도 괜찮나?”

그 누가 이리도 광포한 말을 할 수 있을까?

하지만 그는 네르갈.

믿는다. 그가 자신의 입으로 말한 것은 모두 지킬 것이라고.

“갈아서 마셔도 상관없어.”

“뭐 그렇게 하기에는 시간이 모자라고. 아무튼 너의 믿음에 보답하지. 하지만 이후 나쁜 소문쯤은 각오해야 할 거야. 피에 미친 황제라는 소문 정도는.”

눈물을 흘리는 도중에 생겨나는 환한 미소. 하지만 이상하게도 그 모습이 그렇게 아름다워 보일 수가 없었다.

"으히히 보석이다. 보석이야."

"까아아악!"

"거기 서지 못해. 이년이!"

복도의 한 부분에서 10여 명의 반란군들이 약탈을 계속하고 있었다.

그때, 복도의 끝에서 웬 기묘한 남자가 걸어오고 있는 모습이 보였다. 허리에 검을 차고도 검을 뽑지 않은 채 겁 없이 다가오는 모습이 그들의 호기심을 유발시켰다.

"뭐야! 아직 살아남은 녀석이 있었어?"

사내들은 자신들이 하던 약탈을 멈추고 그 남자를 쳐다보았다. 그들은 무기를 꺼내 들어 당장 저 사내의 사지를 전부 따로따로 토막낸 뒤 한동안 가지고 놀고 싶어했다. 그러나 불행히도 그들의 몸은 움직이지가 않았다.

이 느낌, 예전에 한 번 느껴본 적이 있다. 아니 딱히 신기할 것은 아니다. 그들은 군인이기에 한 번씩은 다 느껴본 적이 있었다.

맞다. 우연찮게 생각났다. 그래 사람들은 이런 느낌을 죽음의 공포라고 표현했다.

네르갈은 이미 그들의 한가운데를 지나가고 있었다. 하지만 그들은 이 이상야릇할 정도의 불길한 기운에 누구도 움직일 수 없었다.

"이, 이, 으아아아악."

한 반란군이 정신을 차리지 못하고 검을 들어 올린 순간, 그의 왼쪽 얼굴에 다섯 개의 구멍이 뚫리며 즉사했다. 손가락을 두개골과 관자놀이, 볼 턱에 해당되는 부분에 대수롭지 않게 쑤셔 박은 그는 손에 매달려 있는 사내의 몸을 들어 무기삼아 그대로 바로 옆에 있는 사내를 후려 갈겼다.

쾅쾅!

사람과 사람의 머리가 부딪친 걸로는 믿기 힘든 소리지만 그 결과 두 사내의 머리가 흔적도 없이 사라졌다면 납득이 갔다.

"아, 아, 이 악마!"

라고 소리치는 버릇없는 반란군의 가슴을 팔꿈치로 찍는다. 부러진 가슴뼈는 그의 폐를 뚫고 입 안에서 다량의 피를 토하게 만들었다. 그리고 병사의 검을 빼앗은 뒤 하나같이 다섯 등분씩을 내버렸다.

사람이 먹기 좋게 썰어놓은 고기처럼 썰리는 광경을 목격하고 만 궁녀들이 조금 전 자신들이 무슨 짓을 당했는지도 잊어버릴 정도로 잔혹했다.

"망할!"

미쳐서 겁을 상실한 듯한 병사에게 손에 든 검을 집어 던진다. 그 병사는 들어 올린 검을 휘둘러보지도 못하고 매끈하게 목이 날아가버렸다. 얼마나 빨랐는지 목을 잃은 몸이 한동안 제멋대로 앞으로 달려나갔을 정도였다.

곳곳에서 피 분수가 일었다. 반란군과 조우할 때마다 네르갈은 자신이 할 수 있는 한 최대한 잔인하게 그들을 죽였다.

"아아아악! 사, 사람 살려!"

도망가는 자들. 굳이 그들을 따라잡을 필요도 없이 근처 시체의 몸에서 단추를 떼어낸 다음 그것을 집어 던졌다.

핑! 핑! 핑!

소리 한 번에 단추 한 알. 거침없이 사내들의 목을 정확히 관통했다.

"흑, 흐으, 흑."

마침 도망을 치지 못한 것일까? 한쪽 구석에서 아직 어려 보이는 외모의 반란군 복장의 청년이 주저앉아 떨고 있었다.

그의 멱살을 잡자 그는 발버둥쳤지만 네르갈의 손아귀에서 벗어나기란 불가능했다.

"저승에 가면 전해라. 곧 단체 손님이 올 것이라고."

네르갈은 아무런 망설임 없이 그를 잡아 창문 밖으로 집어 던졌다. 단순한 운이었는지 아니면 의도된 것이었는지 창문 밖으로 집어 던져진 병사는 그 아래에 위치해 있던 거대한 네르갈 동상이 들고 있는 검에 정확히 관통되었다.

"ㄲㄲㄲㄲㄲ. 사, 사, 살려……."

거대한 네르갈의 검에 절반쯤 박힌 채 살려달라고 애처롭게 빌며 발악하는 모습이 차마 눈 뜨고 보기가 힘들 정도였다.

깨진 창문으로 아래를 내려다보자 많은 사람들의 모습이 보였다. 절반은 반란군이고 또 절반은 근위병들이었으나 그들이 네르갈을 바라보는 눈동자는 똑같았다.

공포!

부서진 창틀을 밟고 네르갈이 도약했다. 다리에 마력을 집중시킨다. 그리고 거추장스러운 네르갈 동상을 향해 힘껏 그 발을 내리쳤다.

콰과과과광!

모두가 경악에 질린 눈빛으로 쳐다보았다.

아주 오래전 네르갈의 모습을 본따 만들었다고 일컬어지는 동상이 이름도 모르는 한 남자에 의해 산산조각 났다.

네르갈 동상은 그 하나뿐이 아니었다. 네르갈 동상의 정면과 좌우측에는 그의 세 아내라고 일컬어지던 자들로 추정되는 여인들의 동상이 무릎을 꿇고 있는 모습으로 놓여 있었다.

그것을 가볍게 무시하고 지나가던 중 그의 눈에 쓸 만한 것이 눈에 들어왔다. 내리칠 때의 충격 탓인지 조금 전까지 꽂혀 있던 청년의 시체는 반 동강 난 채 아무렇게나 널브러져 있었다. 그리고 근 2미터가 훨씬 넘는, 금속으로 만들어진 동상의 대검. 그가 허리춤에 차고 있는 검은 베기 위한 검이 아니기에 무기가 하나 더 필요했는데 이 정도면 아주 만족스러웠다.

"세상에."

모여 있는 자들의 경악은 당연한 것이었다. 애초에 저 정도 크기의 검을 들 수 있다는 것 자체부터가 무리다. 그러나 키보다 더 큰 검을 가볍게 한손으로 들어 올리자 사람들의 표정이 절로 찡그려졌다.

너무나 비현실적인 일이다. 혹시 겉보기에만 저럴 뿐 실은 엄청 가벼운 검이 아닐까?

대다수의 사람들이 이렇게 생각했으나 그 의문은 네르갈이 풀어주었다.

휘이잉!

한 번 검을 휘둘렀을 뿐인데 가공할 파공음이 들리며 네르갈의 세 아내의 동상이 한꺼번에 박살나버렸다.

그 육중한 소리와 무시무시한 힘.

하나 아무도 예상치 못한 일이 벌어졌다. 부서진 세 여인의 동상. 그 속에서 붉고 푸르며 노란 색깔의 구슬이 떠올라 네르갈의 몸 안으로 들어갔다.

조금 전의 주위 모습과는 전혀 다른 공간에서 네르갈의 눈앞에 세 여인이 서 있었다.

아마도 이곳은 심층세계이겠지.

─저의 이름은 키샤. 진명은 어스.

─저의 이름은 세트. 진명은 파이어.]

─저의 이름은 에레슈키갈. 진명은 워터.]

─저희와 반려의 계약을 원하십니까?]

'이상하군, 나에게 세라스의 반지는 없는데 어떻게 슬레이브가?'

─세라스의 반지에는 마지막 프로텍트가 있습니다.]

─누군가 함부로 쓰는 것을 막아야 하기 때문에, 마스터 키의 진정한 주인은 그 반지를 받는 즉시 자신의 마력을 안에 집어넣습니다.]

─그러면 설령 세라스의 반지를 잃어버리더라도 그 계약은 여전히 효력을 발휘하게 되는 겁니다.]

'그런 비밀이 있었던가? 뭐 상관은 없겠지. 마음대로 해라.'

─당신의 뜻을 받아들이겠습니다.]

다음 순간 네르갈은 현실로 돌아와 있었다.

"그럼 죽을 준비는 되었나?"

어깨에 검을 기대며 반란군들에게 내뱉자 근위병들의 얼굴이 환하게 밝아졌다.

부우웅!

콰지징!

"으아아아악"

검을 한 번 휘둘렀을 뿐인데 8명의 사내가 동시에 허리와 상체가 찢어져버렸다. 동상이 들고 있는 검에 검날이 서 있을 리 만무했다. 그러나 네르갈이 지닌 상상을 초월한 힘은 그 무식하기 짝이 없는 검 모양의 몽둥이를 효과적으로 사용할 수 있게 했다.

"으아아아악!"

"사, 살려…… 으악!"

찢어진 팔과 다리가 공중에 흩어지고 얼굴과 갑옷의 파편이 정원 여기저기에 아무렇게나 굴러 떨어졌다.

모여 있던 반란군들이 전부 시체가 되는 건 몇 분도 채 걸리지 않았고 바닥은 온통 시뻘건 피로 물들어 갔다.

"시, 실례합니다. 저희들을 구해 주신 은인의 성함이라도 알고 싶습니다."

"네르갈이다."

"네?"

근위병은 자신의 귀가 잘못된 게 아닌지를 의심했으나 그는 두 번 다시 말하지 않았다.

"이봐, 뭐래?"

"네르… 갈이라고 했어."

"응? 아, 저 형씨? 확실히 강하더군. 네르갈님이 떠오를 정도로 말이야."

"그게 아냐. 저 남자. 분명히 자기 입으로 네르갈이라고 했단 말이야."

어려서부터 입에 달고 살았던 건국 신화의 주인공이라 모를 리가 없었다. 이 땅에 전란의 그림자가 뒤덮을 때 다시 나타날 것이라는 네르갈. 지금이 바로 그때가 아닌가?

"네르갈님이라고! 네르갈님이 나타났어!"

그는 자신을 부르는 동료들의 목소리는 귓가에 들리지도 않는지 네르갈의 뒤를 따라가기 시작했고 동료들 역시 어쩔 수 없이 그를 뒤따랐다.

제29장

전설의 시작

이런 숲 한가운데의 유령의 집이나 다름없는 폐허에서 어떻게 자냐고 소리 지르고 자신을 짓밟던 린은 언제 그런 행동을 했냐는 듯 자신의 허벅지를 베게 삼아 누운 채 귀여운 얼굴로 달콤한 잠에 빠져 있었다.

나이만 성인일 뿐, 발육부진에 유령을 무서워하는 어린애 같은 소녀가 프하이엄 제국의 황제에게서 열렬한 구애를 받고 있는 바로 그녀라니.

농담이 따로 없다고 생각한 로빈은 부모가 자식을 바라보듯 자상한 미소를 머금은 채 린의 얼굴을 부드럽게 쓰다듬어주었다.

그런 로빈의 등 뒤로 머리의 절반이 부서지고 온몸에 피 칠을 한 여자 유령이 나타났다. 한 손에 피가 뚝뚝 흘러내리는 다른 여인의 목을 든 유령은 다른 손에 든 도끼를 높이 들어 올렸다.

“이곳에 자주 나타난다는 유령인가?”

움찔!

항상 그러했듯이 자신의 안식을 방해하는 자들을 처단하려던 유령의 온몸이 단지 목소리에 공포로 굳어버렸다.

그리고 고개를 돌려 자신을 바라보는 금빛으로 빛나는 눈동자. 그녀는 예전에 저 빛을 한 번 본 적이 있다. 저것은 바로 죽음의 기운이었다.

“나의 주인님 앞이다. 꺼져라.”

그 한마디에 한 맺힌 원한이 소멸되며 동시에 재가 바람에 날리듯 그녀의 흐릿한 형체 또한 무로 사라지고 말았다.

그리고 로빈은 아무 일도 없었던 것처럼 린의 볼에 들러붙은 그녀의 머리카락을 하나하나 정리해 주기 시작했다.

칼리엄 백작 가문의 가신이자 린 칼리엄의 시종 로빈.

그것이 이트루 제국도, 신성 왕국도, 고대 종족도 모두 버리고 떠난 자신이 찾은 마지막 안식의 장소였다.

“네르갈이라니?”

“그게 무슨 소리야? 네르갈님이 나타나셨다니?”

조금 전 네르갈에게 구함을 받은 그는 네르갈이 간 곳을 향해 달려가면서 중간중간 소리치는 것을 잊지 않았다.

“걱정 마십시오. 네르갈님이 나타나셨습니다. 이 싸움에서 이기는 것은 우리입니다. 왜냐면 네르갈님이 슈카 황제 폐하를 도와주시기 때문입니다.”

저 근위병 청년은 혹시 미친 것이 아닐까?

그렇게 생각할 무렵, 또 하나의 이변이 나타났다.

"그의 말은 거짓말이 아니다. 나는 지하드 제7대대 소속 라틈이라고 한다. 네르갈님은 사막에서 슈카 황제 폐하를 만났고 그분은 지하드의 일곱 대장과 싸워 모두 이기면서 자신이 네르갈임을 황제 폐하께 인정받았다."

근위병 청년이라면 몰라도 지하드 소속의 귀족 기사가 이런 허튼 거짓말을 할 리가 없었다. 그때 또 다른 지하드 소속의 기사가 나섰다.

"나 역시 그 자리에 있었다. 그뿐만 아니라 네르갈님은 그 무시무시한 풍마와 싸워 이겨냈다고 한다. 그 증인들 역시 많으며 그는 사막 어디에서도 물을 만들어내는 기적을 보여주었다."

"그러니깐 믿어주십시오. 정의는 우리 황제 폐하 쪽에 있습니다. 황제 폐하를 돕는 것이 곧 네르갈님을 돕는 것입니다!"

반란군들은 여태껏 일반 시민들은 건드리지 않고 있었기에 시민들은 중립적인 위치에 있었다. 하지만 네르갈의 등장으로 그들의 마음은 조금씩 움직이기 시작했다.

"진짜 네르갈님이 나타나셨다면 왜 끊임없이 샘솟는 물이 아직 말라붙은 그대로냔 말이다!"

"그, 그건……."

그 말에는 근위병도 지하드 기사도 아무런 답을 할 수가 없었다. 그때 뜻하지 않은 구원군이 등장했다.

"그건 너희들이 네르갈님을 믿지 않고 있기 때문이다."

"네피나님!"

근처에 모여 있던 자들이 모두 허리를 숙이며 예의를 표했다.

"네르갈님의 말씀을 기억하지 못하는가? 너희들이 믿을 때 나는 비로소 내가 된다. 너희들이 믿지 않는 이상 네르갈님은 너희들에게 기적을 보여주지 않는다는 것을 왜 모르는 것인가!"

사람들은 고개를 숙이며 난색을 표했다.

"나는 물론 우리 지하드 7대장은 모두 그분에게 패했다. 이 세상 그 누가 지하드 7명과 싸워 이길 수 있으리라고 생각하지? 그때 우리 모두는 그분을 믿지 않았지만 단 한 분, 슈카 황제 폐하께서는 그분을 믿었고 그 힘으로 그는 우리를 쓰러트렸다. 믿어라! 그리고 움직여라! 그리하면 너희들은 오늘 기적을 보게 될 것이다!"

그 말을 끝으로 네피나는 적이 있는 곳을 향해 달려갔다.

'평생 이렇게 거짓말을 많이 한 적은 처음이야.'

라고 속으로 자신의 죄를 반성하면서 말이다.

하지만 그녀의 속을 알 수 없는 사람들의 마음속에서는 변화가 생기기 시작했다. 그리고 그 작은 변화는 곧 노도와 같은 파도가 되었다.

"누, 누가 저자를 막아! 막아 보란 말이야!"

반란군의 백인대장으로 보이는 자가 허둥지둥 대며 자신의 부하들을 앞으로 밀어붙이고 있었다.

"저, 저자를 주, 죽이는 자는 2계급, 아, 아니 3계급 특진이다. 그러니깐 빠, 빨리 죽여! 죽이란 말이야!"

새하얀 머리의 악마는 풀을 베듯이 한 번 대도를 휘두를 때마다 십여 명씩을 죽이며 성큼성큼 그에게로 다가왔다.

"나서지도 않고 뒤에서 소리만 질러대다니 부끄러운 줄 알아라."

"으아아아, 으아아악."

그 또한 앞서 죽어간 자들과 다를 바 없이 한순간에 찢겨지며 인생을 마쳤다.

압도적인 폭력과 압도적인 잔혹함. 그 두 가지가 하나로 이루어져 있을 때 인간은 형용할 수 없는 공포를 맛보게 된다.

지금까지 그가 베어버린 자들의 수만 해도 적잖아 3백 명. 그 정도면 지칠 만도 하건만 네르갈의 몸은 아무렇지도 않았다.

마나를 지닌 자에게는 육체 노동보다 마나 컨트롤이 더욱 정신력과 체력을 소모시킨다. 지하드 7용사들과 싸울 때는 한 사람 한 사람 모두 마나를 사용하지 않고서는 이기기 힘든 상대들이었으나 이들은 달랐다. 자신의 근력과 무기의 숙련도, 힘을 최대한 줄이고 몸의 회전과 반동을 이용해 적을 베고 베고 또 벤다.

"으아아아아악!"

급기야 5백이 넘는 숫자의 사람들이 검을 던지고 3성곽에서 2성곽으로, 2성곽에서 1성곽으로 도망가기 시작했다.

넓은 공터였다면, 혹은 화살 같은 무기가 있었다면 전투는 다른 방향으로 흘렀을지도 모른다. 그러나 이곳은 전쟁을 하기에는 좁은 시가지였고 상대는 한 번에 십여 명씩 베어버리는 상식 밖의 전사였다.

그렇기에 그들은 그저 압도적인 공포감에 도망칠 수밖에 없었던 것이다. 또한 밖에는 아직 7천 명이 넘는 동료가 있었다.

그때, 네르갈의 등 뒤에서 번쩍이는 물체가 있었다.

피융!

날아오는 물건은 화살. 그것도 화살 촉 부분에 알 수 없는 보라색 물질이 묻어 있는 위험해 보이는 물건이었다.

"위험해요!"

네르갈의 심안은 이미 살기를 띤 화살 공격을 예상하고 있었지만 뜻

밖의 인물이 달려들 거라고는 예견치 못했다.

"칫!"

네르갈은 자신의 대검을 공중으로 높이 던져 올렸다. 그리고 자신을 감싸려고 달려드는 자를 확인했다. 네피나다.

손을 뻗어 달려오는 네피나의 몸을 껴안으며 반 바퀴 턴. 그리고 곧장 날아오는 화살대를 정확히 노려 손바닥으로 잡았다. 그리곤 다시 반 바퀴 돌려 화살이 날아온 곳을 향해 도로 날렸다.

퓨숙!

"크억!"

화살은 쏜 자의 어깨에 박혔다. 치료만 잘 하면 크게 문제가 없을 법한 상처. 하지만 당한 자의 안색은 창백하기 짝이 없었다.

콰쾅!

던진 대검이 요란한 소리를 내며 땅에 박혔다.

"루커스 경!"

그 화살에 맞은 자의 얼굴을 보고 네피나는 놀란 외침을 내뱉었다. 설마 그가 화살을 쏘았을 줄이야.

"아… 아아. 안 돼! 해, 해독약. 해독약을 어디에 두었지. 제, 젠장. 젠장할!"

루커스는 혼비백산하며 도망치기 시작했지만 몇 걸음 가지 못하고 바닥에 쓰러졌다.

"버, 벌써 독이 퍼지고 있… 시, 싫어. 죽는 건 싫어!"

네피나는 그에게 달려가려 했지만 네르갈이 저지했다.

"슈카는 모든 반역자를 죽이라고 내게 말했다. 그를 살릴 필요는 없다."

"그럼, 그가 반역자라는 말씀이십니까?"

"성곽의 문을 열고 그것을 저지하려는 근위병을 죽인 자가 그럼 반역자가 아니면 뭐지? 그리고 나를 걱정할 시간이 있다면 좀 더 강해져라. 아직 너에게는 그럴 자격이 없으니까. 그리고 저들은 뭐지?"

네르갈은 어느새 잔뜩 모여 있는 시민들을 보며 그녀에게 물었다. 한두 명이 아니다. 거의 대다수의 시민들이 저마다 손에 무기로 쓸 법한 것을 들고 모여들고 있었다. 저 사람들의 등 너머로도 계속해서 시민들이 보였다.

그들은 똑똑히 보았다. 네르갈이라는 자의 신위를. 그리고 방금 그 환상과도 같은 몸놀림으로 네피나를 구하고 루커스를 쓰러트리는 모습을.

"시민들이 저희들을 도와주기로 했습니다. 덕분에 지금 대부분의 반역자들을 성 밖으로 몰아냈습니다. 그들의 도움이 아니었으면 힘들었을 겁니다."

"……뭔가를 무척 기대하고 있는 것 같지만 숨어서 벌벌 떠는 녀석들보다야 확실히 났군."

"우와아아아아아!"

시민들의 거대한 함성이 일었다. 그들의 우상이자 소망, 그리고 영원한 이상이었던 네르갈이 자신들을 칭찬하는데 기쁘지 않을 이가 과연 어디에 있을까?

"간신히 그들을 몰아냈지만 앞으로가 문제입니다. 이제 그들은 체계적인 전술로 공격해 올 겁니다. 거기에 2만의 프하이엄 제국군과 또 얼마나 많은 추가 병력이 이곳을 향할지 모릅니다."

"가장 좋은 방법은 일망타진뿐이겠군."

"그렇습니다만……."

—마스터 저의 힘을.

이 목소리는 키샤라는 이름의 슬레이브이다. 그녀는 자신들의 힘을 어떻게 사용할 수 있는지를 네르갈에게 전달했다.

이것은 네르갈이 평상시에도 슬레이브의 목소리를 들을 수 있을 정도로 강해졌다는 것을 의미하기도 했다.

"힘이라면 단순한 공포감만 주겠지만, 기적이라… 그렇게 생각한다면 나쁘지 않겠지."

혼자 잠깐 중얼거리던 그는 자신의 검을 들고 성벽 위로 올라갔다.

아래에서는 성벽 문을 닫는 작업이 한창이었다.

"인게이지."

언약의 주문을 내뱉는다. 그리고 그가 선택한 것은.

"키샤. 진명=어스(Earth)."

"세트. 진명=파이어(Fire)."

"에레슈키갈. 진명=워터(Water)."

밝은 빛이 네르갈을 감싼 뒤 사라졌을 때 그의 주위로는 세 명의 아름다운 여인이 공중에 모습을 드러냈다.

그 모습에 사람들은 저도 모르게 심장을 움켜잡는다.

저 모습, 꿈에서라도 잊을까?

동화책이나 동상을 통해 항상 보아왔던 네르갈의 세 아내. 그렇다면…….

"사막을 지배하는 바람의 왕이여, 나의 명에 따르라."

반란군이 집결해 있는 곳의 중심. 그곳 하늘과 땅에서부터 난폭한 바람이 생성되기 시작하더니 점차 하나로 이어지기 시작했다.

"으아아악!"

"뭐, 뭐냐, 이것은?"

반란군의 비명 소리가 들린다. 상대적으로 성 안의 사람들은 모두 멍하니 그 모습만을 바라볼 뿐 아무런 말도 꺼내지 못하고 있었다.

"풍마(風魔) 소환!"

가느다란 회오리가 순식간에 도시를 집어삼킬 듯 크게 팽창하며 안에 든 사람을 모조리 날려버리기 시작했다.

"으아아아아악!"

"끄어어어어억!"

풍마의 안에서 도대체 무슨 일이 벌어지고 있는지를 상상할 정도로 담이 큰 자는 그 누구도 없었다. 다만 그 안은 실로 지옥 그 자체일 것이라는 예상을 할뿐이었다.

곧 풍마가 잦아들며 그 모습을 감추기 시작했다. 그 일대에 남겨진 흔적이라고는 피에 젖은 채 무수히 떨어져 있는 병장기와 육편뿐. 시체는 단 한 구도 보이지 않았다. 예상컨대 이 정도의 피의 양으로 봐서 살아남은 자는 거의 전무하리라.

세 명의 여인 중 한 명이 잠시 네르갈에게 무어라 속삭이더니 어디론가 향하기 시작했다.

쏴아아아아!

이윽고 물이 흘러나오기 시작했다.

지금 사람들은 전설을 두 눈으로 직접 보고 있다는 사실을 깨닫게 되었다. 하염없이 쳐다보고 있는 사람들의 눈가에 눈물이 흘러넘치기 시작했다. 이 세상 어디에서 이런 기적 같은 광경을 볼 수 있을까.

"오, 네르갈."

　누군가 복받쳐 오르는 감정을 이기지 못하고 네르갈을 찬양하며 무릎을 꿇고 머리를 조아렸다.

"오, 네르갈."

"오, 네르갈."

　그것을 시작으로 시민도, 병사도 지하드도 모두 무릎을 꿇고 네르갈을 찬양했다.

　새로운 전설의 시작이었다.

제30장

트레이터

"역시 너였나? 가짜."

음산한 목소리.

청년 로빈의 손이 가차 없이, 자신과 똑같은 모습을 하고 있는 '그것'의 목을 찔렀다.

휘익!

바람 소리가 들려왔다. 로빈의 손은 허공을 찌를 뿐이다.

"실망입니다. 저는 당신이 지금껏 상대해 온 그런 쓰레기들과는 다릅니다. 이 몸도, 마나도, 영웅 인자도 오리지널인 당신과 100퍼센트 동일합니다. 이제 내게 남은 것은 단 하나. 지금 여기서 당신을 죽이고 내가 진짜가 되는 것. 하하, 하하하, 하하하!"

정적감이 깃든 어두운 숲길에 발 하나가 앞으로 나왔다. 거기에서 느껴지는 중압감은 죽음을 초월한 군대와 같다.

"동정은 하지 않는다."

그리 먼 거리는 아니지만 도망치려고 마음만 먹으면 얼마든지 멀어 질 수 있는 거리, 하나 다리가 움직이지 않는다.

발뿐만 아니다. 사지와 육신은 물론 말과 사고마저 할 수가 없게 되었다.

가공할 만한 공포, 숨이 막힐 정도의 공포란 바로 이런 것이리라.

"죽어라 쓰레기"

우드드득!

갈대를 꺾듯, 일말의 감정도 없이 자신과 똑같은 모습을 하고 있는 자의 목을 부러트렸다.

"어 어째서, 다… 당신과 똑같은… 내, 내가… 이렇게 허무하게."

"똑같다고? 착각도 그만하면 병이군. 너와 나는 애초에 삶의 무게가 달랐다. 그것을 이해 못한 바보는 죽는 수밖에."

"아직 끝난 게 아니다."

네르갈은 자신을 찬양하는 자들의 행동 따위에는 관심도 없는 듯 성벽을 내려갔다.

"문을 열어라."

"예? 아아, 예."

임시 문지기를 담당하고 있던 병사는 당황하며 얼른 문을 내리기 시작했다.

"네르갈님, 지금 어디로 가시는 길입니까?"

"말했잖은가. 나는 너희들을 지켜주겠다고 분명히 약속했다. 아직 적은 사라지지 않았다. 프하이엄 제국 2만의 병력이 지금 이곳으로 향하고 있다."

웅성웅성웅성.

아마도 이 일에 대해서는 알려지지 않은 듯 보였다.

"모두 잘 들어라. 샤이만 헥스 공작은 이 나라를 자신의 것으로 만들려고 외세를 끌어들였다. 그 수는 약 2만. 나는 지금부터 그들을 쓰러트리기 위해 먼저 나간다. 이 나라를 지키고 싶다고 생각하는 자는 무기를 들고 나를 따르라. 승리를 안겨주마."

네르갈은 더 이상 할 말이 없다는 듯 성문 밖으로 걸어나가기 시작했다. 사람들은 아직도 그가 남긴 말의 여운에 빠져 정신을 차리지 못하고 있었다.

"당신을 따르겠습니다."

네피나가 가장 먼저 네르갈의 뒤를 따랐다.

"각오 단단히 하는 것이 좋을 것이다."

"저는 태어났을 때부터 기사였습니다."

그녀 나름대로 우스갯소리였을까? 하지만 사실이기도 했다.

계속해서 앞으로 걸어나가고 있는 두 사람을 쳐다보고 있던 군중들의 등 뒤에서 소란이 일고 있었다.

"젠장, 좀 비켜 봐요. 비켜요. 어이, 네르갈님! 설마 우리를 그냥 놔두고 갈 생각은 아니겠죠?"

목소리의 주인공은 다름 아닌 네르갈 도적단의 부두목을 맡고 있었던 사이드와 그 일당들이었다. 그들의 등 뒤에는 하나같이 커다란 짐꾸러미를 가득 짊어지고 있었다.

군중들을 겨우 지나친 10여 명의 남자들은 헐레벌떡 뛰어가며 네르갈과 네피나의 뒤에 섰다.

“휴우, 식량과 물을 챙긴다고 늦었습니다. 설마 버려두고 갈 생각은 아니셨죠?”

“늑장 부리면 두고 가는 수밖에.”

“에에, 너무합니다.”

이제 사람의 수는 총 12명으로 늘었다. 2만의 병력에 비하면 아직도 터무니없는 숫자이다.

“결심했어. 나도 가겠어.”

군중들 틈에서 약관인 한 젊은이가 소리쳤다. 그 모습을 보며 몇몇 사람들은 젊은 치기에 나서기를 좋아한다고 수군거렸지만 그는 당당하게 근위병에게 다가가 무기와 방어구를 요구했다.

그들의 친구로 보이는 몇몇 사내들이 나서서 그를 만류했지만 그는 자신의 결심을 굽히지 않았다.

“솔직히 전쟁 자체로 보면 가망이 없을지도 몰라. 하지만 나는 이기려고 가는 게 아니라 지키려고 가는 거야. 그리고 봐봐. 네르갈님은 지금 어디에 계시지? 조금 전에도 지금도 그분은 가장 앞에 서 계셨어. 우리가 아는 귀족들은 어떻지? 항상 뒤에 숨어 있다가 조금만 상황이 불리하다 싶으면 가장 먼저 도망치는 족속이 아니었나? 나는 죽더라도 저분 옆에서 죽고 싶어!”

청년의 그 말은 여러 사람의 가슴을 울렸다.

“그래 한 번 죽어보자고. 오늘 한 번 죽은 셈 치지 뭐.”

좀전의 전투에서 간신히 살아남은 병사들이 줄을 지어 앞으로 가기 시작했다. 그리고 그 행렬에 조금씩 일반인들도 끼어들기 시작했다.

“어이, 이봐 저기 봐. 웬 먼지구름이야?”

자세히 보니 그것은 가미진을 타고 이동하고 있는 500여 명의 전사였다.

"저, 저 깃발은. 네르갈교의 사막의 용사들이다!"

일당백의 전사들이라 일컬어지는 사막의 용사. 그들이 이곳으로 온 이유는 역시 네르갈 때문일까?

"네르갈님은 어디 계시나?"

묵색 철 투구로 얼굴이 가려져 있지만 어디선가 많이 들어 본 듯한 목소리였다.

"네르갈님은 병력을 이끌고 남쪽으로 향하셨습니다."

"제길, 조금 늦었군. 그분은 몇 명을 끌고 가신 거지?"

"그, 그게 50명… 정도입니다."

"50명이라. 행운아들이로군. 모두 들었나? 네르갈님이 먼저 출발하셨다. 나 하킴의 이름으로 해가 지기 전까지 네르갈님을 따라잡지 못하는 얼간이 녀석들은 모두 감옥 속에서 코브라와 십 일간 지내며 스스로를 반성하게 만들어 주마. 네르갈님의 옆에서 싸울 영광을 그들에게 빼앗길 수 없다. 모두 전속력!"

"네!"

이럴 수가. 남아 있는 사람들의 얼굴이 굳어버렸다. 설마 네르갈교의 사막의 용사가 숨겨진 아군이었으리라고는 생각지도 못했다.

"어차피 한 번 살다 가는 인생. 이왕이면 네르갈님의 옆에서 죽는다면 더할 나위 없는 영광이지."

중년의 남자가 소리친다.

"병력이 모이면 물자가 시급히 필요할 거야. 빨리 말과 수레를 이용해 보급 물자를 보낼 수 있도록 준비해야 해."

노기사가 소리친다.

"나도 가겠어!"

"나도!"

순식간에 정문 앞은 혼란해졌다. 하지만 미리 이것을 예상하고 남겨 놓은 지하드 7대대와 6대대가 효과적으로 정리하고는 빠르게 네르갈의 뒤를 따르기 시작했다.

시간이 지날수록 네르갈을 따라오는 자들의 수는 늘어만 갔다. 더불어 애초에 적게 들고 온 식량은 날이 갈수록 빨리 줄어들었고 점점 물도 떨어지기 시작했다.

"인게이지."

네르갈은 슬레이브를 꺼내 사막의 어디에서도 물을 만들어주었으며 사람들은 물에 대한 부족을 더 이상 신경 쓸 필요가 없게 되었다.

그리고 다음날.

인근 바퓨 남작의 영지에 들어섰다. 사람들은 그가 식량을 확보하려는 줄 알았다. 하지만 웬걸.

"제, 제발 이제 더 이상 드, 드릴 게 없습니다."

"그 말을 믿는 것은 아니지만, 대충 이 정도에서 끝내주도록 하지. 노예와 가축, 식량 잘 받아 쓰마. 앞으로는 네놈 뱃속만 채우지 말고 나라를 위해 좀 더 바치도록 해라."

행동은 난폭하기 짝이 없지만 전혀 문제가 될 행동은 없었다.

호족은 이번 전쟁을 핑계로 세금을 절반씩만 냈다. 그러면서도 수도에 병력을 보내는 등의 의무는 조금도 지키지 않았다. 그것을 황명을 업은 네르갈이 직접 나서 약간의 폭력으로 아주 수월하게 걷어내고 있는 것이다.

탈취한 노예는 곧 그들의 병력으로 다시 태어났고, 가축은 식량으로, 가미진이나 말, 낙타는 탈 것으로 다시 태어났다.

네르갈은 영지를 떠나기 전 만약 영지민들에게 이유 없이 세금을 올릴 경우 이 세상에서 살기 싫다는 뜻으로 간주하겠다는 친절한 멘트를 남겨 주었다.

이러한 네르갈에 대한 소문이 널리 퍼져 나가고 있었다. 네 번째 영지에 들렀을 때부터는 아주 열렬한 환영과 함께 일사천리로 일이 해결되었다. 앞서 세 개의 영지가 돈을 내지 않으려 버티다가 어떤 꼴이 났는지 소문이 널리 퍼졌기 때문이다. 세 영주의 앞니가 몽땅 부러진 것은 기본. 계산이 안 맞을 때는 영지 안의 은수저 하나까지 모조리 걷어 갔다.

그렇게 거둔 노예 병력은 예상치 않게 큰 도움이 되었다. 참전하는 것만으로도 노예에서 해방시켜주겠다는 네르갈의 말은 거대한 희망이자 열망이었다. 그 소문이 퍼진 얼마 뒤에는 여기저기에서 탈출한 노예들이 네르갈이 있는 곳으로 모여들기 시작했다.

프하이엄 제국과 맞닥뜨릴 예상 지점에서 행군을 멈추고 진영을 만들 때쯤엔, 처음에는 혼자였던 것이 어느새 1만 7천 명으로 불어나 있었다.

"성을 짓는다."

"성 말입니까?"

그 누가 이 말을 쉽게 납득할까? 주위는 온통 모래투성이뿐. 돌덩어리는 눈에 불을 켜고 찾아봐도 찾기 힘들 정도였다.

"아무리 네르갈님의 말씀이시더라도 이해하기가 힘듭니다. 이 주위에는 바위는 고사하고 돌멩이 하나 보기 힘든 곳입니다. 설마 모래로 성을 짓는다는 말씀은 아니시겠죠?"

네피나가 반문하자 네르갈이 말했다.

"바로 그거다."

보통 사람이었다면 그 자리에서 장난치지 말라고 소리쳤을 것이다.

"현재 우리 병력의 절반 이상이 노예 출신이라는 것을 알고 있겠지? 지금 잘 먹이고는 있지만 애초에 검 한 번 제대로 잡아본 경험이 없는 자들이다. 그런 그들을 데리고 정면으로 싸울 생각인가? 병사들을 제대로 파악하고 이용하면 질 싸움도 이기는 법이다."

"그래봤자 모래성입니다. 제대로 세우기도 전에 무너져 내리고 말 겁니다."

네르갈은 네피나의 의견을 무시하고 노예 출신이었던 자들을 데려가 몇 군데를 가리키며 땅을 파라고 시켰다. 과연 전직 노예들은 네르갈이 시킨 일을 순식간에 해냈다.

"물입니다. 땅을 팠더니 이곳에서 물이 나오고 있습니다!

다음으로 네르갈은 슬레이브 어스의 힘을 빌려 이 일대 토질의 종류를 살짝 변화시켰다.

그렇게 모래에 물을 섞어 만들기 시작한 모래성은 수십, 수백 명이 올라서도 무너지지 않을 탄탄한 성으로 만들어졌다.

모래성의 완공이 거의 끝날 무렵, 프하이엄 제국의 병사들이 눈에 보이는 곳까지 다가왔다.

급조한 네르갈의 병력과 달리 프하이엄 제국 정예병들의 모습은 하나하나가 절도 있고 군기로 가득 차 있었다.

하지만 그들 역시 갑작스럽게 나타난 이 성의 모습에 위화감을 느꼈는지 더 이상 다가오지 않고 있었다.

이번 원정의 총사령관인 윙 젝피트 장군은 고민에 빠져 있었다.

"사막 한가운데 갑작스럽게 나타난 성이라? 적의 사령관은 마술사라도 되는 건가?"

"급조한 성일 수도 있습니다."

"물론 그렇겠지. 정보에 의하면 지금 그들은 내분을 겪고 있으니 제대로 된 병력을 운용할 수 없는 상태이다. 하지만 저 모습을 봐라. 저성이 허술하거나 무너져 내릴 것처럼 위태로워 보이는가?"

물론 겉보기에는 허술하기 짝이 없다. 하지만 성의 실용성을 따질 때 갑작스럽게 나타난 성이지만 제 역할을 해낼 것처럼 탄탄해 보였다.

"성도, 병력도 급조해 온 오합지졸들이 분명하다. 하지만 지휘관만큼은 우습게 볼 수가 없겠군. 이번 싸움의 승패는 저 성을 어떻게 하느냐에 달려 있다."

병력은 얼핏 비슷하지만 성을 공략하는 데 있어서는 병력이 3배는 필요했기에 섣불리 공격할 수 없었다.

"젠장, 완전히 속았어."

알 디몬은 분한 듯 소리쳤다. 수도에서 날아온 전서구로 지금껏 벌어진 일들의 전말을 알게 된 것이다.

"그래도 다행히 네르갈의 활약으로 수도는 무사히 지켜졌다고 하니 다행히군."

토트레이 백작가를 향해 진군한 그들을 기다린 것은 어둠 속에서 갖가지 방법으로 자신들의 목숨을 위협하는 어쎄신의 습격이었다.

다행히 지하드에는 히유이와 포유이라는 두 상급 어쎄신이 있었기에 망정이지 자칫 했으면 큰 피해를 입을 뻔했다.

"데스터님 그럼 이제 어디로 가실 생각이십니까?"

데스터는 두말없이 말했다.

"네르갈이 있는 곳으로 간다. 우리가 함정에 빠져 있는 동안 네르갈이 애써준 만큼 이번에는 우리가 그들을 도와줄 차례다."

모두 고개를 끄덕이고는 가미진을 몰아 남서쪽을 향해 달려갔다.

접전 없이 소강 상태를 맞이한 것도 벌써 이틀이 흘렀다. 이제는 프하이엄 제국 측에서도 더 이상 시간을 끌 수가 없었다.

"부딪쳐보는 수밖에 없겠군. 설마 지략의 장군이라 불리는 내가 고작 성 하나에 이렇게 발이 묶여 있을 수는 없지."

"장군님, 나와보십시오!"

윙 젝피트 장군은 다급한 외침에 밖으로 나갔다. 시간은 어느새 해가 뜰 무렵의 이른 새벽이었다. 그런데 그들의 눈앞에 믿지 못할 광경이 보였다.

"아, 아무도 없습니다. 모두 오늘 새벽에 뒤로 후퇴한 것 같습니다."

저런 성을 놔두고 갑작스럽게 전병력 후퇴라니, 이해가 가지 않았다.

"우선 정찰병을 보내라. 그리고 제대로 확인한 후에 진군을 개시하도록 한다."

얼마 뒤, 정찰병이 들고 온 소식은 더욱 놀라운 사실이었다.

우선, 성의 정체가 모래로 만들어진 성이라는 것이다. 그럼에도 성이 매우 견고해서 돌로 만들어진 성에 못지않을 정도로 뛰어났다고 한다. 그 안에는 2만 명 이상이 지낼 만한 넓은 공터가 있으며 이 사막에서 가장 구하기 힘든 우물까지 있다고 한다.

"오늘 중으로 성을 점령한다. 우물의 수질 검사는 이미 끝냈다고 하지만 무슨 짓을 해놨을지 모르니 일단 사용을 금지하고 혹시 모를 습격을 대비해서 야간 순찰 인원을 두 배로 늘려라."

윙 장군이 지시한 일은 신속하게 진행되어 갔다. 우물 물을 마신 자도 큰 이상이 없었으며 식수 판별의 책무를 맡은 자 역시 이 물은 아무런 하자가 없다고 몇 번이나 확인했다.

그날 밤.

갑작스런 소리와 함께 이트루 제국의 병력이 모습을 드러냈다. 하지만 시위만 할 뿐, 공격 범위 근처에도 들어오지 않았다.

두 군대가 조우한 지 어느새 사흘째. 도착해야 할 물자가 도착하지 않았다. 식량이라면 어느 정도 남아 있지만 문제는 물이었다.

그때, 한 남자가 가미진을 타고 달려오더니 모래성을 향해 무언가를 집어 던졌다. 확인해 본 결과 그것은 프하이엄 제국에서 물자를 보낼 때 사용하는 보급물자용 가방이었다.

그리고 그날 밤, 수송의 책임을 맡고 있던 프하이엄 제국의 병사와 장교가 벌거벗은 채로 성에 찾아왔다.

"사막 놈들은 신출귀몰하다더니 그 말이 사실이었군."

"그들은 영락없는 도적떼였습니다. 그래서 처음에는 저희들도 크게 신경을 쓰지 않았지만 상상도 할 수 없이 강한 자들이 등장하는 바람에 속수무책으로 당할 수밖에 없었습니다. 장담컨대 그들은 군인이 아니었습니다."

네르갈은 과거 도적으로 살고 있었을 때의 인맥을 동원한 상태였다. 하지만 그것을 알 리 없는 그들은 점점 미로에 빠질 수밖에 없었다.

나흘째에 모든 물이 떨어졌다. 식수는커녕 요리에 쓸 물조차 남지 않자 병사들은 고통을 호소하기 시작했다.

"별 수 없군. 아무런 문제도 없었고 하니 그들이 파놓은 우물을 식수로 사용할 것을 허락한다."

벌써 나흘이나 지났지만 적의 위치를 파악하기는커녕 모습조차 제대로 보지 못했다. 윙 장군의 마음이 점점 초조해지기 시작했다.

초조한 마음을 달래고자 바람을 쐬려고 밖으로 나온 그의 눈에 둥그런 보름달이 가장 먼저 눈에 들어왔다.

'적의 술수에 단단히 걸려든 것 같은 느낌이 들어. 어쩔 수 없군. 내일은 무리해서라도 진군을 감행해야겠어.'

툭툭.

하늘에서 무언가가 그의 얼굴에 부딪혔다.

비였다.

"오오, 비다. 비야!"

그들은 하나같이 하늘에서 내리는 비를 반기며 물을 받는 데 정신이 없었다. 하지만 그들은 알지 못했다. 사막의 비가 얼마나 위험한 것인가를.

이곳의 사막에서는 탈수자보다 익사자가 더 많이 발생한다고 한다. 그 이유는 미친 듯이 퍼붓는 집중호우 탓이었다. 비가 잘 오지 않는 사막은 가끔씩 내릴 때마다 엄청난 양을 쏟아 붓고 가는데 그것이 모이면 홍수가 되어 사람을 삼켜버릴 정도로 위험했다.

그것을 그들은 얼마 뒤에야 깨닫게 되었다.

"도랑을 제대로 파! 정신 못 차리나!"

"으허, 모, 몸이 안 움직입니다."

“뭐야?”

“사령관님 큰일났습니다. 병사들 가운데 절반 이상이 복통과 고열에 시달리면서 몸이 마비 증상을 일으키고 있다 합니다.”

“뭣이?”

윙 장군의 얼굴이 시퍼렇게 변해 버렸다.

전부 네르갈의 계획대로다.

알미울 정도로 척척 들어맞는 그의 계략. 설마 그는 앞날을 볼 수 있는 능력을 지닌 게 아닌가 싶을 정도였다.

처음에 그가 성을 버리고 떠난다고 했을 때, 성을 지을 때보다 더 많은 이들이 반대했다.

“모래성은 쉽게 무너진다고 네가 그러지 않았던가?”

네피나의 강력한 항의를 그 한마디로 묵살시킨 네르갈은 공들여 만든 성을 뒤로 하고 병력을 완전히 뒤로 물렸다. 그러면서도 그냥 나오지는 않았다.

그가 한 일은 우물에 약을 풀어넣는 일이었다. 그것은 엄밀히 말하자면 약이 아니었다. 몬스터 랜드에 사는 호박알 말벌의 타액이었다.

사람 팔뚝만한 크기의 호박알 말벌은 사냥감을 침으로 마비시킨 뒤 알을 낳는다. 그렇게 분비된 타액은 보름이 지난 뒤 그 효과가 나타나며 온몸이 마비가 된다. 그때 알에서 유충이 깨어나 사냥감을 먹고 자라게 된다.

결국 네르갈이 물에 푼 호박알 말벌의 타액의 효능은 보름인 오늘이 되어서야 발휘하게 된 것이다.

거기다 그는 단언했다. 오늘 밤, 엄청난 양의 비가 쏟아져 내릴 것이

라고. 이미 여러 차례 기적을 보여준 뒤였지만 미래의 날씨조차 알아
낼 거라고는 생각조차 못한 사람들이 한둘이 아니었다.

그러나 이번에도 네르갈의 말은 현실로 이루어졌다.

지금 네르갈은 자신의 슬레이브를 이용하여 단단한 모래성을 평범
한 모래성으로 속성을 변화시키며 동시에 좀 더 많은 비가 그곳에 집
중하도록 힘을 쓰고 있었다.

성내에 물이 고이지 않게 물을 퍼낸다 해도 모래성은 지리상 낮은
곳에 위치해 있다는 사실은 변하지 않는다. 이것 역시 애초에 계산되
어 있던 것이었다.

모래성이 무너져 내리기 시작했다. 육중한 모래의 무게는 미처 빠져
나오지 못한 자들의 막사를 뒤덮으며 사람을 통째로 생매장시켜버렸
다.

똑같이 비를 맞고 있는 처지였지만 네르갈을 따르는 사람들은 높은
곳에 위치해 있었기에 안전했다. 그에 비해 프하이엄 제국의 병사들은
안전한 곳을 찾으려고 높은 곳으로 향했다. 하지만 그곳에는 이미 네
르갈의 병사들이 매복해 있었다.

아직 싸움은 시작되지 않았지만 모든 결과를 뻔히 예측할 수 있었
다.

공격을 앞둔 모든 병사들의 눈이 네르갈을 향해 집중되었다.

"진군."

마침내 그의 입에서 공격 명령이 떨어졌다. 프하이엄 제국군 중 이
곳에서 살아남아 고향으로 돌아갈 수 있는 자들은 얼마 되지 않을 것
이다.

이번 전투는 이트루 제국에 커다란 승리를 안겨주었다.

2만의 프하이엄 제국군과 1만7천의 이트루 제국군은 단 한 번의 전
투를 벌였을 뿐이었지만 이트루 제국의 사망자는 1만 9천 명이 넘어가
는데 비해 이트루 제국은 고작 200여 명의 부상자만이 존재했을 뿐이
었다.

"이, 이럴 수가. 이것이 사실이란 말인가?"
이트루 제국의 황실은 현재 발칵 뒤집어졌다는 말로 표현이 불가능
할 정도의 공황을 맞이하고 있었다.
승리. 그것도 유래가 없는 대승리.
병력의 열세에도 불구하고 단 한 사람의 사망자도 없이 적을 궤멸시
켜버리다니, 이런 전쟁이 정말 가능했단 말인가?
"하지만 문제가 있소이다. 이런 엄청난 승리를 이끌어낸 네르갈이라
는 자. 강해도 너무 강한게 아닌가 싶소."
"저도 그것이 심려스럽습니다. 게다가 그는 황제 폐하의 연인이란
소문이 백성들에게 널리 퍼져 있고 실제로 잠자리를 같이하는 것을 목
격한 시녀도 있다고 합니다."
"그러다 혹여나 황제 폐하께서 회임이라도 하신다면……."
"우리는 출생도 알 수 없는 잡종 놈을 모시게 되겠지요."
굳이 다른 대신들의 의견을 종합할 필요도 없었다.
"그렇다면 그는 이쯤에서 물러나게 하는 수밖에 없겠구려."
현 시몬느 가문의 가주 그레이 시몬느는 작게 미소를 지어 보였다.

네르갈의 오합지졸 부대. 아니, 이트루 제국 사상 최단 시간에 최고
의 전과를 올림으로써 그 공훈을 인정받아 황제에게서 직접 에니체리

군단이란 이름을 받은 부대는 이틀째 끝나지 않는 파티를 즐기느라 정신이 없었다.

얼마전 프라이엄 제국의 병력을 물리치고 지하드와 합류한 그들은 곧장 헥스 공작의 영지로 향했다. 그러나 공작은 마지막 남은 병력과 함께 영지를 떠나고 난 뒤였다.

그리하여 무주공산이 된 이 땅에서 황제의 허가를 받아 이틀째 승전 파티를 즐기고 있었던 것이다.

군단 병사들은 이 값진 땅의 새로운 영주는 네르갈이 될 것이라 생각하고 있었기에 곧 한 영지의 식구가 될지도 모르는 주민들에게 최대한 친절하게 대해 주었다. 그 덕분에 자신들의 영주가 반역을 했다는 사실에 사시나무처럼 벌벌 떨던 주민들도 안정을 되찾았다.

오늘도 한참 파티가 깊어질 무렵, 네르갈은 네피나의 손에 이끌려 한적한 숲으로 향하고 있었다.

그런 두 사람의 모습을 보며 병사들은 환호를 보냈지만 어째 네피나의 얼굴은 비장감이 가득했다. 네피나는 계속해서 깊은 숲 속을 향해 걸어갔고 네르갈은 묵묵히 그녀의 뒤를 따랐다. 그러다 공터에 이르자 기다리고 있는 한 기사를 발견하였다.

"그 갑옷, 제국 기사인가?"

검은색의 전형적인 제국 기사임을 나타내는 갑옷. 무엇 때문일까? 어느 순간부터 부동심을 유지해 왔던 네르갈은 말로는 설명하기 힘든 기분을 느끼고 있었다. 분노도 아니며 그리움도 아닌, 그런 느낌.

"죄송합니다, 네르갈님. 하지만 당신은 너무 위험한 분이십니다."

상황이 이쯤까지 왔는데 이해 못하는 자는 아무도 없으리라.

"토사구팽… 이라는 건가? 왠지 씁쓸하군. 굳이 이렇게 할 거면 그

냥 조용히 나가달라고 말해 주었으면 더 좋았을걸. 나는 애초에 이트
루 사람도 아니고 말이야."

네피나는 아무 말도 못하고 고개를 숙였다. 숙인 고개 밑으로 보이
지 않는 눈물이 흘러내리고 있는 것 같았다.

"이것은 슈카의 뜻이기도 한 건가?"

분노도 질책도 아닌 무덤덤한 한마디.

"아닙니다. 이것은 대신들의 뜻. 그리고 현 대신들 중 최고 권력자
그레이 시몬느. 즉 제 아버님의 뜻입니다."

"작별 인사는 끝났나?"

젊은 목소리. 사내는 생각보다 젊었다.

"대충."

"그럼 이만."

기사의 명예 따위는 존재하지 않는다는 듯 검을 빼들고는 빈손인 네
르갈을 베었다. 찰나의 시간을 가르고 지르는 세 번의 검극이 빛났다.
눈에 비치지도 않을 정도의 빠르기는 이미 그것만으로도 필살이라 칭
해질 수 있었다.

하지만 곧 세 조각의 고깃덩어리로 변해 버릴 듯하던 네르갈의 육체
는 시간이 지나도 변함없었다.

파삭!

마른 나뭇가지가 거친 바람에 갈리는 소리가 들려온다. 그 소리의
정체는 다름 아닌 네르갈이 입고 있던 상의와 바지에서 동시에 들려온
것이다. 잘려나간 단면에서 실 같은 상처가 생겨나 있었다.

"그것을 피하다니, 프하이엄 제국에 막대한 피해를 입힌 것은 단순
한 운이 아니었나 보군."

　누구도 눈치 채지 못하였으나 이미 네르갈의 발밑에는 반 발자국 정도 밀려나간 듯한 흔적이 남아 있었다.

　"아니, 나 역시 놀랐다. 피했다고 생각했거늘 내 몸에 상처를 내다니. 내 피를 보게 된 것이 너무 오랜만이라 감회가 새롭군."

　"후후후후."

　"후후후후."

　이유는 없었다. 둘 다 오랜만에 제대로 된 상대를 만나게 되었다는 사실이 기뻐서 웃는 것뿐이었다.

　획!

　예비동작이 없었음에도 불구하고 검의 잔영이 네르갈의 머리끝을 살짝 스쳤다. 네르갈이 머리를 숙여 피한 것이다.

　"죽어라!"

　"누구 맘대로!"

　떼를 쓰는 어린애 마냥 외치는 두 사람. 그들도 자신들이 왜 이러는지 알 수 없었다. 단지 눈 앞의 상대에게 지는 것이 죽기보다 더 싫다는 느낌 뿐.

　쿵!

　진각. 이어서 뻗는 주먹. 그 안에 깃든 마나는 평범한 인간이라면 그 자리에서 가루로 만들어버릴 정도의 힘을 담고 있었다.

　팡!

　하지만 그것은 휘두름 한 번에 상쇄되어버렸다. 그 검에는 어느새 푸른 막이 쳐져 있었다.

　검기였다.

　한눈에 봐도 알 수 있는 천하의 둘도 없는 명검. 거기에다가 소드 마스터로서 절정에 다다른 수준의 검기.

그에 비해 네르갈은 고작 두 주먹뿐. 주먹에 마나를 싣는다면 검기만은 상쇄시킬 수 있겠지만 그 뒤는 보나마나 뻔하다. 그렇다면 심살의 경지라 일컬어지는 그 기술을 사용해 보는 것은 어떨까?

네르갈은 마나를 끌어모아 이마의 한가운데로 집중시켰다.

파지직 푸르스름한 빛이 어두운 숲을 밝힐 정도로 빛난다. 그 기세에 검은 기사는 공격을 접고 검을 세워 방어 자세를 취했다.

네르갈이 두 손을 눈앞에서 교차시켰다가 뒤로 확 펼치는 순간 이마에 모여들었던 막대한 양의 마나가 포도알 크기로 한순간에 압축되더니 이내 소멸해 버렸다.

콰과과과과광!

아니다. 그것은 소멸이 아닌 다른 공간으로 그 힘을 이동시킨 것이었다. 원래 심살이라 칭해지는 이 기술은 많은 양의 마나를 포도알 크기로 압축시킨 뒤에 그것을 적의 내부에 집어넣은 뒤 터트리는 기술이었다.

그 어떤 강자라 해도 몸 안의 장기를 단련시킬 수는 없는 법. 그렇기에 필살. 보이지도 않으며 막지도 못하는 기술이었다.

하지만 상대는 달랐다.

천 년에 한 번 나올까 말까한 천재. 그것이 바로 지금 네르갈이 상대하고 있는 자의 정체였다. 애초에 검은 기사의 내부로 옮겨 들어왔어야 할 힘. 하지만 네르갈의 심안에 비견될 정도의 뛰어난 직감을 지니고 있던 검은 기사는 압축된 마나 덩어리가 접근하는 순간 몸을 피했다. 동시에 폭발하는 마나의 폭풍의 여세를 막아냈다.

산사태가 일어난 것처럼 검은 기사의 등 뒤에 있던 나무들이 힘의 여파를 견디지 못하고 같은 방향으로 부러지거나 쓰러졌다.

파직!

그리고 검은 기사의 투구와 갑옷에도 금이 하나둘 가기 시작했다. 자신의 마나를 검에 주입시키는 데에만 전념하고 있던 터라 갑옷을 보호할 여유가 없었던 것이다.

파지지직!

급기야 그의 투구와 갑옷이 부서지며 가루가 되어 사라져 갔다. 다행인 것은 그와 동시에 마나 폭발의 여세가 사그라진 것이다.

하지만 그 얼굴이 드러나는 순간 네르갈의 얼굴이 굳어졌다. 저 얼굴, 분명히 자신의 기억 속에 존재하고 있던 사람 중 하나였던 것이다.

혼돈에 빠져버린 자신의 정체성을 알려줄 수 있는 몇 되지 않는 사람 중 한 명. 그가 자신의 눈앞에 나타났다.

"너… 크로첼. 새끼 코알라를 괴롭힌 그 밥맛없던 귀족 놈!"

"무슨 소리냐. 아니 그보다 네 녀석이 왜 그런 것을……."

크로첼의 몸이 갑자기 경직되어 버렸다. 자신을 보며 놀라던 네르갈의 얼굴은 조금 전까지 서로를 죽이려 했던 이트루 제국 장군의 모습이 아니었다. 그러고 보니 과거의 모습에서 여운이 남는다. 어찌 잊을까? 왜 저 얼굴을 이제야 깨닫는가?

"하… 하하, 하하하하. 푸하하하하하."

상쾌했다.

오랫동안 잊고 살아온 이 기분.

최고의 적수를 만났다고 생각한 순간 최고의 적수를 잃었다. 처음으로 동류를 만났다는 생각이 든 순간 동류를 잃었다. 자신은 라이벌이라 생각했고 이미 없는 그의 아버지는 친구라 했다.

그런 그가, 이미 오래전에 죽었다고 생각한 그가 지금 이곳에 버젓이 살아 있었다. 그것도 자신이 기대했던 더욱 강해진 모습 그대로.

"미치도록 반갑군, 친우여."

크로첼 에딕의 눈가에 작은 눈물이 흘러내렸다. 너무나 반갑지만 먼저 손을 내밀 수가 없었다. 자신의 두 손은 그에 비해 너무나 더러워져 있다는 생각이 들었기 때문이다.

무너져 가는 집안을 바로 세우려고 황제에게 복종했다. 죽이라면 여자도 어린애도 가리지 않았고, 훔치라면 사람의 마음과 정신마저 훔쳤다. 갖은 협박과 암살을 저질러왔다. 포섭자의 가족을 납치해서 협박장을 보내고 만약 그것을 무시한 자에게는 협박장 그대로 가장 잔혹하게 죽이거나 두 눈을 빼고 사지를 불구로 만들거나 미쳐 죽을 때까지 범했다.

그것이 지금의 크로첼 에딕이었다.

네르갈은 심장의 고동이 커져 가고 있음을 눈치 채지 못하고 있었다. 오랫동안 알고 싶었던 자신의 정체성. 눈앞에 있는 자는 수십 명의 기억 중, 로빈이라는 소년의 기억에 있던 자였다.

"미치도록 반갑군, 친우여."

"그게 아냐. 이름을 불러줘. 내 진짜 이름을 가르쳐줘."

크로첼은 잠시 그 말의 의미를 깨닫지 못했다가 곧 알아챘다.

"너… 설마 기억이?"

푸학!

그때, 땅에서부터 갑작스럽게 5개의 인형이 불쑥 솟아올랐다. 이곳에 있는 자는 물론 네르갈조차 그들이 있었다는 사실을 전혀 눈치 채지 못하고 있었다.

"임무 도중."

"사적인 대화는."

"금지되어 있을 터."

"쓸데없는 짓 말고."

"빨리 저 자를 죽여라."

크로첼과 똑같은 갑옷을 입은 5명이 이상하게 말한다. 그 음성을 듣는 순간, 네르갈은 자신도 모르게 감정이 격해지기 시작했다.

"네놈은 입 닥쳐! 내 이름을, 빨리 나의 진짜 이름이나 말해!"

크로첼에게 소리쳤으나 눈은 이상하게 갑작스럽게 난입한 5명의 불청객들에게 향해 있다.

이 알 수 없는 분노.

끓어오르는 증오.

뭔가. 도대체 이 기분의 정체는 무엇인가?

"크……."

크로첼은 아무 말도 못하고 그저 이를 꽉 깨물었다.

자신에게 남겨진 것은 이제 아무것도 없다고 생각했다. 그렇기에 오직 하나 남은 집안을 위해 모든 것을 받쳤다. 하지만 지금 그는 다시 저울 위에 서 있다. 이제 겨우 다시 세울 수 있게 된 자신의 집안과 이미 오래전에 죽음을 받아들인 자신을 이해할 수 있는 유일한 자라 생각했던 라이벌.

"배신이다."

"배신이다."

"배신이다."

“배신이다.”

“배신이다.”

5명의 검은 기사가 한 번씩 돌려 말하며 머리를 어지럽게 만든다. 그 음성이 네르갈을 더욱더 격분하게 만들었다.

“개새끼들, 주둥아리 닥치지 못해!”

평소의 네르갈이라면 하지 않을 말이 튀어나온다. 위엄도 없고 카리스마도 느껴지지 않는 마치 될 대로 되라는 듯한 천한 말투.

“죽여라!”

5명의 기사를 향해 달려가자 기사들은 검을 꺼내들고 한걸음 앞으로 튀어나왔다. 네르갈을 향해 쇄도하는 5인의 공격. 검이라기보다 둔기류에 가까울 법한 무식하기 짝이 없는 검은 꺼내진 것만으로도 오싹해질 정도였다.

부우우우!

휘이이잉!

살벌한 소리가 전장을 감도지만 그 공격을 모두 회피, 단번에 그들의 품속에 파고든 네르갈의 주먹이 한 기사의 명치 부근에 정확히 먹혀 들어갔다.

쾅!

맨주먹에 맞은 중후한 갑옷의 기사의 몸이 육중한 소리를 내며 바닥에 꽂혔다. 그러나 등 뒤에서 찔러 들어오는 일검에는 어쩔 수 없이 한 걸음 물러섰다.

푸슉!

“으으으.”

“미안하지만, 이제 더 이상 이 짓도 못해 먹겠어.”

크로첼의 검이 정확하게 검은 기사 한 명의 심장을 뚫었다. 하지만 이상하게도 4명의 기사는 아무도 뒤를 돌아보지 않았다. 그 의문이 이상하게 생각될 즈음, 심장을 뚫린 기사가 아무렇지 않다는 듯 몸을 돌리며 검을 휘둘렀다.

"배신은 죽음이다!"

"흡!"

휘이잉!

무식한 힘. 검이 지나간 검풍에 얼굴이 달아오른다. 아니 바람에 부딪혀서 생긴 명백한 상처였다.

"이 자식!"

프라이드에 상처를 받은 귀공자는 더 이상 봐주지 않겠다는 듯 기세를 끌어모은다. 푸른빛의 검광은 검기가 되고 검기는 한층 더 두드러져서 은은한 빛을 발광하는 푸른색의 막을 형성했다. 두말할 필요가 없는 완벽한 마나 블레이드.

키리링!

하지만 그 공격이 터무니없이 가볍게 막혀버렸다. 그것도 검도 아닌 상대방의 손에.

"하아!?"

있을 수 없는 일에 크로첼은 잠시 생각이 멈춰버렸다. 심장이 뚫리고도 움직이며 자신의 검을 맨손으로 잡다니. 애초에 황제가 자신을 감시하려고 심어둔 존재이니 만큼 한 재간이 있는 자들이라는 것은 예상하고 있었지만, 이건 재간이 아니라 괴물이라고 하는 것이리라.

검은 기사가 검을 천천히 하늘로 들어 올렸다. 검을 버릴 수밖에 없는 상황이지만 그것은 귀공자의 프라이드 상 있을 수 없는 일.

마치 그것을 지켜주려는 듯, 한 줄기의 섬광과 한 덩어리의 불꽃이 날아왔다. 파직!

퍼펑!

롱소드와 파이어 볼이 검은 기사를 직격했고 그 틈에 크로첼은 검을 빼낼 수 있었다.

뜻하지 않는 도움에 안도하며 뒤돌아본 크로첼은 더 이상 아무런 생각을 할 수 없었다.

"기사의 검이 목숨보다 소중하다지만, 정말 그것을 지킬 수 있는 자들은 몇 없는 법. 아비된 자로서 너의 선택은 슬프기 짝이 없구나."

아무래도 오늘은 크로첼에게 있어서 가장 충격적인 날이 될 것이다.

"아, 아버지?"

아버지도 살아 있었다니. 이제는 더 이상 무슨 일이 벌어져도 놀라지 않을 것 같았다.

"줄곧 너의 뒤에 있었다. 오직 이때를 위해. 모든 것은 저 괴물들을 모두 쓰러트리고 난 후에 말해 주마. 황제의 음모와 지금 내가 모시고 있는 리켈푸스님에 대해서."

크로첼 공작의 등 뒤에는 처음 보는 중년의 남자 둘이 서 있었다. 각각 검사와 마법사의 차림을 하고 있는 그들이 네르갈과 싸우고 있는 검은 기사들에게 달려가고 있었다.

"로빈이 살아 있었다니, 리켈푸스님이 기뻐하시겠군요."

"그래. 그것도 저렇게 훌륭하게 자랐으니 스승된 자로서 무척 보람이 있군."

5명의 검은 기사들에게 밀리고 있었던 네르갈과 크로첼이지만 이 세 사람이 증원되자 순식간에 뒤집어졌다.

자유기사, 마스터의 칭호를 지닌 마법사, 그리고 제국의 검호. 이 세 명은 한 군단을 대신할 수 있는 전력이다 보니 당연한 결과였을 지도 모른다.

아들과 아버지의 마나 블레이드가 한 기사의 사지를 절단하고 마법사의 마법이 두 기사를 저승사자에게 바친다. 그리고 자유기사가 증원해 준 틈을 타 네르갈의 검이 두 기사의 목줄기를 차례대로 끊어버렸다. 모든 것이 마무리 되는 데에는 불과 10분도 걸리지 않았다.

이후 크로첼 공작이 들려준 이야기는 크로첼에게는 충격적이었다. 황제의 음모에 대해서는 이미 잘 알고 있던 크로첼이지만, 설마 그 음모에 자신과 아버지 또한 이미 오래전부터 휘말려 있었다는 사실에는 분노하지 않을 수 없었다.

그리고 마족이 아버지와 리켈푸스 일행이 살아나도록 도왔다는 사실과 지금 그들은 프하이엄 제국 황제의 음모에 맞서 싸우는 조직을 만들고 있다는 사실은 더욱 충격적이었다.

"로빈… 나는, 로빈이었어."

네르갈, 아니 이제 드디어 정체성을 찾은 로빈은 바닥에 무릎을 꿇고 눈물을 흘리고 있었다. 이미 죽어버린 가족들과 사랑하는 여인의 기억은 아직도 떠오르지 않았지만 슬픔이 그의 마음을 잠식해 버린 것이다.

한편 네피나는 그 자리에서 어떤 움직임도 보이지 않은 채 가만히 있었다. 설마 프하이엄 제국에서 불러온 암살자가 네르갈과 아는 사이였을 줄은 꿈에도 생각하지 못했다. 이제 이곳에 있는 자들은 모두 네르갈의 동료나 마찬가지였다. 하지만 불행인지 아니면 다행인지 그녀를 신경 쓰는 사람은 아무도 없었다.

"도대체 이 괴물들의 정체는 뭐지?"

이름도 기억나지 않는 자신의 스승이자 자유기사가 한 기사의 시체에서 투구를 빼냈다.

그리고 모두 숨이 막혀버린 듯 숨소리조차 들려오지 않았다. 시체는…….

바로 로빈이었다.

"아… 아아아아!"

뭐야? 왜 자신은 여기에 있는데 자신이 죽어 있는 거지?

"이럴 수가! 이들은 로빈의 더미였단 말인가?"

일의 전말을 모두 꿰뚫고 있는 그들은 언젠가 이런 일이 있을 거라고 예상하고 있었다. 39인의 영웅인자를 가지고 있는 로빈은 한 번 프하이엄 황제의 손에 들어간 적이 있었다. 그때 수집해 놓은 로빈의 세포를 이용해서 더미를 만들 거라고 예상은 했지만 설마 이렇게 빨리 실용화하고 있었을 거라고는 전혀 예상치 못했다.

5구의 시체는 모두 로빈과 똑같은 얼굴을 하고 있었다. 그것을 본 순간 로빈은 걷잡을 수 없는 혐오감과 분노로 심장이 폭발할 것처럼 뛰기 시작했다.

두근두근두근두근두근두근두근두근두근두근.

그리고 들려오는 또 하나의 고동 소리.

2개의 심장이 다시금 이중주를 펼치기 시작했다. 걷잡을 수 없는 분노와 드래곤 특유의 폭력적인 성향이 하나로 맞물리며 로빈은 이성을 잃기 시작했다.

“으아아아아아아악!”

“크윽!”

“로빈, 정신 차려라!”

간신히 말을 외칠 뿐, 이 자리에 있는 모든 이가 이미 무릎을 꿇고 제 몸도 추스르지 못하고 있었다.

엄청난 힘과 압박감. 이것은 인간의 강함이 아니다. 인간을 초월한 무언가의 힘.

“으아아아아아아아아!”

로빈의 두 눈에서 시뻘건 안광이 흘러나오기 시작했다. 그리고 변화하는 육체.

뿌드드득, 빠드득.

로빈의 어깨와 무릎이 몇 번 뒤틀리더니 뾰족한 뼈가 피부를 찢고 튀어나왔다. 이마에서 3개의 뿔이 튀어나오기 시작했고 등에서는 파충류를 연상케 하는 긴 날개 한 쌍이 모습을 드러냈다.

경악한다. 이 일대를 내리 짓누르고 있는 힘은 예전에 로빈이 사용한 검강과는 비교가 되지 않을 정도다. 그 힘을 견디지 못한 네피나는 이미 혼절해 버리고 말았고 나머지 사람들 역시 겨우 버티는 것에 그치고 있었다.

그것도 현재 로빈이 마지막 이성으로 자신의 힘을 잡아두고 있기에 가능한 것이었지, 이미 본능대로 이 힘을 방출한다면 이 일대 전체가 소멸해 버렸을 것이다.

번쩍!

모두가 고통스러워하는 순간, 갑자기 로빈의 눈앞에 한 여자가 나타났다. 붉은 옷을 입고 있는 매혹적인 여인. 그녀의 입가에 잠깐 미소가 새겨지는 듯하더니 작게 입이 열렸다.

"찾았어."

그리고 손을 휘두르자 놀랍게도 폭주하던 로빈과 여인은 한순간에 사라졌다. 갑작스럽게 찾아온 적막이었으나 모두 힘을 견디지 못하고 기절해 버린 터라 그 적막을 느낄 수 있는 이는 아무도 없었다.

제31장
고대종족

세라스의 반지는 너와 동조되어 있어.
아마 네게 흡수된 마나의 나머지가 그 반지 안에 있는 탓이겠지.
이미 세라스의 반지가 네 정신과 이어져 있는 이상 너는
이 세상에 존재하는 모든 슬레이브의 주인이 될 수 있는 거야.

　대지는 파릇한 생명들로 가득 차 있고, 주위로는 아름다운 녹음이 넓게 펼쳐져 있다. 젖과 꿀이 흐르는 미지의 낙원, 신들이 산다는 성지 생츄어리가 이러할까?

　머릿속에서 그릴 수 있는 이상형의 세계를 그대로 옮긴 것처럼 아름다운 곳이었다. 그 광활한 대지의 가운데에 아주 거대한 나무 한 그루가 우뚝 서 있었다.

　태초에 창조신 어드미스가 이 세계를 만들 때 모든 것의 중심으로 만들었다는 세계수가 바로 이것이다. 강줄기처럼 길게 뻗어 나온 가지들과 무성한 나뭇잎들이 하늘을 가리고 있었고 바람이 일 때면 따스한 햇살을 기분 좋게 쬘 수 있었다.

　하늘에 떠 있는 태양과 견줄 만한 높이와 존재감은 태산을 방불케 하고, 이 별의 중심부까지 파고 들어가 있을 것 같은 뿌리는 든든하기 짝이 없는 불패의 수호신 역할을 하기에 충분했다.

보기만 해도 마음이 편해지는 것 같은 어머니의 따스함을 간직하고 있는 거목. 하나 이 거목을 아주 안타깝게 바라보고 있는 여인이 있었다.

하얀 실크를 두르듯 입고 있는 여인은 마치 자연을 보는 듯 순수한 모습이었고, 바라보는 것만으로도 눈이 부실 정도로 아름다웠다. 흔히 말하는 격이 다른 아름다움. 나무와 꽃의 아름다움을 쉽게 비교하지 못하듯 아무리 아름다운 미녀가 있다고 해도 그녀와 비교할 수 없었다. 그녀는 귀가 뾰족하다는 특징이 있는 엘프(Elf), 그것도 하급의 여신과 동급으로 취급된다는 고귀한 하이엘프의 여왕이기 때문이다.

"빛나는 숲의 어머니시여. 정녕 이대로 저희를 버리시는 것입니까. 아무리 큰 죄를 지었다 해도 어머니만큼은 자식을 버리지 못한다고 하거늘."

어머니는 자식을 버리지 못한다. 이 말은 자식의 탄생 자체가 어미의 희생으로 시작되었기 때문에 유래된 말이다.

그 순간 환한 빛의 구가 생겨나더니 그 속에서 또 다른 여인이 나타났다. 붉은 머리의 여인의 모습은 절로 얼굴이 붉어질 정도로 문란하고 또한 신비로웠다. 가슴의 절반은 다 드러낸 붉은색 옷은 그 자체로도 관능미를 뿜어대고 있었다.

"어서 오십시오. 위대한 존재시여."

"오랜만이구나, 하이로드 엘렌시나."

고귀한 숲의 종족인 그녀가 이렇게 예의를 차리는 존재는 과연 누구이며, 그녀에게 당연한듯 하대하는 그녀의 정체는 무엇일까?

만약, 만약, 전설일 뿐이지만. 하이엘프인 그녀가 이렇게 높여야 할 존재가 이 물질계에 존재한다면 그것은 바로 드래곤이라는 존재 외에는 없다고 자신 있게 말할 수 있다.

드래곤.

그것은 먼 태고 적에 중간계와 마계 그리고 신계를 통틀어 그 누구도 당해 낼 자가 없다는 신을 제외한, 아니 신이라도 죽일 수 있는 힘을 지닌 삼계 최강의 힘을 가지고 있었다는 존재였다. 하이엘프의 여왕을 하급신과 맞먹는 이라고 말할 수 있다면 드래곤들은 신을 죽이는 자들이었다.

어떻게 신의 창조물이 신을 죽일 수 있을까?

드래곤의 몸은 그 전체가 마나로 이루어져 있다. 그 중심에는 드래곤 하트가 있어서 언제라도 새로운 마나를 생성시킨다. 이 말은 곧 성룡도 아닌 해츨링이 마법을 사용할 수 있다는 것을 뜻한다.

더구나 그들의 수명은 최소 2만 년. 드래곤의 특성상 성장할수록 계속해서 강해지는 특성이 있었다. 해츨링에서 성룡이 되는 순간 이 세상의 그 어떤 힘보다 파괴적이고 효율적인 능력을 자동적으로 배우게 되는데 이것이 그 유명한 드래곤 브레스와 언령이었다.

드래곤 브레스와 언령은 말이 필요 없을 만큼 무서운 힘이다. 드래곤 브레스가 지나간 곳에는 더 이상 생명이 살아갈 수 없는 사지(死地)가 되고 중간계에서 언령을 거부할 수 있는 존재는 태초부터 지금까지 단 하나도 없었다고 한다. 하지만 이 두려운 능력조차도 신을 죽이기에 역부족임은 분명하다.

신을 죽이는 능력.

그것은 바로 신이 그들에게 내린 '절대 권능'에서 비롯되었다. 신조차 드래곤을 두려워하게 된 '절대 권능'은 드래곤이 기본으로 가지게 되는 언령과 드래곤 브레스, 드래곤 피어, 그리고 10서클의 마법 능력을 모두 능가하는 대단한 능력으로 기본적으로 언령과 비슷하나 평생에 단 한 번 쓸 수 있다는 것과 그 힘이 하급신마저도 죽일 수 있다는 점에서 차원을 달리했다.

어떻게 보면 신들의 충실한 자식이자 최종 병기이면서 동시에 양날의 검이라 볼 수 있는 존재. 마계에서는 공포와 힘의 대명사로, 천계에서는 신성과 평화의 대명사로 알려진 모순된 존재. 그 힘만은 이 세상을 몇 번이고 파괴시켜도 이상하지 않을 존재. 그것이 바로 드래곤이었다.

"예, 근 10년 만이군요. 오랜만에 뵙습니다. 홍염조차 거침없는 썬 드래곤 이카루스님."

"여전히 그 인사말은 여전하구나, 엘렌시나. 이미 동족 대부분이 멸망한 이상 그 이름은 아무런 의미가 없는 것이거늘."

드래곤은 신의 축복을 받고 태어났으나 그 터무니없는 강함 때문에 어드미스를 제외한 다른 신들은 그들을 사랑하지 않았다. 아니 오히려 외면을 했다고 하는 것이 옳을까.

창조신 어드미스가 준 드래곤이라는 종족의 호칭 외에 어떤 이름도 받지 못했던 그들은 이 세상에 존재하는 것 중 자신의 몸과 가장 비슷한 색을 지닌 것으로 이름을 대신했다. 그중에서 붉은 피부를 가진 레드 종족은 자신의 일족에서 가장 강한 자에게 태양(Sun)이라는 이름을 갖게 했다.

"붉은 일족은 이제 나밖에 남지 않았거늘 과연 그 이름이 무슨 소용이 있겠느냐?"

아무렇지 않게 말하지만 그 목소리에 담겨 있는 진한 외로움을 어찌

모를까? 하이엘프 엘렌시나는 두 손을 들어 아기 다루듯 조심스레 이 카루스의 뺨을 쓰다듬어주었다.

"우리의 죄를 보답받으려면 얼마나 더 기다려야 하는 걸까요? 이제 이 시간의 결계 역시 한계이거늘. 그분의 분노는 그칠 생각이 없으시니 말입니다."

도대체 어디에서부터 일이 잘못된 것일까?

발단은 숲과 엘프의 어머니인 빛의 상급여신 아로티나와 암흑의 하급신 바티스타가 서로 사랑에 빠지면서부터였다.

빛과 어둠.

태초의 법칙에 따라 갈라진 2개의 존재가 그 법칙을 어기고 하나가 될 수는 없는 법. 그들의 사랑은 이루어져서는 안 될 사랑이었다. 하나 두 사람의 사랑은 주위의 염려대로 사그라들줄 모르고 계속 이어가다 끝내 사생아가 탄생하고 말았으니 그것이 지금의 다크 엘프와 쉐도우 엘프였다.

빛의 신 광휘의 라디언스는 분노했다. 그가 그토록 아꼈던 빛의 일족 중 하나가 저 사악한 암흑 일족의 유혹에 취해 어둠에 물든 사생아를 탄생시켰다는 것이 믿기지가 않았다.

그것은 아로티나의 딸인 하이엘프 역시 마찬가지였다. 빛의 자식은 결코 다크엘프와 쉐도우 엘프를 동족으로 인정하지 않았다. 그리하여 신의 자식들 간에 대 살육이 벌어졌다.

빛의 엘프와 어둠의 엘프 간의 전쟁. 이 싸움에서 수많은 엘프가 목숨을 잃어야 했으며 아로티나는 자식들이 서로 죽고 죽이는 광경에 절망했다.

전쟁은 쉽게 끝날 생각을 보이지 않았다. 이에 사태의 심각성을 깨달은 빛의 신들이 이 전쟁을 조금이나마 빨리 끝내 자신의 자식들에게 도움을 주기로 했다.

이에 빛의 엘프 쪽으로 피닉스 족, 페어리 족, 유니콘 족, 드라이어드 족, 그 외 여러 수인족들의 지원이 잇달았다. 이 때문에 승기는 한순간에 빛의 엘프 쪽으로 돌아서는 듯 보였다.

빛의 종족들의 연합에 두려움을 느낀 것은 어둠의 세력들의 중추 세력인 마왕들이었다. 666의 마왕들은 빛의 세력을 견제하기 위해 휘하에 있는 수많은 마족을 지원군으로 보냈다.

이러한 쌍방의 개입으로 힘의 균형은 더욱더 팽팽해졌고 규모 또한 커졌다. 결과적으로 전쟁은 몇백 년이라는 긴 시간 동안 계속되었다. 그 전쟁의 끝은 드래곤이 개입되면서 한순간에 종말로 치달았다.

바로 절대권능의 사용이었다. 몇몇 하이엘프와 친분이 있던 드래곤은 자신의 친구들이 죽자 분노해 암흑신 바티스타를 저주했다. 그리고 절대권능의 힘 앞에 암흑신 바티스타는 한순간에 소멸하고 말았다.

너무나도 허망한 죽음, 너무나도 어이없는 이별. 자식들의 죽음에 이어 사랑하는 연인이 죽자 아로티나는 절망하여 마지막 저주를 남기며 스스로 자멸하고 말았다.

'나의 자식들과 사랑하는 연인을 죽인 너희들도 똑같은 슬픔을 맛보게 될 것이다.'

자신의 영혼을 태우면서까지 남긴 상급 여신의 저주는 절대권능마저 통하지 않을 정도로 엄청난 것이었다.

그 자리에서 하이엘프 외에도 빛과 어둠의 종족 구별 없이 수많은 고대 종족의 남성들이 괴로워하며 목숨을 잃었다.

자웅동체였던 드래곤 역시 놀랍게도 암컷과 수컷으로 구분이 생기며 얼마 못 가 수컷이 모두 죽어버리는 비극이 생기고 말았다. 제 아무리 영원이라 할 만큼 오랜 수명을 가진 그들이라 할지라도 사태가 이렇게 된 이상 남은 것은 오직 종족의 멸망밖에 없었다.

그때 나타난 구원의 존재가 바로 창조신 어드미스였다. 아로티나의 사연에 가슴은 아프나 두 사람의 자식들마저 멸망하게 내버려둘 수는 없는 노릇이었다. 해서 어드미스는 남은 생존자에게 성지의 일부를 빌려주고 시간의 결계로 봉인했다. 그리고는 그녀들에게 예언을 남겼다.

"언젠가 너희들의 어머니가 남긴 저주가 풀어질 때까지 기다리며 마지막 남은 단 하나의 희망을 찾도록 하라."

그리고 터무니없을 만큼의 오랜 시간이 흘렀다. 그동안 하이엘프와 빛의 연합에 속한 모든 종족은 살아남은 드래곤과 함께 결계 밖을 돌아다니며 마지막 희망을 찾기 시작했다. 하지만 그 희망은 끝내 보이지 않았고 시간의 흐름에 따라 그들은 모두 자연적인 죽음을 맞이했다. 결국 원래 있던 수의 절반만이 남았다.

특히 가장 여신의 미움을 받은 드래곤들은 제 수명의 반도 살지 못하고 모두 죽고 당시 알이었던 3명만이 남아 있었다.

"이젠 정말 지쳤어. 왜 이렇게 보람도 없는 일을 계속해야 하는 거야."

"이카루스님. 위대한 존재께서 이렇게 나약한 소리를 하시면 안 된답니다. 하이엘프 역시 200명 정도밖에 남지 않았지만, 모두 죽고 단 한 명만이 남게 되더라도 결코 포기하지 않을 겁니다. 사랑하는 나의 이카루스님, 부디 힘을 내세요."

하이엘프 장로인 하이로드 엘렌시나. 그녀는 썬 드래곤 이카루스의 좋은 친구이자 자상한 어머니 같은 존재였다.

그때 무언가에 이카루스가 놀란 듯 안아주던 그녀의 팔을 풀며 고개를 들었다.

"이건 분명히 드래곤의 기운. 동족?! 동족이야! 새로운 동족이 나타났어! 어라? 뭔가 다른데? 이건 수컷인가? 사념파가 아주 그리워. 당장 보고 싶고, 안고 싶어. 수컷이야!"

"저, 정말인가요? 이런 기적 같은 일이. 아!"

"왜 그래?"

엘렌시나는 무척 놀란 듯이 입을 다물지 못하고 있다가 침착하게 말을 꺼내기 시작했다.

"마지막 남은 단 하나의 희망? 창조신 어드미스께서 하신 말씀. 드래곤. 이겁니다. 이게 그분께서 말씀하신 마지막 희망일지도."

엘렌시나는 밝게 웃으면서 아직 영문을 몰라 하는 이카루스의 손을 붙잡고 말했다.

"수컷 드래곤은 이상할 정도로 여러 종족의 암컷에게 아이를 가지게 하는 습성이 있었다고 들었습니다. 그리고 놀랍게도 그 아이들은 용의 유전자와는 관계없이 어머니의 종족이 된다더군요."

"잠깐, 그 말은 수컷 드래곤과 하이엘프와 교배하면 하이엘프가 태어나고 수컷 드래곤과 암컷 수인족이 교배하면 수인족이 태어난다는 말?"

"네, 바로 그겁니다."

엘렌시아는 이제 300살밖에 되지 않은 남은 드래곤 중 가장 어린 이카루스를 향해 장하다는 듯 머리를 쓰다듬어주었다.

"빨리 모든 종족의 수장 모임을 가져야겠습니다. 이카루스님께서도 나머지 두 분을 데리고 와주세요."

“응, 알았어.”

이카루스는 그 말을 남기고 처음에 나타났을 때처럼 빛과 함께 사라졌다.

얼마 후, 이 사실이 알려지자 모두가 기뻐했고 성지 안은 하루하루가 활력으로 넘쳐났다. 홀로 세계수의 가장 위에 오른 엘렌시나는 무릎을 꿇었다.

“아아, 어머니시여. 정녕 저희들을 용서해 주시는 것입니까? 감사합니다. 정말 감사드립니다.”

종족의 멸망이라는 최악의 사태만은 피할 수 있기를 빌고 또 빌었던 그녀의 두 눈에서는 기쁨의 눈물이 흘러내리고 있었다.

고대 종족이 임시로 살고 있는 곳, 잊히진 땅에 눌러앉은 지도 어언 한 달이 흐르고 있었다.

한 달 전, 갑작스런 힘의 폭주로 하마터면 자신의 친인들을 모조리 죽여버릴 뻔한 로빈은 뜻하지 않게 이곳으로 왔다. 그리고 이곳에 모여 있는 드래곤과 여러 고대 종족 여인들의 도움으로 폭주에서 벗어날 수 있었다.

뿐만 아니라 그는 자신의 몸속에 있던 절반의 드래곤 하트를 모두 흡수할 수 있었다. 너무나 강대한 힘을 얻게 된 로빈은 이곳에서 요양 겸 힘의 컨트롤을 배우고 있는 중이었다.

“아침인가?”

수수한 나뭇잎으로 덮인 침상에서 일어나자 머리맡에 앉아 있는 한 하이엘프 여인이 무릎을 꿇고 있는 것이 보였다.

“편안한 밤 되셨습니까? 위대한 존재시여.”

상상을 초월하는 아름다운 미모의 여인이지만 이 땅에는 그녀 수준의 미인들이 한둘이 아니었다. 과연 신의 축복을 받고 태어난 존재라는 것인가?

그는 아름다운 여인의 시중을 받고 있음에도 그다지 기쁘지가 않았다. 이미 모든 것을 들어 알고 있었던 것이다. 자신은 종마로서 그녀들에게 꼭 필요한 존재라는 것을.

"어이, 프로비던스! 잘 잤어? 어제는 임신시킨 거야?"

거칠게 문을 발로 차며 들어오는 한 여인이 있었다. 그리고 그녀의 뒤로 5명의 여인들이 더 있었다. 차례대로 피닉스, 페어리, 유니콘, 드라이어드 종족의 여인들이었다. 하나같이 아름답기 그지없는 그녀들은 현재 자신의 종족을 책임지고 있는 일족의 장들이었다.

페어리에게는 날개가, 유니콘에게는 뿔이 달려 있다는 것만 제외한다면 모두 아름답기 짝이 없는 인간형 미녀의 모습을 하고 있었다. 그리고 가장 앞에 있는 것은 이카루스. 그녀를 본 순간 로빈은 뭐 씹은 사람처럼 얼굴을 찡그렸다.

그 틈을 타 각 종족들의 장이 로빈의 시중을 맡고 있는 그녀에게로 시선을 향했으나 그녀는 무덤덤한 미소를 지으며 고개를 저었고 똑같이 한숨이 새어 나왔다.

"이봐, 이러면 곤란해. 우리가 너를 찾는다고 얼마나 고생했는 줄 알아?"

"시끄러워."

"뭐야!!"

언성이 커지자 각 종족의 장이 얼른 달려들어 두 사람을 말리기 시작했다. 어째 이 두 사람은 만나는 족족 싸우기 마련이라 피곤하기까지 한 그녀들이었다.

하지만 정작 괴로운 건 로빈이었다. 남자에게도 남자의 사정이라는 것이 있다. 목숨을 살려준 것은 고마운 일이지만, 대뜸 종족의 멸망을 막기 위해 종마가 되어 달라니.

물론 그녀들이 그렇게 말한 것은 아니었다. 그녀들이 원한 것은 모두의 아버지가 되어 달라는 것.

하지만……

"그게 그거지."

하고 남몰래 한숨을 내쉬는 로빈이었다.

"이카루스님. 프로비던스님도 저희가 얼마나 다급한지를 잘 알고 계실 겁니다. 다만 그 남녀의 일이라는 것이 쉬운 게 아니니 이해를 해주셔야지요."

엘렌시나가 나서서 겨우 이카루스를 진정시켰다. 프로비던스라는 이름은 드래곤으로서 얻은 이름이었다. 이미 여러 개의 이름을 지녔던 경험이 있는 로빈인지라 새로운 이름에도 그다지 거부감이 없었다.

"그보다 오늘은 현신한 모습을 모두에게 보여주시기로 한 날이지요?"

그랬다.

로빈의 육체는 애초에 드래곤 본으로 이루어진 육체였다. 그렇기에 드래곤 하트를 흡수한 순간부터 조금씩 드래곤화가 진행되었고 이제 절반의 드래곤 하트를 모두 흡수한 지금, 로빈은 드래곤의 모습으로 현신도 할 수 있게 되었다.

"정말 꼭 해야 해?"

"모두에게 희망을 찾아주고 싶습니다. 프로비던스님께서 씨를 주시지 않으니 혹시 가짜가 아니냐는 불충한 생각을 하는 자가 생겨나고 있는 실정이다 보니… 흑흑."

"하, 하, 할게. 하면 되잖아. 휴우."

로빈은 이미 현신을 경험한 적이 있었다. 그때 느낀 힘은 지금껏 자신이 지녔던 힘과는 비교도 안 될 정도의 어마어마한 힘이었다.

생각만으로 산을 없애고 육지를 바다로 만들어버릴 정도의 힘. 이제 이 세상에서 자신을 해칠 수 있을 자는 단 한 명도 없을 것이다.

하지만 문제는 그것이 아니다. 이제 힘을 다루는 데에도 익숙해졌다지만 현신한 모습이 그래서야… 쪽팔리기 짝이 없는 일이었다.

도축장에 끌려가는 가축처럼, 힘없이 끌려가는 로빈이었다.

잊히진 땅에 살아남은 자들은 모두 합쳐서 400여 명이었다.

그들이 모두 모여 있는 중심에 선 로빈은 몇 번이고 마음을 가다듬었다.

원래 자신은 드래곤이 아니었다. 그렇기에 당연하지만 이카루스가 현신한 모습에 비해 로빈이 현신한 모습은 볼품 없기 짝이 없었다.

"프로비던스님."

엘렌시나가 또 한 번 로빈을 재촉했다.

이제는 어쩔 수 없다.

그녀들이 실망하던, 자신이 쓸모없다고 내팽개쳐지던, 이렇게 된 이상 모든 것을 보여주는 길밖에 남지 않았다.

로빈은 정신을 집중하기 시작했다.

원래 현신이란 드래곤들에게 있어 손을 움직이는 것처럼 손쉬운 일이었으나 이제 갓 드래곤이 된 로빈에게는 재활 훈련을 하는 것처럼 힘들기 짝이 없는 작업이었다.

천천히 로빈의 이마에 땀방울이 맺힐 때쯤, 로빈의 몸이 빛나며 형체가 변하기 시작했다. 하지만 이상하게 현신은 간단히 끝나지가 않았다. 집채처럼 커져야 할 빛도 그대로이다. 아니 오히려 빛이 점점 사그라지기 시작했다.

핑!

빛이 사라졌다.

그 순간 감도는 정적.

조금 전 로빈이 서 있던 자리에는 고작 성인 여자의 허리춤에 올 법한 황금색 깃털을 지닌 조그마한 드래곤이 서 있었다.

그것은 분명 해츨링이 아닌 드래곤이었다. 하지만 크기는 고작 해츨링. 거기다 털 역시 단단한 비늘이 아닌 황금색의 깃털이었다.

'젠장, 이래서 안 변하려고 했다고.'

몇 번이고 속으로 자책하던 로빈은 숙였던 고개를 살짝 들었다.

'미안.'

"규우우."

하지만 말은 나오지 않고 해츨링 특유의 소리만이 흘러나올 뿐이었다.

"귀……."

"끄우?"

손가락을 들며 작게 말하는 한 여인.

"귀여워!!!"

"꺄아아아아아아악!"

그 외침을 시작으로 400여 명에 달하는 여러 종족의 미녀들이 앞 다

투어 로빈에게 달려들었다. 뺨에 볼을 비비고 깃털을 더듬고 머리를
쓰다듬는 여인들. 뒤에서 그녀들을 강력히 만류하는 엘렌시나의 목소
리가 몇 번이고 들려오다가 멈춰버렸다. 로빈을 쓰다듬는 여인 중에는
이카루스도 있었기 때문이다.

'이거… 다행인지 불행인지 모르겠구만.'

로빈은 무덤덤하게 이 상황을 받아들이기로 했다.

제32장
슬레이브 마스터

깊이를 알 수 없는 분노가 땅을 가르고, 무한의 마력이 하늘을 찢는다.

태어난 적이 없기에 죽음 또한 두렵지 않다.

그것이 바로 그 남자.

슬레이브 마스터라 일컬어지는 재앙이다.

곳곳에 널려 있는 화산 분화구와 같은 비정상적인 흔적은 옛날 이곳
에 많은 사람들이 모여 살고 있었다는 사실을 믿기 힘들게 만들 정도
였다.

주위에 존재하는 곳이라고는 무덤. 무덤. 무덤.

과거 많은 사람들의 웃음이 있고 활기가 있고 의지가 있었던 이 행
복했던 마을은 이제 차가운 바람이 불어오는 사방이 무덤뿐인 공간으
로 변해 있었다.

휘이이이잉.

먼지를 실은 바람이 지나가자 놀랍게도 수많은 묘비만이 존재하는
언덕에서 한 사람이 처음부터 그곳에 있었다는 듯 나타났다.

"……6년."

사람의 이지를 뒤흔들 정도의 마성(魔性)을 띤 미성(美聲)이 공허한

대지로 퍼져나가며 곧 구름 뒤에 숨은 달처럼 가려져 있던 모습이 드러났다.

새하얀 만년설을 떠올리게 하는 백발은 은보다 더 아름답게 빛나고 있으며 그 모습은 황금률을 통해 가장 완벽하다고 알려져 있는 그 어떤 조각상보다도 강한 흡인력을 지니고 있다. 그 외모는 그 어떤 미인보다 아름다웠으며 동시에 그 어떤 사내보다 믿음직스럽고 사내다웠다.

"이곳을 떠난 지 5년이 지나서야 겨우 돌아온 것인가. 나는."

그 말에는 일말의 그리움도 분노도 아쉬움도 묻어나 있지 않았다.

그럼에도 이렇게 안타깝게 들려오는 것은 왜일까?

모든 것을 잃었다.

그 대가로 모든 것을 얻었다.

그것이 과연 옳았던 것인지를 아무리 물어봐도 답이 나올 리 없다.

왜냐면 그 답을 말해야 하는 것은 바로 자신이기 때문이다.

"에쎼, 지금 여기서 약속할게. 언젠가는 우리의 집이었던 이곳을 예전, 아니 그 이상으로 멋진 곳으로 만들어놓겠어. 그러니 잠시만 기다려줘."

모든 것이 변해 있었음에도 불어오는 시원한 한줌 바람은 은연히 남아 있는 기억의 파편과 그다지 차이가 없었다.

몬스터 랜드.

오우거를 때려잡는 오크나 와이번을 잡아먹는 라미아 등등 평범한 상식으로는 결코 이해할 수 없는 무시무시한 몬스터들과 살아남기 위해 나름대로 진화해 버린 기상천외한 동식물의 서식처.

대륙의 노른자라고 할 만큼 기름진 땅과 엄청난 양의 천연자원이 묻혀 있는 곳으로 유명했기에 지금껏 많은 이들이 탐하고 눈독을 들였으나 그들 중 누구도 이 땅에 발을 딛고서 살아 돌아간 자가 없었다.

그야말로 기적조차 보이지 않는 처절한 죽음의 대지.

하지만 이 위험한 곳을 한 남자가 유유히 걸어가고 있었다. 마치 소풍을 온 듯한 평온함. 평범한 인간이라면 그 누구도 이 죽음의 땅에서 평심을 유지할 수 없을 것이다. 즉 그는 정신 나간 미친 병자이거나 죽으려고 이곳에 들어온 자살 희망자 둘 중에 하나가 분명하다는 것인데, 이상하게도 몬스터들이나 식인 곤충, 식물들에게 잡아 먹혔어도 진작에 잡아 먹혔어야 할 그의 모습은 생채기는커녕 먼지조차 묻어 있지 않았다.

"이 느낌이군, 동질감. 이것이 그가 나에게 떠맡긴 가디언의 기운인가?"

뭐라 중얼거리며 한 발자국 움직이자 사내의 몸이 흐릿해지더니 어느새 그 모습이 콩알만큼 작아질 정도로 먼 곳으로 이동해 있었다. 순간이동 마법 블링크(Blink)였다. 그는 놀랍게도 어떤 구동어도 없이 단지 의식만으로 마법을 행했다.

사내가 이동한 곳은 암석으로 이루어진 작은 동산의 정상이었다. 정확히 말해서 동산이라기보다 바위 산이라는 말이 더 어울리는 위태로운 암석 위에서 그는 손을 아래로 펼쳤다.

윙윙윙윙.

벌이 날갯짓 하는 소리가 들려오더니 바닥에서부터 새하얗고 주먹만한 빛나는 구슬이 점점 떠올라 사내의 손까지 올라오기 시작했다.

"착하구나. 너를 너무 오래 기다리게 해서 미안했다. 그래, 그때는

미안했어. 하지만 그때는 내가 드래곤의 힘을 이어받게 될 줄은 몰랐
고 너도 날 몰라보고 공격했잖아. 그러니깐 피장파장이라고. 그렇지?"

웅웅웅웅.

구슬이 대답을 하듯 공명음을 내자 사내는 웃음을 지었다.

"이제부터는 네가 나를 많이 도와주었으면 해."

다시금 구슬이 소리를 내자 사내는 이제 되었다는 듯 고개를 끄덕이
며 자신의 품 안에 구슬을 집어넣었다.

그리고는 주위를 둘러보았다. 거대한 공터.

주위는 온통 푸른 숲과 밀림이고 자신의 힘 때문인지 이 일대 근처
는 어떤 몬스터도 얼씬대지 못하고 있었다.

영웅인자의 기억에 의하면 이 근처에는 고대의 궁전이 존재하고 있
다.

사내는 탐색 마법을 이용해 어렵지 않게 허름하기 짝이 없는 궁전을
찾아낼 수 있었다.

"겉보기와는 달리 쓸 만하군. 과연 고대 인간들의 기술력은 대단
해."

그의 말대로 궁전은 겉만 풍화와 오랜 시간의 흐름으로 닳고 허름해
졌을 뿐, 실제 건물의 뼈대라 할 수 있는 부분은 마치 새로 지은 건물
처럼 튼튼하고 견고했다.

발자국이 그대로 드러날 정도로 자욱한 먼지가 쌓인 복도를 지나 왕
좌가 있는 알현실로 들어갔다. 그곳에 존재하는 것은 옛 영광의 흔적
이 남아 있는 화려한 내부 장식과 쓸쓸하게 놓여 있는 왕좌 하나뿐.

그는 터벅터벅 걸어가 왕좌에 거칠게 앉았다.

피어오르는 먼지. 하지만 사내는 미동도 하지 않고 앞을 노려보았다.

"완벽하군. 땅이 비옥해 먹을 것도 풍부하고, 밖은 몬스터에게서, 안은 드래곤의 보호를 받는다. 세상 천지에 이보다 더 안전한 곳은 없을 거야."

그것은 그가 그녀들과 한 약속 중 하나였다. 그녀들의 지도자가 되어 살아남은 고대 종족들이 안전하고 평화롭게 살 수 있는 대지를 준다.

그의 눈앞으로 미래의 일들이 빠르게 지나가기 시작한다. 회색의 낡은 궁전은 제 색깔을 되찾고 벽에는 온갖 장식들이 채워질 것이며 빛바랜 옥좌는 다시 그 영광과 위엄을 되찾을 것이다.

고대 종족에게는 건물을 다룰 기술이 없겠지만 그것은 드워프에게 맡기면 된다. 드워프의 왕 노커와 인맥이 있는데다 안전하고 비옥한 땅과 남아도는 광맥을 무상으로 넘겨준다면 그들은 신발을 벗고라도 뛰어올 것이 분명했다.

그리고 이 궁전의 앞에는 그녀들을 지키고 보살펴주었던 생명수가 새로운 뿌리를 내리고 고대종족은 저마다 자신의 터전을 잡고 자유를 누리게 될 것이다.

인구야 턱 없이 부족하지만 그녀들은 저마다 뛰어난 능력을 지니고 있고 애초에 국가를 건설하는 것이 아닌 숨어 지내기 위함이니 그런 문제는 신경 쓸 필요가 없었다. 정 필요하면 갈 곳 없는 엘프나 드워프를 받아들이면 될 것이다.

"나는 왕일지어다. 갈 곳 없는 자들의 왕, 가족을 잃은 자들의 왕, 비천한 자들의 왕. 그것이 내 운명일지어다. ……같은 것은 나랑 어울리지 않지만 별 수 없지."

무거운 분위기를 한순간에 떨쳐내며 그는 자리에서 일어섰다. 한 가지 숙제를 끝내고 난 후의 홀가분한 기분을 느끼며 그는 다음에 할 일을 생각했다.

"처음에는 신성 왕국을 들러야지. 맥스와 레이티아를 되찾고 네메시스의 볼기짝을 두드려주겠어. 그리고 다음에는 반란을 일으키는 데 동조한 녀석들을 족치고 슈카의 얼굴을 봐야겠지. 반겨줄지 쫓아낼지는 모르겠지만. 다음 순서로 프하이엄 제국을 멸망시켜버리고 싶지만, 그건 다음에 생각하기로 하고. 그리고……."

그는 기억을 되살린다. 미리안, 린, 리켈푸스, 에바, 크롬, 맥스, 테카, 테이번.

그 누구도 알지 못하는 자신의 과거 모습을 기억해 주는 사람들. 그들이 있었기에 그는 살 수 있었다. 그들이 있었기에 사랑하는 아내가 있는 곳으로 가는 것을 좀 더 늦추기로 했다.

"나를 기억해 주는 자를 위해 살아간다. 그것이 내 삶의 이유."

그러니깐 미안해, 에세. 조금만 기다려줘. 내가 그곳으로 갈 때까지.

에필로그

전란은 역병처럼 지칠 줄 모르고 퍼져 나갔다.

인간과 인간이 서로를 헐뜯고 스스로를 베는 동안, 마계의 존재들은

마치 제 집처럼 중간계를 휘젓기 시작하고 죽은 자들이 땅속에서

일어나 대륙 전체를 거대한 사지(死地)로 만들기 시작했다.

그 위기는 이 세상에 2명의 구세주와 한 명의 악마를 탄생시켰다.

그들의 이름은 다음과 같다.

사막의 나라 이트루 여제의 연인이자

무적의 노예병단 예니체리의 리더로 유명한 남자,

군신 네르갈.

100여 년이 넘도록 교황의 부재를 겪어야 했던 신성 왕국의 주인이자

제국의 황제보다 높은 위치에 있는 자,

프로비던스 교황.

그리고 이 두 영웅의 적. 인간을 초월한

끝을 알 수 없는 무시무시한 마력과 공포,

그리고 정체를 알 수 없는 강인한 부하들과 슬레이브라는

궁극의 무기를 지배하고 있는 자.

자신의 앞을 가로막는 것이라면

그 존재가 신이라도 죽이고 수많은 마을과 목숨을 학살한 죽음의 신.

그 이름은 슬레이브 마스터 로빈이라고 한다.

　호더 왕국의 수도에서 상당히 떨어져 있는 어느 시골 길을 달리는 마차가 있다. 그 안에서는 지방 귀족으로 보이는 귀부인이 정체를 알 수 없는 사람과 부채로 얼굴을 가리지 않는 대담함을 보이며 밀담을 나누느라 정신이 없었다.

　"그래서 그 아이는 영주의 아들이 되었나요?"

　"아니요. 유감스럽게도 소년은 영주의 아들이 될 수 없었습니다. 애초에 소년은 영주의 아들이 아니었고, 영주가 소년을 데리고 간 것에는 모종의 이유가 있었기 때문입니다."

　맞은편에 앉아 있는 상대의 얼굴은 새하얀 후드에 가려져 제대로 보이지 않고 있었다. 목소리로 보아 이제 갓 20대가 되었을 법한 청년 정도로 추정. 행색을 보아 마법사나 혹은 이야기와 노래를 파는 음유시인으로 보였다.

그의 화법은 지극히 매력적이었다. 평범한 사람의 말투는 대개 한두 가지 패턴으로 정해져 있다. 한데 청년의 말투는 그야말로 변화무쌍. 이야기 속에서 여자가 등장하면 청년은 여자가 되고 노인이 등장하면 노인이 된다.

그 변화와 기교가 어찌나 강한 흡인력을 가지고 있는지, 그 누구라도 이야기에 빠져들지 않을 수가 없을 것 같았다.

"모종의 이유라면?"

후드에 가려진 얼굴에 살짝 차가운 미소가 지어졌다.

"영주는 거짓말로 사람들의 이목을 속이면서까지 손에 넣고 싶을 정도로, 소년의 존재가 황금알을 낳는 거위라 믿고 있었습니다. 하지만 터무니없게도 그 아이에게 이용 가치란 조금도 존재하지 않았고 쓸 수 없게 된 패를 가지게 된 영주는 이 패를 버리게 됩니다. 혹시 푸아그라를 아십니까?"

"물론이에요. 저는 푸아그라가 없으면 식사를 할 수 없을 정도죠."

귀부인은 어깨를 으쓱거리며 자랑스럽게 대답했다.

정체도 알 수 없는 후드 청년에게 귀족이 말을 높인다는 것이 이해하기 힘든 상황이었지만 그녀의 모습에서는 조금의 위화감도 느낄 수 없었다.

"그 푸아그라가 거위 간 요리라는 것은 이미 알고 계실 겁니다. 하지만 그 푸아그라를 만드는 방법에 대해서 아시는지요?"

호더 왕국의 귀부인들은 밀밭에서 빵이 주렁주렁 열리는 것으로 안다는 우스갯소리가 있다. 그것은 약소 국가인 호더 왕국 귀부인들의 어리석음을 풍자하는 말이기도 했다. 더 나아가 여성의 사회 공헌이 커지고 있는 이 시점에도 보수적인 체제를 유지하며 여성 귀족에 대한 교육열이 낮은 호더 왕국 그 자체를 비판하는 말이다.

청년의 질문은 아주 약간의 관심을 가지거나 풍문에 귀를 기울이는 것만으로도 알 수 있는 기본 상식에 불과했다. 하지만 지금껏 몸을 치장하고 무거운 드레스를 두르고 꽉 조이는 코르셋을 입는 것에만 전념하며 살아온 호더 왕국의 전통 귀족인 그녀가 알 턱이 없었다.

"푸아그라는 살찐 간이라는 말입니다. 이 푸아그라를 만들기 위해 사람들은 거위를 땅속에 묻고 목만 나오게 한 뒤, 입에 깔때기를 꽂아 배가 터질 정도로 강제로 먹이를 줍니다. 목구멍에까지 먹이가 가득 찰 정도로요. 그렇게 5개월이 지나면 거위는 과다 영양섭취로 간이 커지게 되는데 그 크기가 처음의 10배 가까이 되지요. 그때 거위를 잡아 배를 가르고 간을 꺼내 버섯과 계란, 돼지 간과 함께 요리를 만드는데 이것이 바로 푸아그라이지요."

"어머나 세상에……."

손에 물 한 번 제대로 묻히지 않았을 정도로 곱게 자라온 귀부인은 푸아그라가 그토록 잔인한 요리라는 사실에 도저히 믿기지 않아하는 표정을 보였다.

"다시 원래의 이야기로 돌아가, 영주는 가장 넓은 영지를 다스리는 최고의 수완가였습니다. 버리는 패라도 그냥 버리지는 않았지요. 소년이 황금알을 낳는 거위가 아닌 평범한 거위라면, 강제로 살을 찌운 뒤에 잡아 먹어버리겠다. 그게 영주의 생각이었지요."

"그런… 잔인해요. 그래서 소년은 어떻게 되나요?"

청년은 쉴 틈 없이 휘두르던 혀를 잠깐 멈추었다.

"음. 이 뒷이야기는 잔인하고 어두운 이야기의 연속이라 들려줄 이야깃거리가 아닌 듯싶군요… 라고 말하고 싶지만 실은 아직 이야기가 덜 완성되었답니다. 다음의 만남을 기약하며 그때 남은 이야기를 듣는 것은 어떠신가요? 마이 레이디."

청년은 손을 뻗어 무릎 위에 놓여 있는 귀부인의 손에서 하얀 장갑을 벗겨낸 뒤 손등에 입을 맞추었다.

"호호호, 레이디라니 농담이 너무 짓궂어요."

그 입맞춤이 점점 손을 타고 오를 때, 말을 진정시키는 소리와 함께 마차가 이윽고 멈추었다.

"존슨 남작 마님, 칼리엄 백작 영지로 가는 갈림길에 도착했습니다."

밖에서부터 마부의 목소리가 들려왔다.

칼리엄 백작은 몇 년 전만 해도 남작의 위치에 있다가 갑작스런 벼락 출세로 유명해진 사람이었다. 대외적으로 특출난 공을 세운 것도 아님에도 단번에 2계단 작위 상승을 한 것이다. 비록 실질적인 영지나 재물을 하사받지는 못했으나 목숨보다 명예를 소중히 여기는 귀족 사회에서는 전례를 찾아보기 힘들 정도로 대단한 일이었다.

하나 그것은 존슨 부인에게는 중요치 않았다.

"그럼 여기에서 작별을 고해야겠군요, 존슨 부인. 어젯밤, 그 정열적인 당신과의 추억은 죽는 날까지 잊지 못할 겁니다. 근시일 내에 다시 만날 수 있기를 고대하겠습니다."

청년은 살며시 다가간 후에 먹이를 덮치는 사자처럼 귀부인의 입술을 탐닉했다. 서로의 살덩어리가 동굴 속에서 얽히는 동안 귀부인은 감았던 눈을 살며시 뜨며 바라보다가 청년의 로브를 스르륵 내렸다.

그 모습은 갑작스레 나타났다.

새하얀 머리는 은빛으로 빛나고, 보라색 눈동자는 마성을 띠었으며, 그 얼굴은 이 세상 그 누구보다도 남자다우며 또한 아름다웠다.

이렇게 아름다운 남자가 존재한다는 사실이 꿈과 같고 이런 멋진 남자와 어젯밤 사랑을 나누었다는 사실이 보면 볼수록 믿어지지 않았다.

"음."

귀부인은 짧은 비음을 냈다. 귀부인의 가슴에서 숫아올라 있는 2개의 언덕 중 하나를 청년의 손이 무례할 정도로 강하게 쥐고 있었다.

"키스 도중에 눈을 뜨다니. 이건 저를 부끄럽게 만든 앙갚음입니다. 그럼 부디 건강한 모습으로 다시 뵙길."

그 매혹적인 목소리에 빠져들지 않을 인간이 과연 얼마나 있을까?

청년이 마차를 내려 갈림길에서 언덕 너머로 사라지기까지, 귀부인은 그 뒷모습을 몽롱한 눈빛으로 바라보고 있었다.

"으아아악! 사람 살려 오크. 오크가 나타났어요!"

한 청년이 정신없이 달리면서 외치고 있었다.

그로부터 제법 떨어진 곳에서는 오크들이 모여 수레를 끌던 당나귀를 해체하는 중이었고 또 몇몇은 게걸스럽게 수레에 실려있던 각종 곡식과 과일을 먹느라 정신이 없었다.

부스럭.

"꾸룩꾸룩?"

이상한 소리에 10마리 오크들이 좌우를 둘러보고 코를 쿵쿵거리며 냄새를 맡았다.

"꾸룩!"

그러다가 한 마리의 오크가 무언가를 발견한 것처럼 벌떡 일어서며 근처에 있던 나무를 가리켰다.

"흑흑, 이 바보는 왜 안 오는 거야."

나무 위에는 시골 특유의 주름치마를 입고 있는 처녀가 공포에 떨고 있었다.

나이는 17, 18살 정도일까? 주근깨만 없으면 어딜 가도 인기 좋을 처녀로 보였고, 그게 또 매력이기도 했다.

오크와 정면으로 눈이 마주친 여자는 당황하며 자신을 이곳에 숨겨놓고는 사람을 부르러 간 남자친구의 이름을 계속해서 불렀다.

하나 오크는 배가 고프면 동족마저 잡아먹을 정도로 탐욕스러운 존재들. 눈앞에 있는 먹이를 그대로 놔둘 리가 없었다.

좋지 않은 예감은 언제나 들어맞는 것인지 오크들이 먹던 음식들을 집어 던지고는 도끼를 꺼내 나무를 쿵쿵 찍기 시작했다.

우지끈.

"까아아악."

성인 오크의 힘과 워엑스(War axe)의 조합은 투구와 함께 두개골을 갈라버릴 만큼 강했다.

도끼질이 채 10번도 되기 전에 나무는 소리를 내며 쓰러졌다.

그렇지 않아도 쓰러진 충격으로 온몸이 아팠던 시골 처녀는 다리를 다쳤는지 일어서지 못했다.

한 걸음 한 걸음 다가오는 흉측한 괴물들의 발소리. 최후의 발악이라도 하듯 힘껏 비명을 지르려고 하기 직전, 그야말로 구원의 소리가 들려왔다.

"예나 지금이나 여전히 발전이 없는 녀석들이군."

"사, 살려주세요. 제발."

새하얀 로브를 뒤집어 쓴 남자가 그녀의 눈에 들어왔다. 누군지 알 수 없으나 같은 인간이라는 것에 그녀는 지푸라기라도 잡는 심정으로 애원했다.

"눈을 감으시길."

언제 죽을지 모르는 절체절명의 상황 속에서 냉정하게 타인의 말을 들을 수 있는 사람은 흔치 않다.

하지만 듣는 것만으로도 사람을 편하게 만들어주는, 마법처럼 신비한 목소리가 그녀로 하여금 그가 원하는 행동을 취하게 만들어주었다.

"체인 라이트닝!"

사내는 한손을 여자의 어깨에 올리고 나머지 한손을 오크들에게 펼치며 주문을 외쳤다.

한줄기의 푸른빛이 순식간에 팔을 타고 뻗어 나가더니 마치 바람개비처럼 손끝에서 네 줄기로 나뉘어지며 가장 가까이에 있던 한 오크의 두 팔과 두 다리를 네 방향에서 꼼짝도 할 수 없게 옭아맸다.

마치 살아 있는 듯한 움직임을 보인 푸르스름한 빛은 그 하나하나가 굵은 쇠사슬의 형태를 하고 있었다. 그렇게 한 마리의 오크를 완전히 제압한 쇠사슬은 뻗어 나온 나뭇가지처럼 변하며 또다시 빠르게 그 일대에 있던 모든 오크를 제압했다.

"꾸륵꾸륵!"

오크들의 힘찬 반항도 아무런 소용이 없었다.

사내가 무표정한 얼굴로 어부가 그물을 끌어 올리듯 빛의 쇠사슬을 쥐자 거대한 방전 현상이 일어났다.

파지지지지직!!

"뀌에에에에엑!"

도살장에 온 듯한 비명 소리. 뒤이어 둔중한 무언가가 단체로 대지와 힘찬 키스를 나누는 소리가 여기저기서 들려왔다.

실제적으로 따지면 약 5초도 안 되는 순간에 벌어진 일이었다.

"잠시만 가만히. 여성분께서 보시기에 그리 좋지 않은 광경입니다."

시골 처녀는 눈을 감은 탓에 그에게서 향긋한 장미의 향을 가장 먼저 느낄 수 있었다.

여전히 사람의 마음을 편하게 하는 말투와 따스한 온기, 구원받았다는 사실에 한없이 기뻐진 그녀는 자신도 모르게 사내를 힘껏 끌어안으며 울음을 터트렸다.

얼마나 울었을까? 조금씩 울음이 잦아들고 있을 때 눈물과 콧물로 지저분해진 자신의 얼굴을 닦아주는 남자의 손길이 있었다.

"이제 진정이 되셨습니까? 그럼 살짝 눈을 떠보세요. 단 정면만 보셔야 합니다. 절대 다른 곳으로 고개를 돌려서는 안 됩니다. 아시겠습니까?"

여자는 고개를 끄덕이며 천천히 눈을 뜨기 시작했다.

그 순간 놀람을 금치 못한다.

그도 그럴 것이 이토록 아름다운 남자가 존재한다는 것은 듣도 보도 못한 일이었기 때문이다.

"죄, 죄송합니다. 저 때문에 하얀 로브가…."

색 바랜 하얀색이 아닌 이런 지방 영지에서는 쉽게 보지 못할 고급의 하얀색 염료로 염색된 로브의 소매가 자신의 눈물과 콧물로 더러워져 있는 것을 보자 당장 쥐구멍이라도 있으면 숨어버리고 싶은 심정이었다.

"괜찮으십니까? 제 이름은 로빈. 이제 막 견습에서 벗어난 마법사랍니다. 레이디의 이름을 들을 수 있는 영광을 주시지 않으시겠습니까?"

"아! 저, 제, 제 이름은 메, 메리…… 에요. 바트의 베이커리(bakery)

외동딸이고요. 그러니깐 에, 뭐랄까? 저, 저는 레이디가 아니에요. 입고 있는 옷도 허름하고……."

한낱 영지민에 불과한 자신을 고귀한 집안의 아가씨처럼 대하는 청년의 태도에 얼굴이 터져버릴 듯 달아올랐다.

"그럼 메리… 라고 불러도 되겠습니까? 제가 당신께 레이디라고 한 것은 입고 있는 옷이나 출신이 아닌 그 두려운 상황 속에서도 당당히 견뎌내고 있던 당신의 행동에 경의를 표하기 위함이었습니다. 그 때문에 불편하셨다면 제가 사과드리겠습니다."

"아, 아뇨. 전 괜찮아요."

반짝반짝반짝.

낮인데도 로빈이라는 마법사 청년의 주위에서는 별이 빛나는 것처럼 보였다. 남자임에도 저토록 아름다운데 만약 여자였다면… 생각하기도 싫었다.

"바트의 빵집 따님이라고 하셨습니까? 실은 전 마법사 공부를 하고 6년 만에 고향과 다름없는 이곳에 돌아오게 되었습니다. 바트씨의 빵은 아직도 잊을 수 없는 추억 중 하나랍니다. 둘이 먹다가 하나가 죽어도 모를 만큼 말이지요."

바트의 빵집을 언급하는 순간 청년의 두 눈에는 살기가 담겼지만 메리는 그 미약한 기운을 느끼지 못했다.

"마법사라니… 대단해요."

마법사는 무엇보다 자질이 중요하기에 마법을 쓸 수 있는 사람은 몇 되지 않다. 그렇게 마법사는 워낙 귀중한 인재이기에 마법사가 되는 것을 최고의 영광으로 생각하는 사람이 적지 않았다.

"무례한 부탁이지만 잠시 자리를 옮겨 최근의 이야기를 제게 들려주시지 않겠습니까? 이곳에서 하기에는 영 그렇고, 간만에 고향으로 돌아갈 생각을 하니 저도 모르게 떨려오는군요. 아 답례는 꼭 해드리겠습니다."

"아뇨! 이미 저를 구해 주셨는데요. 그리고 저도 빨리 이곳에서 벗어나고 싶어요. 아얏!"

일어서려다가 다리가 풀린 듯 중심을 잃고 쓰러지는 메리를 로빈이 부축하고는 다리와 등을 끌어안으며 자리에서 일어났다.

"꺅!"

"실례를 용서하시길."

"아, 아니요….."

얼굴이 새빨갛게 변한 메리를 안은 로빈은 도로 옆으로 이어진 샛길을 따라 숲 안으로 들어갔다.

약 15분 후.

"메리! 메리!"

"메리야! 이것아, 어디에 간 거야!"

맨 처음 오크를 발견하고 부리나케 도망갔던 청년과 메리의 아버지 바트씨를 필두로 6명의 경비대와 20여 명의 농민들이 우르르 몰려들었다가 믿기 힘든 광경을 보게 되었다.

지금 이 수로도 감당하기 힘들 법한 수의 오크가 갑작스런 심장마비에라도 걸린 듯 모조리 죽어 있었기 때문이다.

"단 일 격에, 그것도 제대로 움직여 보지도 못하고 당했군요. 마법사가 나타나서 이 오크들을 죽인 것 같습니다."

"마법사라니, 이런 시골에?"

"아니, 그보다 내 딸, 메리는? 아이고 메리야!"

경비대는 메리가 어디로 갔는지 그 흔적을 찾으려 애썼지만 아무리 찾아봐도 흔적은 남아 있지 않았다. 아니 이 시골 영지의 경비대들 치고 마법의 흔적을 알아낸 것 자체가 놀라운 일이었다.

"걱정 마십시오. 일단 메리양이 상처 입은 흔적도 없고 하니 혹 그녀를 구해준 마법사와 길이 엇갈린 것일 수도 있습니다. 희망을 가지세요, 바트씨."

"자식도 없는 네놈들이 내 맘을 어떻게 알아. 아이고, 메리야. 메리야!"

만류하는 경비대 청년을 밀어붙이면서 난리를 치는 바트씨를 보며 주위 사람들은 더 이상 말릴 생각도 하지 못했다.

"놔두면 알아서 지치겠지, 뭐."

매정하게 들릴지 몰라도, 아직 생사가 확실하지 않은데도 불구하고 저렇게 난리를 필요는 없다는데 다들 동의하고 있었다.

과거 한 소년이 있었다.

몸과 마음에 커다란 상처를 입고 가족마저 모두 잃어버리게 된 소년은 반병신이 된 상태에서도 끊임없이 삶을 추구했다.

그의 마음 깊은 곳에 쌓인 분노는 소년이 일말의 동정도 가지지 않은 잔혹한 복수자(Revenger)가 되기를 원했다.

지금 생각하면 군이 떠올릴 필요가 없는, 하루라도 밟히고 얻어맞지 않고는 지나가지 않았던 괴로운 과거의 추억이다. 그 중 몇 가지 결코 잊지 못하는 추억이 있었다.

그중 하나가 바로 바트의 베이커리와 관련된 것이었다. 배고픔에 빵을 훔친 것도 아니다. 잘못이라고는 단 하나. 지저분한 몰골로 그 가게 앞에서 쓰러졌다는 것뿐. 그 이유 하나로 다리가 부러질 정도로 얻어

맞아 한동안 발을 절며 살아야 했다.

회상을 끝낸 로빈의 정신은 다시 칼리엄 영지의 인근 숲으로 돌아왔다.

대낮임에도 불구하고 커다란 나무들로 그늘이 진 음습한 공간에서부터 은밀한 소리가 들려오고 있었다. 고통과 쾌락에 허덕이는 소리는 낯부끄럽게도 훤한 대낮에 적나라하게 울려 퍼졌다.

그 중심에 있는 것은 다름 아닌 로빈과 메리였다. 커다란 나무에 두 손을 대고 머리를 숙인 메리의 뒤에서부터 로빈은 열정적으로 몸을 부딪치고 있었다.

"하아, 하아, 로, 로빈. 아앙 로빈."

가슴 부분을 풀어 헤치고 치마만 들어 올린 채 사랑을 나누는 모습은 짐승의 짝짓기를 연상케 할 정도였다.

"너는 이 세상의 그 누구보다 아름다워. 메리."

"아아. 로빈. 좋아. 나 너무 좋아."

그녀의 넋이 나간 표정과 헐떡이는 모습이 무척 보기 좋다고 생각한다.

이것이 첫 경험이었음에도 불구하고 절륜한 로빈의 몸짓은 오히려 그녀가 더욱 적극적이 되도록 만들고 있었다.

"로빈. 하아, 로빈. 너 없이는 못 살아."

새하얗게 비어버린 머리는 자신이 무슨 소리를 내뱉고 있는지조차 알 수가 없었다.

만약 사람으로 이루어진 마약이 있다면 바로 여기 있는 이 청년이라고 단언할 수 있으리라.

"첫 번째, 이제부터 진정한 복수는 시작된다."

입가에 잔혹한 미소가 새겨졌다.

복수란 하나를 받으면 둘로 되갚아주는 것. 그 진리를 배운 이상 과거 그들에게 얻어터진 몸과 마음의 상처를 그대로 돌려줄 생각 따위는 애초에 존재하지 않았다.

설령 악마라는 소리를 들을지언정, 자비도 동정도 없다. 원하는 건 오직 하나. 그들의 몸과 마음이 함께 나락으로 떨어질 정도로 잔인한 복수.

칼리엄 영지의 처녀 말살 계획은 이제부터 시작이었다.

"크흐흑."

주저앉아 소리 죽여 오열하는 한 청년이 있었다. 무너져버렸다.

모든 이의 꿈과 희망과 웃음이 있었던 이 행복한 대지는 이제 파멸한 것이다.

그것을 부순 것은 악독한 영주의 횡포도, 왕의 무시무시한 군대도 아니었다. 놀랍게도 그 원흉은 인간의 탈을 쓴 단 한 명의 악마. 그 악마로 인해 평화롭던 대지는 불타오르고 비명 소리가 끊이지 않게 되었다.

"끝났어. 이제 모든 것이 끝나버린 거야."

한때 자신을 지지하고 떠받들던 이들이 모두 떠났으나 아쉬움이 들거나 원망이 생기지 않았다. 무능력한 리더의 말로는 언제나 비참하다. 그러나 이번 일의 중요도에 비해 비난 받고 신뢰를 잃은 정도에 지나지 않은 이번 처사는 '기적'이라는 단어로밖에 설명할 수 없었다.

청년은 옆에 있는 싸구려 럼주가 담긴 병을 든 뒤 멈추지 않고 계속해서 들이켰다. 술이 제아무리 쓰다 해도 이 비참한 광경 앞에서 그 쓴맛 따위가 느껴질 리가 없다.

"후, 후후, 하하하! 푸하하하하하하! 제기랄!"

공허한 웃음 뒤에 어떻게 할 수 없는 분노가 치밀어 오르자 청년은 큰 소리를 지르며 힘껏 병을 집어 던졌다.

쨍그랑.

술병이 요란하게 깨지면서 파편과 함께 내용물이 산산이 흩어졌다. 지금 자신의 이성처럼 말이다.

"으아아악! 이 18 X끼 결국 다 따먹었어!!"

한때 그들의 가장 기밀사항만이 부착되어 있던 곳. 그곳에는 떨리는 손으로 적은 듯한 짧은 전문이 적혀 있었다. 그 내용은 다음과 같았다.

—칼리엄 영지, 처녀 전멸.

『슬레이브 마스터』 5권 〈완결〉

작가후기

그동안 잘들 계셨는지요.

근 8개월 만에 나오는 5권입니다.

일단 이렇게 해서 제 첫 번째 이야기이자 로빈의 모험이었던 슬레이브 마스터가 미완으로 끝이 나게 되었습니다.

참으로 부족함이 많은 글이지만 여기까지 봐 주셔서 정말 감사하게 생각합니다.

현재 이 글쟁이는 군복무 중에 있습니다.

그 탓에 좀더 재밌게 그리고 좀더 빨리 여러분들에게 5권을 보여드리지 못한 점, 그리고 더 이상은 글을 쓰기가 힘든 점에 관해 정말 죄송하게 생각하고 있습니다.

제 나름대로 결말을 지으려고 노력을 했으나… 워낙 벌려놓은 게 많은 탓인지 결국 여기까지가 제 한계였던 것 같습니다.

이후에 많은 이야기가 벌어질 겁니다. 우선 몬스터 랜드를 사람 살만한 곳으로 만들어야 할 테고 레이티아와 맥스를 구출해야 하고 네메시스와 싸움도 해야 하고 또 슬레이브 엘리스 때문에 팔자에도 없는 교황 노릇까지 해야겠군요.

라이벌이었던 칼 때문에 미족들과의 본격적인 싸움도 기다리고 있고 해결해야 할 일이 한두 가지가 아닙니다.

5권을 보시고 아쉬움이 많이 남으신 분들은 언젠가 나올 『슬레이브 마스터 2부』를 기대해 주시면 감사하겠습니다.

끝으로 제가 여기까지 오는 동안 많은 도움을 주신 분들께 진심으로 감사의 인사를 드립니다.

p.s. 제 963포병대대 만세~~